남은 삶에 대한 예찬

남은 삶에 대한 예찬
꿈꾸는 중년, 새롭게 도전하다

초 판 1쇄 2024년 01월 17일

지은이 진수원
펴낸이 류종렬

펴낸곳 미다스북스
본부장 임종익
편집장 이다경
책임진행 김가영, 박유진, 윤가희, 이예나, 안채원, 김요섭, 임인영

등록 2001년 3월 21일 제2001-000040호
주소 서울시 마포구 양화로 133 서교타워 711호
전화 02) 322-7802~3
팩스 02) 6007-1845
블로그 http://blog.naver.com/midasbooks
전자주소 midasbooks@hanmail.net
페이스북 https://www.facebook.com/midasbooks425
인스타그램 https://www.instagram/midasbooks

ISBN 979-11-6910-454-8 03810

값 **19,000원**

미다스북스는 다음세대에게 필요한 지혜와 교양을 생각합니다.

남은 삶에 대한 예찬

꿈꾸는 중년, 새롭게 도전하다

진수원 지음

미다스북스

책을 잘 읽는 훌륭한 독자는 읽는 대로 변한다.

책을 잘못 읽는 어설픈 독자는 원래 모습 그대로 남는다.

훌륭한 독서는 타인을 향한 사랑의 행위이며,

어설픈 독서는 자기 자신만을 사랑하는 것이다.

– 스티븐 C. 쉬어 –

지난주, 하브루타 강의를 하면서 오랫동안 함께한 수강생들에게 함께 읽고 질문을 만들어 보자고 권한 문장입니다.

진수원 선생님의 글을 읽으며, 스티븐 쉬어의 문장이 떠올랐습니다. 그녀는 책을 잘 읽는 독자이자, 훌륭한 독자의 정수를 보여 주었습니다. 어둡고 힘든 터널에서도 '질문'을 놓치지 않았고, 그 질문의 해답을 찾고자 '독서'와 '배움'을 이어 갔고, '읽은 대로', '배운

대로' 삶에서 그대로 '실천'하며 여기까지 왔습니다.

진수원 선생님의 글을 읽다가 제 책 『하브루타 부모수업』과 제 이름이 나와서 깜짝 놀란 것도 잠시, 그동안 얼마나 치열하게 성장하고 노력하였는지, 그 걸음걸음을 글로 만나며 이 글의 추천사를 쓸 수 있음에 감사하였습니다.

덕분에 저도 지금 제 삶을 다시 점검해 보게 되었습니다. 저 역시 좋아하는 단어, '올린'. 지진과 폭풍이 닥칠 때처럼 온 심장을 다해 행동하고 움직이는 것. 지금 저에게 '올린'이 흐려져 있지는 않은지, 진수원 선생님의 반짝이는 '올린'을 느끼며 저를 점검해 보았습니다.

배움에 진심인 그녀, 실천에 진심인 그녀.

하브루타, 버츄 프로젝트, 코칭, 아티스트 웨이, 명상, 독서 모임, 슬로 리딩 등등의 배움을 삶에 고스란히 녹여 넣은 비법을 찾아보세요. 자꾸 배우기만 하고, 읽기만 하고, 그 자리에 변화 없이 머물러 있다면, 무엇이 변화의 동력이 되는지 그녀의 걸음을 따라 걸어 보세요.

김혜경

『하브루타 부모수업』, 『하브루타 질문독서법』, 『하브루타 놀이가이드북』 저자 남들이 보기에 내 삶은 나쁘지 않았습니다. 공립학교 교사로 근무하며 안정적으로 생활했습니다. 서른일곱 살이라는 늦은 나이에 결혼했지만 두 자녀를 두고 평범하게 살아가고 있었습니다. 간혹 다른 사람들의 부러움을 사기도 했습니다.

그러나 나의 내면에서는 싸우고 있었습니다. 교직 생활에서 즐거움과 보람도 있었지만 고뇌와 갈등이 더 많았던 시절이 있었습니다. 학생들이 하는 잘못된 말이나 어긋난 행동을 보고 있으면 좋은 영향력을 주지 못하는 나 자신에게 화살을 쏘아 댔습니다. 자괴감과 무력감으로 내 몸과 마음은 생기를 잃어 갔습니다. '편하게 생각하고 그냥 살아.', '직업으로 생각해.', '너무 죄책감에 빠지지 마. 내 책임이 아니야.' 이런 생각도 들었습니다. 하지만 뭔가 잘못되었다는 것을 알면서도 개선하려고 노력하지 않는 나를 용납할 수 없었습니다.

10대, 20대의 내 삶은 꿈을 향해 달려갔습니다. 인내심과 열정이 있는 사람이었습니다. 그런 내가 최초로 부딪힌 인생의 큰 벽은 교직 생활이었습니다. 막연한 소명 의식을 가지고 시작했던 나는 역동적인 학생들의 행동을 막아내기에는 적응력이 약했습니다. 그리고 늦은 출산과 육아로 인해 심신이 지쳤습니다. 결혼 초 내가 힘들다고 토로했을 때 남편은 공감해 주기보다 충고와 조언으로 일관했습니다. 섭섭한 마음은 산처럼 쌓여 갔습니다. 하지만 그것은 내가 넘어야 할 산이었고, 혼자 견뎌 내야 하는 외로움이었습니다.

이런 어려움 앞에서 무기력하게 보냈던 시절에도 나는 항상 질문했습니다.

'어떻게 하면 더 잘할 수 있을까?'

'나는 어떻게 살아야 하나?'

'내가 왜 그렇게 했지?'

마음속에서 질문이 계속 생겼습니다. 변화와 성장을 꿈꾸는 나였기에 포기하지 않았습니다. 50대의 나에게 해답이 보이기 시작했습니다. 지금 나는 무지개색 설렘으로 가득 차 있습니다. 편안한 휴식이 아니라 도전하고, 누군가를 돕는 인생 후반기를 계획하고 있습니다. 하나씩 실천하고 있습니다. 날마다 미소 짓고 환히 웃으려고 합니다. 방향을 설정하고 방법을 꾸준히 강구하면서 살아가는 삶은 조금씩 흔들리기는 해도 중심을 잡고 있습니다. 이제 나의 열정적인 삶을 표현해 보고자 합니다.

행복한 성장을 이루고 싶다면 자신에게 다가온 것들을 지나치지 마십시오. 세상에 아무 의미 없는 것은 없었습니다. 내가 경험하는 모든 것은 특별한 존재입니다. 나에게 주어진 시간은 소중한 기회가 될 수 있음을 받아들이기 바랍니다.

이 책의 1장을 쓰면서 몇 번이나 멈추었습니다. 힘들었습니다. 나의 어두웠던 시절을 회상하면서 고백해야 했기 때문입니다. 교직 생활이 벌써 27년째로 접어들었습니다. 삶을 하나의 색깔로 말할 수는 없습니다. 보람 있었고, 즐겁고 좋았던 기억도 있습니다. 그러나 속상하고 아프고 나빴던 기억들로 인해 몸과 마음이 무너졌습니다. 처음부터 능숙하게 대처하는 교사들도 많았지만 나는 어설픈 교사였습니다. 그 속에서 내 마음의 샘은 고갈되어 긍정적 에너지가 나오지 않았습니다. 50대가 되어서야 앞에서 한 질문들의 답이 하나씩 보이기 시작했습니다. 나의 시행착오를 함께 따라오면서 내가 선택한 기회 포착의 순간도 함께 느껴 주기를 바랍니다. 자신이 어찌할 수 없는 것 때문에 힘들어하지 마십시오. 할 수 있는 것들을 알아차리고 하나씩 해 나가면 된다는 것을 말하고 싶습니다.

처음에는 우연이라 생각했지만 지나고 나면 그것이 내 삶을 이끌어 준 필연적인 사건이었음을 느끼게 될 것입니다. 처음에는 사소한 것이었지만 내 삶의 큰 부분을 이룬다는 것도 알게 될 것입니다. 인생을 완벽하게 이해할 수는 없습니다. 그러나 깨어 있는 사람에게 이해의 실마리는 생

기게 됩니다. 고 이어령 선생님의 책 『젊음의 탄생』에 "단지 평범한 것도
비범하게 바라볼 줄 아는 마음과 눈을 지닌 사람에게만 우연이나 실수까
지도 행운이 되는 세렌디피티의 가능성이 찾아옵니다."라는 구절이 있습
니다. 중년의 세렌디피티를 꿈꾸기 바랍니다.

당신의 삶에도 기회는 옵니다.
그것을 지나치지 않는 눈을 가지기만 하면.
당신의 삶도 끝없이 도약합니다.
자신을 울타리 안에 가두지만 않으면.

나는 가늠할 수조차 없다

당신의 나무가

얼마나 높이

올라갈 수 있는지.

– 『마음 챙김의 시』, 타일러 노트 그렉슨의 「무제」 중에서

자신을 한계 속에 가두지 말고 그 지평을 넓혀 가면 됩니다. 끊임없이
도전하는 사람에게 삶은 미소 지을 것입니다. 언제나 성장할 가능성이
있는 존재임을 염두에 둔다면 감사하게도 우리 모두에게 남은 삶은 찬란

하게 빛날 것입니다. 다른 누군가가 알아주기보다 나 자신이 만족하는

삶으로 거듭날 것입니다.

차례

제2장 내 인생의 전환점

제3장 나를 돌보는 시간

제4장 인생 후반기 앞에서

제5장 내 삶의 세렌디피티

제 1 장

사는 건 어려워

1.

스스로 선택한 소외

20대까지 가장 듣기 싫어한 말은 "너 변했구나."라는 말이다. 누군가가 나에게 외모든 말투든 생각이든 변했다는 말을 하면 그 말을 가슴에 품었다. '내가 무엇이 변했다는 말이지?', '변했다고 느끼게 만든 것은 무엇일까?' 이렇게 곰곰이 생각했다. 사람은 누구나 성장하고 변하기 마련인데 나는 왜 그렇게 변했다는 말이 듣기 싫었을까? 다른 사람들이 나의 변화를 눈치채는 게 싫었을까? 아니면 변화 자체를 싫어했던 것일까?

1989년 서울에서 대입 재수를 했다. 거창에서 올라온 아이와 짝이 되어 1년을 보냈다. 점심과 저녁을 같이 먹고, 함께 수업을 들으면서 친하게 지냈다. 같은 경상도 출신이라 그런지 친밀감이 생겼다. 재수하면서 서로에게 힘이 되었다. 마음을 터놓았다. 재수를 끝내고 그 친구는 서울

소재의 여대를, 나는 남녀 공대로 각자 다른 대학에 입학했다. 신입생으로서 바쁜 3월 적응기가 지나고 4월에 그 친구에게 전화를 걸었다. 재수할 때까지만 해도 같은 경상도 억양을 쓰면서 대화를 나눴는데 친구는 완전히 서울 말씨로 바뀌어 있었다.

"야, 너 말씨가 완전히 서울 말씨네."

"그래?"

친구는 자신의 말씨가 바뀐 것을 의식하지 못했다. 사소한 이야기를 주고받은 후 전화 통화는 끝났다. 어색했다. 거리감을 느꼈다. 말씨에서 오는 친근감이 사라졌다. 말씨만 바뀐 것뿐인데 1년 동안 친하게 지냈던 친구가 아닌 것 같았다. 상황에 맞게 변한 것뿐인데 친구에게 거부감이 들었다. 나는 경상도 억양을 바꾸지 않겠다고 결심했다. 그것이 나의 대학 시절을 얼마나 힘들게 했는지 그때는 몰랐다.

국어국문학과 수업에서는 발표 수업이 많았다. 발표할 때도 나는 경상도 억양을 그대로 드러냈다. 당시 60명 정원이었던 학과에 지방 학생은 몇 명 없었다. 서울, 경기도 출신이 많았다. 친구들 대부분은 조리 있게 발표했다. 말씨도 예뻤다. 거기에 비해 투박한 경상도 억양을 고집하는 내가 많은 학생 앞에서 발표하는 것은 스트레스였다. 고전문학 강독 시간이었다. 발표하는데 배가 살살 아프기 시작했다. 질의응답 시간에 질문이 들어왔다. 갑자기 머릿속이 백지가 되었다. 적절한 말이 바로 생각나지 않았다. 공부한 내용을 겨우 생각해 내어 띄엄띄엄 대답했다. 식은 땀이 났다. 발표를 마친 나는 고개를 숙이고 자리에 돌아와 앉았다. 얼굴이 달아올랐다. 열심히 준비했으나 발표가 엉망이 되어 버렸다. 잘하고 싶었다. 그만큼 더 긴장했다. 배가 아팠고 심장이 쿵쾅거렸던 그때부터 발표가 더 두려워지기 시작했다.

일대일로 친구와 이야기할 때는 수다스럽던 내가 다섯 명을 넘어가는 모임에서는 말수가 급격히 줄어들었다. 고개 끄덕이며 주로 듣기만 했다. 간혹 웃었다. 국문과 동기 여학생들은 열다섯 명이었다. 한번은 모두가 호프집에 모였다. 그중 한 명이 갑자기 친구들에게 "야, 수원이는 계속 듣기만 해!"라고 언급했다. 그 말에 당황한 나는 놀란 듯 눈을 크게 뜨고 옆에 앉은 단짝 친구를 바라보았다. 별다른 대꾸를 하지 않고 피식 웃어 버렸다. 그뿐이었다. 친구들은 내가 왜 많은 사람 앞에서 말하는 것을 자제하는지 몰랐다. 단순히 내성적이었던 성격 때문이라고 생각했을 것이다. 하지만 예쁜 서울 말씨에 조리 있게 말 잘하는 친구들의 기세에 눌려 나 스스로 문을 닫아 버렸다.

초등학교 때부터 선생님이 꿈이었던 내가 대학교 2학년 때부터 진로에 대해 다른 방향을 생각하기 시작했다. 많은 학생을 가르치는 일이 나에게 적합할까? 교정을 오고 가면서 꿈을 생각했다. 자취방으로 돌아가는 버스 안에서도 고민했다. 다른 사람들과 대화도 나누어 보았다. 교사가 되고 싶지만 잘할 수 있을지 자신이 없었다. 이렇게 남들 앞에서 이야기하는 것을 두려워하는 내가 아이들 앞에서 수업할 때는 어쩌나 하는 생각에 고민하는 시간이 길어졌다. 그러던 어느 날 나는 결단을 내렸다. 남들 앞에 나서는 것을 두려워하기는 해도 학생들의 마음을 알아주는 교사가 될 수 있을 거라고 생각했다. 또 학생들을 믿어 주는 교사가 되겠다고 다짐했다. 교직 과정을 이수하기로 결단을 내렸다. 교원 임용 시험은 경남에서 치렀다. 고향과 부모님에 대한 그리움이 컸기 때문이다. 경상도 억양으로 인해 서울, 경기 지역 아이들에게 국어를 가르칠 자신이 없었던 것도 하나의 이유가 될 것이다.

신규 발령지였던 경남 창녕의 영산중학교에서 3년 근무하고 2000년도에 마산상업고등학교로 발령받았다. 1년 후 '마산용마고등학교'로 개명하고 인문계 고등학교로 전환했다. 처음으로 대학 수학 능력 시험 고사장을 준비할 때였다. 교무부장 선생님이 나에게 수능 시험 당일 안내 방송을 해 달라고 제안했다. 내가 서울에서 대학을 나와서 방송에 적합할 것 같다는 이유에서였다. 나는 방송하는 일이 떨린다고 솔직하게 말했다. 말씨도 세련되지 못하다고 덧붙였다. 기회는 다른 선생님에게로 넘어갔다. 목소리 좋은 다른 선생님이 그 일을 맡게 되었다. 재수생으로 1년, 대학생으로 4년간 서울에서 생활했다. 세련된 서울 말씨를 습득할 좋은 기회였다. 나는 고집스럽게 경상도 억양을 지키려 했기에 변화하고 성장할 기회를 놓쳤다. 나 스스로 소외되는 길을 선택했다.

사람은 누구나 시간의 흐름에 따라 달라진다는 사실을 받아들이면 그 만인데 바뀐 모습을 보이기 싫었다. 변했다는 말을 듣고 싶지 않았다. 왜 그렇게 변했다는 말을 듣기 싫어했을까? 노력의 의미에 대해서 잘못 생각하고 있었기 때문이 아닐까? 캐롤 드웩의 책 『마인드셋』을 보면 토끼와 거북이 우화는 원래 노력의 힘을 강조하려 했지만 결국 노력에 오명을 뒤집어씌웠다는 구절이 나온다. 노력은 느림보들이나 하는 것이라는 이미지를 심어 주었다고 말했다. 그 당시에 나는 노력보다는 재능을 더 중요시하는 고정 마인드셋을 가지고 있었다. 사람은 누구나 변하고 성장할 수 있다. 성장하려면 노력해야 했다. 그러나 나는 노력을 통해 무언가를 얻으려 하지 않았다. 노력하지 않았으니까 그럴 수 있다는 최소한의 변명의 여지를 주려고 했다. 또 남들이 나에게 변했다고 말을 하면 마치 내가 노력한 사실을 들키는 것 같아서 아예 노력조차 하지 않았다. 외모를 가꾸고 말투를 바꾸려는 시도가 거북하게 느껴졌다. 이렇게 노력을 하찮게 생각하다 보니 남들로부터 변했다는 말을 듣는 것이 싫었다.

지금은 남들이 나에게 변했다고 말하면 여유 있게 대응한다. 받아들일 수 있다. 변하기 위해 노력했다고 당당하게 말할 수 있다. 다른 사람들의 평가에서 완전히 자유로워진 것은 아니지만 적어도 한발 물러나 나 자신을 바라볼 수 있다. 변하기 위해 노력하는 내가 좋다. 이 또한 변화다. 계속 성장하고 싶다. 연습하고 노력하고 있다고 당당하게 말할 수 있다. 노력하는 것은 재능 없다는 것을 의미하지 않는다. 노력할 수 있는 사람이 능력자이다. 노력하는 만큼 삶에 대한 열정이 가득하다는 뜻이다. 얼굴 붉히며 남 눈치 보며 살았던 시절! 변했다는 말이 듣기 싫어 노력하지 않았던 그 시절의 나에게 미안한 마음 가득하다.

2.

웃지 않은 날들

요즘은 초등학교 5학년만 되어도 화장에 관심을 가지는 여학생들이 많다. 중·고등학생이 화장하는 것이 전혀 이상하지 않은 시대가 되었다. 내가 대학에 입학한 90년대는 대학생이 되어 비로소 화장을 배우기 시작했다. 나는 4학년이 될 때까지 화장을 거의 하지 않았다. 교생실습을 하는 한 달은 어쩔 수 없이 화장이라는 것을 했다. 대학 캠퍼스로 돌아오고 화장은 내게 딴 세상 이야기처럼 다시 어색해졌다. 변했다는 말을 들을 것 같아서 화장하지 않았던 걸까? 나는 여전히 세련미라고는 없는 촌스러운 여대생이었다.

대학교 4학년 교생실습을 마친 후부터 체중이 10kg 정도 늘었다. 걸음걸이, 옷맵시, 머리 모양 어느 것 하나 마음에 들지 않았다. 외모 콤플렉스가 많이 있었다. 도서관에서 공부하고 집으로 가려고 출입문을 나선 순간 도서관 앞마당 벤치에 앉아서 이야기 나누고 있는 학생들이 눈에 들어왔다. 그 앞을 지나가야 했다. 나의 뚱뚱한 몸을 보고 비웃을까 신경이 쓰였다. 친구와 함께 다닐 때는 그나마 사람들의 시선을 의식하지 않았지만 혼자 도서관을 나설 때는 마음이 쪼그라들었다. 시선을 땅바닥으로 떨구고 서둘러 도서관 앞마당을 지나 교정을 빠져나갔다. 스스로 외모를 가꾸지 않는 선택을 하였으면서 타인의 시선은 왜 신경을 썼는지 모르겠다. 20대의 나는 모순된 콤플렉스 덩어리에 마음을 키우지 못한 어린아이였다. 체형을 가리기 위해 짙은 색깔의 넉넉한 옷을 주로 입고 경직된 얼굴을 한 여대생이었다.

하루는 수업을 마치고 혼자서 캠퍼스에 쭉 뻗어 있는 은행나무 길을 걸어 내려가고 있었다. 복학생 선배가 내 옆을 지나가다가 나에게 말을 걸었다. 집에 가느냐, 어디에 사느냐 등 사소한 대화가 오고 가던 중 선배가 대뜸 "수원이는 표정을 밝게 하고 옷도 좀 환한 색으로 입으면 좋을 것 같아."라고 말했다. "아, 네……." 나는 작은 목소리로 대답했다. 선배는 내 대답을 듣는 둥 마는 둥 인사를 하고 서둘러 가 버렸다. 충격을 받았다. 외모 콤플렉스를 가지고 있었고 대인 관계도 자신이 없던 나였다. 선배는 조언 한마디 던지고 가 버렸다. 나를 안타까운 시선으로 보는 사람들이 있다는 사실을 그때 알게 되었다. 사람들은 나를 꾸밀 줄도 모르는 내성적인 경상도 여학생쯤으로 생각했던 것 같다.

나를 위해 솔직하게 이야기해 준 선배가 고마운 사람이었다. 그때는 난감하기만 했다. 변하고 싶었으나 변했다는 말을 듣기 싫어하니 말이다. 그 선배의 말대로 좀 바꿔야 하나? 바꾼다면 어떻게? 그 일 이후 한동안 선배의 말이 맴돌았다. 하지만 나는 고정 이미지를 고수했다. 표정과 의상의 변화는 내 생활 전반을 바꾸지 않으면 안 되는 일이었기 때문이다. 나는 번거로움을 선택하지 않았다. 충고를 듣고도 변하기 위해서 시도한 것은 없었다. 묵묵히 내가 해야 할 공부만을 하면서 살았다. 수업 잘 듣고 집과 강의실, 도서관, 학회 모임만을 주로 오고 가는 소극적인 대학생이었다. 선배의 그 말이 계기가 되어 내가 달라질 수도 있었다. 하지만 그 당시의 나는 자기 계발에는 관심이 없고, 오로지 자의식에만 깊이 빠져 있었기 때문에 삶은 변하지 않았다.

공부가 힘든 것도, 친구가 없는 것도 아니었지만 나의 대학 생활은 뭔가 부족했다. 선배와 후배, 동기들에게 두루 인기 있는 친구가 부러웠다. 과방에도 자연스럽게 들어가서 사람들과 웃으며 이야기 나누고 싶었다. 나에게 과방의 문은 큰 결심을 한 후 열어야 하는 무거운 철문이었다. 용기 내어 과방의 문을 빼꼼히 열어서 누구 있느냐고 한마디 물어본다. 없다고 하면 바로 문을 닫고 뒤돌아서 나왔다. 들어가 선후배, 친구들과 이야기하면서 시간을 보내고 싶었는데 말이다.

욕구와 행동이 일치하지 않았다. 활달한 사람으로 변하고 싶었다. 그런데 변했다는 말은 듣기 싫었다, 내가 원하는 모습으로 변하기 위해 노력해야 했다. 그렇지만 높은 울타리 속에 가둬 둔 나의 욕망은 세상 속으로 뛰어들 수가 없었다. 변했다는 말은 듣기 싫은데 변하고 싶은 욕구는 가슴 밑바닥에 자리하고 있으니 표정이 진지할 수밖에 없었다. 미국의 심리학자인 윌리엄 제임스는 '슬퍼서 우는 것이 아니라 우니까 슬퍼지는 것이다.'라고 말했다. 감정이 먼저 있고 표정을 짓게 되는 것이 아니다. 자극으로 인해 표정이 반사적으로 나타난다. 그 표정이 개개인이 느끼는 감정을 좌우한다고 주장했다. 즐거워서 웃는 것이 아니라 웃음이 즐겁다는 감정을 가지게 한다는 말이었다.

나의 대학 시절 웃음기 없는 표정이 나를 더 긴장되고 주눅 들게 했다. 소극적인 생활과 나의 표정은 무관하지 않았다. 내가 대학 시절에 선배의 충고대로 밝은 표정을 짓고 생글생글 잘 웃는 사람이 되었다면, 또 좀 더 환한 색깔의 옷을 입고 이미지 변신을 했다면 어떻게 되었을까? 분명 다르게 살았을 것이다. 마음속 고민을 털어 버리고 거침없이 도전하는 사람, 변했다는 말을 두려워하지 않는 사람, 내가 쌓아 올린 고정관념의 울타리를 뛰어넘으려 노력하는 사람이 되었을 것이다.

상황을 짧은 순간에 전환할 수 있는 수단이 바로 웃음이라고 한다. 위축되고 불안한 상황도 환하게 미소 지으면 달라질 수 있다. 웃음은 세로

토닌 분비를 촉진한다. 행복 호르몬이라 불리는 세로토닌은 긍정적인 감정을 불러오고 스트레스를 줄여 준다. 요즘도 표정이 굳어질 때가 간혹 있다. 아들이 나에게 웃으라고 말한다. 집에서도, 외출했을 때도 엄마의 표정을 관리해 주는 아들이다. 근심거리가 생기거나 불안한 마음이 들면 입꼬리가 내려가고 눈동자는 초점을 잃어버리는 경우가 있었다. 그런 나의 표정을 제일 먼저 알아차리는 아들은 나를 일깨워 주는 알람 시계와 같은 존재이다. 아들 덕에 나는 표정을 바꾸고 감정도 전환할 수 있다. 얼굴 전체 근육을 움직여서 아들을 향해 환하게 웃어 주었다. 아들도 얼굴에 웃음이 가득하다. 서로 긍정적인 에너지를 주고받는다.

아침에 일어나자마자 거울에 나를 비춰 본다. 거울 속 나에게 먼저 미소를 짓고 환하게 웃어 준다. 환하게 웃으면서 '잘하고 있어. 예쁘다. 오늘도 행복하게 생활하자.'라고 말을 건넨다. 자신감이 샘솟는다. 아침에 출근해서는 책상에 앉아 미소 짓고 있는 내 얼굴부터 휴대전화 카메라로 찍는다. 50대가 되어 하나씩 늘어나는 주름이 눈에 띈다. 하지만 웃고 있는 사진 속 나를 만나면 기분이 환해진다. 사랑스럽다. 오늘도 힘내자고 미소로 메시지를 전해 준다. 나에게 힘을 주는 웃음. 나에게 건네는 최고의 선물이 아닐까.

3.

스트레스로 인한 비만

    대학교 4학년 때 교생실습을 했다. 모교인 마산무학여중에 미리 신청해 놓았기에 1993년 4월부터 한 달 동안은 집에서 다닐 수 있었다. 서울에서 자취하다가 부모님과 함께 지내니 편안했다. 경남대학교, 창원대학교에서 온 학생들 10여 명과 함께 실습했다. 다들 친한 모양이었다. 나는 묵묵히 해야 할 일을 했다. 정장을 몇 벌 샀다. 치마를 입었다. 고등학교 때 교복 이후 처음이었다. 종아리가 굵다고 생각해서 치마를 입지 않았었다. 자신은 없었지만 치마 정장을 입었다. 그것이 익숙할 무렵 교생실습이 끝났다. 다시 서울 생활이 시작되었다.

    5월의 어느 날 졸업 앨범 촬영을 한다고 했다. 교생실습 때 입던 정장 중 하나를 입기로 했다. 친구들은 귀걸이에 세련된 화장까지 무척 예뻤다. 나도 옅은 화장을 했다. 앨범은 영원히 남는 것이니까 신경 썼다. 금잔디 광장에서 스냅 사진을 찍는데 표정이 어려웠다. 웃으라고 해서 표정을 잡고 있자니 곧 입술이 떨렸다. 몇 컷을 찍었다. 야외 촬영이다 보니 햇빛에 눈이 부셔 눈을 뜨고 있기 힘들었다. 인상 찌푸리지 않으려 노력했다. 촬영 순서를 기다리는 학생들이 빙 둘러 서 있었다. 나를 주시하고 있는 것 같았다. 부끄러웠다. 대학교 졸업 앨범에 어색한 미소를 짓고 있는 내가 있다. 수줍은 듯 조심스러운 내 모습이 그대로 드러났다. 다른 친구들은 환한 미소를 짓고 있었다.

문제는 앨범 촬영 이후였다. 교생실습, 졸업 앨범 촬영까지 마치고 나니 긴장이 풀렸다. 그동안 나 나름대로 외모 관리를 해 왔다. 이제는 자유롭다. 앨범 촬영 때 은근히 스트레스가 많이 쌓였던 모양이다. 스트레스를 먹는 것으로 풀었다. 대학교 4학년 때 명륜동의 자취방은 대학 후문 쪽에 있었다. 재래시장도 바로 옆에 있었다. 시장에서 거의 매일 순대와 떡볶이를 사 먹었다. 달콤한 과자를 달고 살았다. 밤에도 먹고 싶은 라면을 먹었다. 살이 찌기 시작했다. 체중은 불고 불어서 나는 비만이 되었다. 얼굴에도 살이 붙어 눈은 작아졌다. 뱃살은 불룩해졌다. 종아리는 더 굵어졌다. 예전 옷들은 입을 수 없었다. 뱃살을 가릴 수 있는 넉넉한 남방이 최고였다. 여성스러운 니트 등은 입을 엄두조차 낼 수 없었다. 대학 졸업 때까지 다이어트는 계속 실패했다.

대학교 4학년 재학 중에 처음 치른 교원 임용 시험에서 보기 좋게 낙방했다. 졸업하고 고향으로 돌아왔다. 시험공부를 위해 매일 도서관을 다녔다. 부모님과 함께 있으니 살이 빠지기 시작했다. 엄마가 해 주시는 밥상에는 나물, 두부, 생선 등이 올라왔다. 야식을 먹지 않았다. 정해진 시간에 일어나고 잠들었다. 대학 졸업 후 바로 취직하지 못한 상태라 부모님께 죄송했다. 마음이 불편했다. 더 열심히 공부했다. 날마다 도서관에 가서 공부했다. 이렇게 규칙적인 생활을 하고 채식 위주의 식생활이 반복되니 살이 자연스럽게 빠졌다. 날씬하다고는 할 수 없었지만 그런대로 괜찮았다.

교원 임용 시험에 합격했다. 이렇게 좋을 수가! 나도 선생님이 되어 학생을 가르칠 수 있다는 생각에 가슴이 부풀었다. 첫 발령지는 시골의 작은 남자 중학교였다. 학급 수는 각 학년 두 개씩 전교 여섯 개 학급이었다. 국어 교사가 두 명이었다. 1학년 한 반과 2학년 두 반의 수업을 맡았다. 중학생들이 귀여웠다. 나는 웃으면서 기쁘게 수업했다. 학생들은 점점 나를 만만하게 보았다. 수업 중에도 마구 떠들었다. 90년대 후반에는 체벌이 있었다. 다른 선생님들은 노련하게 학생들을 다루었다. 선생님들이 엄하게 가르치니 아이들은 조용했다. 나는 체벌 반대론자였기 때문에 매를 들지 않았다. 우유부단한 성격 탓에 학생들의 말에 잘 휘둘렸다. 내가 수업할 때 친구들과 이야기하는 학생들도 많았다. 좋은 말로 조용히 하라고 말해 보았자 소용없는 일이었다. 학생들은 나의 성향을 너무 잘 파악했다.

　교직 생활에 첫 빨간 불이었다. 내 말과 행동을 바꿔야겠다고 생각했다. 그때 내가 선택한 것은 아이들에게 화를 내는 것이었다. 그때까지 나는 화를 낸 기억이 별로 없다. 좋은 게 좋은 것이었고, 기분이 나쁜 것도 속으로 다스리면 그만이었다. 그런 나는 큰 소리로 많은 아이에게 화를 잘 내지 못했다. 조용히 하라고 소리쳐 놓고 뭐라고 말을 이어 갈지 몰랐다. 화를 낸 후의 어색한 분위기도 싫었다. 하루는 눈에 힘을 주고 화난 표정으로 아이들을 쳐다보고만 있었다. 한 학생이 나에게 살짝 귀띔해 주었다. "선생님, 교탁에 출석부를 내려치면서 큰 소리로 '조용히 안 해?' 라고 말해 보세요."라던 그 아이의 목소리가 지금도 생생하다. 그 학생 눈에 내가 참으로 힘들어 보였나 보다. 학생들에게 그런 말을 들으니 속상했다. 아이들은 화를 내도 그때뿐이었다. 교직에 대한 보람은커녕 하루하루 전쟁 치르듯 수업했다.

　학생들 생활지도와 상담에 나의 마음은 구멍 난 바퀴처럼 기운이 빠지기 시작했다. 퇴근하면 곧바로 부엌으로 달려갔다. 냉장고를 뒤졌다. 엄마가 준비해 둔 과일이 없는지, 먹을 만한 음식이 없는지 살폈다. 보이는 대로 먹었다. 초코바를 특히 많이 먹었다. 그렇게 입에 달콤할 수 없었다. 책상에 앉아서도, 텔레비전을 보면서도 먹었다. 초임 발령을 받고 6개월 후부터 살이 심하게 찌기 시작했다. 옷이 맞지 않았다. 또 넉넉한 남방을 찾기 시작했다. 그래서 선생님들이 나를 남방의 여왕이라고 불렀다. 스트레스로 인한 폭식이 이어졌다. 악순환이었다. 다이어트와 운동으로 살을 빼 보려 했지만 계속 실패했다. 내 생애 최고 몸무게가 되었다.

어리석게도 스트레스를 먹는 것으로 풀었다. 교생실습과 졸업 앨범 촬영 후 야식을 즐겨 먹었다. 교실을 장악하지 못하고 학생에게 휘둘린 나, 화난 감정을 제대로 풀지 못한 나는 폭식을 일삼았다. 오로지 마음이 괴로운 상황 자체에만 관심을 가졌다. 스트레스가 쌓인다는 사실에만 집중했다. 근본 원인을 차근차근 해결하려 하지 않고 달콤하고 기름진 음식의 유혹에 빠졌다. 절제하지 못했다. 식욕이 나를 지배했다. 고귀한 이상을 추구하지 않고 순간순간 먹고 싶은 대로 먹고 살았다. 살이 더 쪘다. 자신감이 다시 떨어졌다. 극도의 스트레스 상태가 되어 또 폭식했다. 악순환이 반복되었다. 다른 선택을 해야 했다.

누구나 스트레스가 있다. 건전한 스트레스 해소법을 가지고 있었더라면 달랐을 것이다. 취미 활동을 시작할 수도 있었다. 운동으로 풀 수도 있었다. 책을 읽으면서 마음을 달랠 수도 있었다. 사람과의 만남을 통해 즐거움을 가질 수도 있었다. 요즘은 스트레스를 받으면 가장 먼저 시원한 물을 한 잔 마신다. 물이 식도를 타고 내려가는 느낌이 좋다. 그러고는 밖으로 나간다. 크게 심호흡을 한다. 목적지를 정하지 않은 채 20~30분 정도 길을 걷는다. 산책이라 불러도 좋고, 방황이라 해도 상관없다. 봄이면 날씨와 바람과 햇살을 느끼고, 추운 겨울에는 정신이 번쩍 들 정도로 한기를 느끼기도 한다. 이렇게 걷다 보면 내가 '살아 있는 존재'라는 느낌이 든다. 몸이 깨어난다. 나를 사랑하게 되었다.

4.

흔들린 신념

초등학교 5학년 때 담임선생님이 물었다.

"선생님이 되고 싶은 사람 손 들어 보세요."

"저요."

나는 귀 옆으로 팔을 바짝 붙이고 큰 소리로 대답했다. 선생님께서는 미소를 머금고

"이렇게 분필 가루 마시는 선생님이 뭐가 좋다고."

라고 말했다. 나는 좀 멋쩍었다.

"분필 가루 안 마시는 선생님요."

라고 작은 목소리로 말했다. 그리고 보니 그건 맞는 말이다. 요즘은 가루가 안 날리는 분필을 쓰거나, 보드 마카를 사용하는 학교가 많으니까.

고등학교에 들어가면서 경제를 배웠던 사회 시간이 좋았다. 재미있게 가르치는 선생님 덕이었다. 그래서 경제학과로 갈까? 영어도 재미있었다. 그래서 영문학과에 갈까? 고등학교 2학년 때 담임선생님은 국어 선생님이었다. 발령받은 지 2년밖에 안 된 총각 선생님이었다. 우리가 야간자율학습을 하기 위해 교실에 앉으면 칠판에 "오늘의 시"라고 쓰고는 시 한 구절을 적어 주었다. 선생님의 각진 글씨가 여고생들 마음에 들어왔다. 그 시를 공책에 적어 두기도 했다. 좋아하는 시구를 써 줄 때 선생님은 우리를 향해 씨익 웃어 주었다. 설렜다. 국어가 좋아졌다. 선생님의 국어 수업 시간에는 별다른 설명이 없었다. 중요한 부분에 밑줄만 긋고 우리에게 생각할 시간을 주고 발표시켰다. 다른 수업과 달랐다. 학교 시험이든 모의고사든 국어 성적은 최상이었다. 국어 선생님으로 목표를 정했다.

고등학교 3학년 담임선생님과는 진학 상담을 해 본 기억이 없다. 어머니를 학교에 오게 해서 말씀을 듣고 싶어 했다. 그러나 나의 어머니는 식당 일로 바쁘셨기에 학교에 한 번도 오지 못했다. 담임선생님이 나에게 공부에 관해 충고한 적은 딱 한 번이었다. 수업에 들어오셔서 교탁 앞에서 교재를 펴다가 갑자기 눈을 크게 뜨고 나를 바라보았다. "수원아, 너는 내신 공부 좀 해라. 국, 영, 수만 하지 말고."라고 한마디 했다. 그뿐이었다. 수업을 진행했다. 학부모 상담을 안 해서인지 모르겠지만 담임선생님은 나에게 별다른 관심을 주지 않았다. 대학교 원서를 서울 쪽으로 썼을 때 선생님은 그제야 나의 목표를 인정해 주고 나의 공부에 관심을 가졌다. 그동안 나의 말을 믿지 않았던 선생님에게 섭섭한 마음이 생겼다. 나는 교사가 되면 학생을 믿는 교사가 되어야겠다고 결심했다.

　교사가 되었다. 막내인 나는 어렸을 때 부모님과 언니, 오빠의 심부름을 많이 했다. 온순한 성격이라서 말 잘 듣고 착하다고 다들 칭찬하였다. 시키는 대로 하면 되었기 때문에 편하기도 했지만 결단력이 없고 우유부단한 성격이 되었다. 단호함이 부족했던 나는 교직 초창기에 엄청난 혼란을 겪었다. 발령받은 첫해에 중학교 2학년 수업을 할 때였다. 1997년 당시는 실물 화상기에 교과서나 다른 자료를 비추어 텔레비전 화면에 띄워 두고 설명하는 경우가 많았다. 그런데 착실한 영한이가 "선생님, 실물 화상기 안 쓰면 안 돼요?"라고 하였다. 나는 '왜 그러지? 실물 화상기를 쓰는 게 어때서? 뭐가 잘못되었다고 저러지?'라고 생각했다. 그 순간 기분이 나빠졌다. 그러나 내 입에서 나온 말은 "그래? 실물 화상기 수업이 마음에 안 드는구나."였다. 그 이후로 실물 화상기를 활용하는 수업을 거의 하지 않았다. 소신대로 밀고 나가도 되는 일을 학생에게 한마디 들었다고 주춤했다. 소심함의 극치였다.

　학생들이 과제를 늦게 제출할 때 사정 이야기를 했다. 변명하는 것이었는데 나는 "그래? 그럴 수도 있었겠네." 하고 넘어가 버렸다. 이렇게 허용 범위가 넓다 보니 학생들은 나를 만만하게 보았다. 수업 시간 중에 준비해 간 활동지를 하려고 하면 "다음에 해요, 너무 많아요, 재미없어요." 등 내 신경을 긁는 말을 많이 했다. 약속을 어기는 학생도 있었다. 한 번만 봐달라고 떼쓰는 학생도 있었다. 반항적인 눈빛으로 대드는 학생도 있었다. 수업 시간 중에도 주위 학생들과 잡담하기도 했다. 그러다 보니 학습 목표 달성에 치중하기보다는 학생들 태도를 지적하기에 바빴다. 내가 변했다. 교실에 있는 마흔 명의 학생에게 큰 소리로 야단쳤다. 심장은 쿵쾅거렸고 얼굴은 붉으락푸르락해졌다. 본래 화를 잘 내는 사람이 아니다 보니 더듬으며 말했다. "너희들 왜 그래······? 다른 선생님들 수업 시간에는 조용히 하더니, 선생님 수업 시간에는 왜 이렇게 떠드니? 너희들 정말 비열한 것 같다.", "너희들 왜 그렇게 선생님을 힘들게 해?" 전적으로 학생들에게 잘못이 있다는 식으로 말했다. 학생들에게 죄책감을 심어 주는 교사였다. 당시는 체벌이 허용되었기에 나도 체벌하기 시작했다. 학생을 끝까지 믿기로 했던 내가, 체벌을 반대했던 내가 불과 6개월 만에 신념을 버린 것이다.

1997년의 일기장을 들추어 보았다. 반성과 후회로 가득 찬 나를 발견할 수 있다.

"나는 오늘 종훈이와 범진이에게 매를 들었다. 벌을 주었다. 마음이 아프다. 나의 마음을 학생들은 알지 못할 것이다. 나는 아이들을 사랑한다. 그 누구도 내 사랑의 범위 밖에 있지는 않다. 그런데 나는 아이들에게 체벌을 가한다. 나는 아직 멀었다. 체벌하지 않고도 조용한 가운데 아이들의 참여가 있는 성공적인 수업을 하고 싶다. 올해를 반성하여 내년에는 학생들에게 다정다감하면서도 엄격한 선생님이 되겠다. 나는 할 수 있을 것이다."

이렇게 후회와 다짐의 글을 써 놓고도 나는 한참을 헤매었다. 급하지 않은 성격에 온화하다고 자부한 내가 즉각적으로 화를 내는 사람이 되어 있었다. 자신들의 이야기를 잘 들어 주는 친구 같은 선생님이었기에 학생들과 나는 복도에서 마주칠 때는 친근했다. 수업 시간은 별개였다. 경청해 줄 것이라는 기대는 나의 착각이었다. 수업 시간에 학생들에게는 교사의 단호함이 필요했다. 아이들에게 휘둘리는 나 자신이 부끄러웠다. 교사에게 가장 중요한 것은 수업이다. 그런데 나는 수업이 두려웠다. 일요일 저녁이 되면 월요일 아침 학교에 가는 것이 두려웠다. '다음 주는 어떻게 견디지? 학교 가기 싫어.'

"그 반은 수업이 힘들어. 다 그래."라고 나를 위로해 주는 다른 선생님들의 말이 듣기 좋았다. '내 탓이 아니야. 다 아이들 탓이야.' 이렇게 생각하면 마음이 편해졌다. 그것이 전부가 아니라는 것을 나는 알고 있었다. 잘하고 싶었다. 수업에 성공하고 싶었다. 포기할 수 없었다. 그래서 배웠다. 애니어그램을 통한 상담 기법을 배웠다. 『행복한 교실을 위한 1·2·3 매직』 책을 읽었다. 뇌 교육 연수를 받았다. 나의 인생 멘토 선생님을 만났다. 조금씩 적용해 보았다. 수업 시간에 대한 두려움이 차츰 사라지기 시작했다. 수업과 학급 경영에 자신감이 붙었다. 월요병이 없어졌다.

깜냥도 되지 않으면서 교사의 권위로 수업 시간을 장악하려고 했던 지난 시절! 학생들을 불신하고 나의 신념을 버릴 만큼 힘들었던 혼란기가 있었다. 이제는 벗어나게 되었다. 계속 남 탓만 하고 포기했더라면 지금의 내 모습을 상상할 수 없다. 내가 할 수 있는 부분이 있을 거라는 가능성을 붙잡고 살았다. 눈에 띄는 책이 있으면 나에게 도움을 주기 위해 찾아온 선물이라고 생각했다. 학생들에게는 가정생활, 교우 관계 등 다양한 상황들이 있다. 교사가 학생들의 모든 면에 절대적인 영향을 주지는 못한다. 적어도 수업 시간만은 편안한 마음으로 참여할 수 있도록 준비한다. 학생들이 잠시 잃은 통제력을 스스로 알아차리도록 화를 내는 대신 침묵한다. 손가락을 하나씩 접으면서 숫자를 센다. 기다린다. 스스로 변할 수 있다는 가능성을 믿는 만큼 학생들은 성숙해진다. 나의 신념은 이제 흔들리지 않을 것이다.

5.

상처투성이 초보 교사

2000년 3월, 교직 4년 차에 나는 상업계 고등학교 1학년 담임이 되었다. 과거에는 뛰어난 인재 배출로 영광의 역사를 써 오던 고등학교였다. 전산회계, 정보처리 등의 전문적인 기술을 고등학교에서 배우고 빨리 취업하려는 목표로 진학한 학생이 많았다. 그러나 성적이 좋지 않아서 어쩔 수 없이 상업계 고등학교를 선택한 학생들도 꽤 있었다. 정보처리, 정보사무, 경영정보로 반 편성이 되어 있었다. 그중에서 가장 힘들다는 경영정보과 학생들의 담임이 되었다. 매일 전쟁통이었다. 무단 지각, 무단 조퇴, 무단 결석자가 속출했다. 점심시간까지 학교에 있던 학생들이 5교시 수업에 들어가면 절반이 없는 날도 있었다. 1교시까지 나타나지 않는 아이들도 많았다. 무단으로 결석하는 학생들이 몇 명씩 있는 날도 있었다. 전화를 돌려 댔다. 연락이 안 될 때도 많았다. 통화가 되어도 학교에 오지 않는 특별한 이유를 알 수 없었다. 출석부는 무단 지각, 무단 조퇴, 무단 결석으로 인하여 엉망이 되었다.

칭찬으로 학생들의 사기를 올리고자 했다. 석진이(가명)는 시골에서 마산의 이 학교로 진학하였다. 1학기 내내 일찍 등교해서 교실 창문을 열어 환기했다. 지각 하나 없는 100% 출석이었다. 그래서 하루는 학생들 앞에서 석진이를 칭찬했다. 그 순간 나는 다른 학생들의 싸늘한 눈빛을 보았다. 다음 날부터 석진이는 무단 조퇴를 하기 시작했다. 담임교사에게 칭찬을 받은 석진이를 급우들이 못살게 굴었던 것일까? 열정만 앞섰던 나는 몰랐다. 칭찬에 굶주린 학생들에게 다른 학생에 대한 칭찬은 독과 같다는 것을. 칭찬도 마음대로 할 수 없는 교실이었다.

담임을 하면서 하루하루 힘들게 버텼다. 학년 말이 되었다. 12월의 어느 날, 일부 학생들이 게시판에 부착해 놓은 시간표, 학급회 조직표, 학교 규칙을 뜯기 시작했다. 그 게시물들을 바닥에 놓고 두 발로 '쿵쿵' 밟았다. 교실 바닥이 울렸다. 도저히 이해할 수 없는 행동이었다. 학생들의 눈에 불이 이글이글했다. 나를 향한 분노였는지 학교에 대한 반항이었는지, 아니면 삶에 대한 스트레스였는지, 자신에 대한 미움이었는지 모를 감정들을 고성과 이상 행동으로 표출하였다. 그 당시 실업계 고등학교가 힘들다는 것은 사람들에게 널리 알려진 사실이었다. 부임한 첫해에 1학년 전체 중에서 최악의 반 담임이라는 평가를 받았다. 자괴감으로 인해 자존감은 바닥으로 내려갔다.

 같은 해에 함께 부임했던 교사들이 1년 만에 다른 학교로 이동해 갔다. 힘들다는 이유로 인문계 고등학교로 많이들 갔다. 나는 은근히 오기가 생겼다. 내가 이 학교에서 첫해를 이렇게 힘들게 보내 놓고 다른 학교로 가는 것은 자존심 상하는 일이었다. 만회하고 싶었다. 그래서 학생들이 2학년으로 진급할 때 나도 2학년 담임이 되었다. 다행히 학교에서는 내가 1년 동안 고생한 것을 알아주었다. 다음 해에 상업계열에서 가장 착실한 정보처리과 중 한 반을 맡겨 주었다. 그전 해와는 달리 학생들이 큰 말썽을 부리지 않았다. 나 나름대로 학급의 규칙도 세우고 학생들과 소통하면서 잘 지냈다.

 평화롭던 생활 속에 하나의 사건이 생겼다. 스승의 날에 커다란 꽃바구니를 들고 와서 나에게 선물했던 성재(가명)가 며칠째 학교에 나오지 않았다. 성재 부모님은 성재가 가출했다고 말했다. 가출 상태가 오래되고 결석 상태도 계속되었다. 우여곡절 끝에 친구네 집에 있다는 사실을 알게 되었다. 그 친구네 집 앞에까지 가서 전화했다. 멀리서 보니 친구네 집 안에서 왔다 갔다 하는 사람들이 보였다. 분명 그 안에 성재가 있는 것 같았다. 내 전화를 받지 않았다. 음성 메시지로 선생님이 와 있으니 나와 보라고 했으나 끝내 나오지 않았다. 나는 골목에 차를 세우고 어둑어둑해질 때까지 기다리다가 돌아왔다. 차마 그 친구의 집에까지 들어

갈 용기가 없었다.

　이렇게 결석은 장기화되었다. 어느 날 성재와 연락이 되었다. 학교에 오겠다고 했다. 집에는 연락하지 말라고 당부했다. 그러나 가출 상태였던 아이가 학교에 온다고 하니 부모님께 전화를 드려야 한다는 판단이 섰다. 성재를 집으로 들어가도록 설득하려 했다. 학교에 온 성재와 마주앉아 이야기했다. 집에서 아버지가 사촌 형제들과 자신을 비교하는 것이 속상하다며 분통을 터뜨렸다. 부모님과 갈등이 심했던 것이 가출의 원인이었다. 귀 기울여 들어 주었다. 학교생활에 문제가 있었던 것도 아니고 담임교사인 나와도 사이가 좋았기 때문에 이야기가 잘 되는 듯했다. "엄마가 좀 있으면 오실 건데 엄마와 함께 집에 들어가는 것이 좋겠어."라고 말했다. 성재가 "네? 엄마에게 연락했다고요?"라고 눈을 치뜨며 말했다. 갑자기 자리를 박차고 일어나 뛰어나갔다. 나도 쫓아갔다. 성재가 학교 복도를 달려 출입구로 나가더니 운동장으로 달려갔다. 나도 계속 달려가면서 "성재야! 성재야!" 목이 터지게 외쳤다. 달리기로는 성재를 잡을 수 없었다. 성재는 굳게 잠긴 교문을 타고 올라가서 학교를 벗어났다. 어설픈 대응으로 보내 버렸다. 너무 경솔했다. 자책했다. 교직 생활은 내 뜻대로 되지 않았다. 참고 있던 울음을 터뜨렸다. 2학년 교무실에 있던 다른 선생님들은 나를 안타까운 시선으로 바라보았다.

　며칠 후 어떻게 된 일인지 성재가 부모님과 함께 학교에 왔다. 자퇴해서 검정고시를 보겠다고 했다. 그렇게 성재는 학교를 떠났다. 학교생활에서는 별다른 문제가 없었던 성재가 학교를 떠난 사건은 나에게 큰 충격을 주었다. 내 능력의 한계를 느꼈다. '교직이 나에게 맞는 것일까?' 다시 고민하기 시작했다.

2년 동안 상고 학생들과 생활하면서 묘한 승부 근성과 책임감이 생겼다. 졸업시키고 싶었다. 이 아이들이 3학년이 될 때, 나도 3학년 담임이 되었다. 학교는 상업계에서 인문계로 전환한 지 2년째였다. 학교의 기대를 한 몸에 받았던 1, 2학년 인문계 학생들과 달리 아무 사고 없이 졸업만 해 달라는 눈치를 받고 있던 자신들과 입학부터 졸업 때까지 함께한 나에게 학생들은 무한한 신뢰를 보냈다. 순수한 창규는 전교 회장으로서 모범을 보여 주었다. 듬직한 반장 동엽이는 학급 학생들을 잘 이끌어 주었다. 학생들은 담임교사인 나를 위해 체육 대회에서 우승을 안겨 주고 싶어 했다. 최선을 다했다. "Last Sanggo"라고 새겨진 빨간 학급 티셔츠를 입고 운동장을 뛰어다녔던 아이들이 지금도 눈에 선하다. 지각, 조퇴, 결석도 거의 없었다. 2003년 2월 마지막 상고 학생들을 졸업시켰다. 상업계 학생들을 처음 맡았을 때는 교직에 대한 회의가 들 정도로 아팠다. 내 교직 생활의 시련기였지만 즐겁고 아련한 추억이 많은 시절이기도 하다.

교직은 많은 학생을 상대해야 한다. 교사는 때론 따스한 이불처럼 감싸 주어야 하고, 때론 단단한 그릇처럼 한계를 지어 주어야 한다. 나는 그 어느 쪽도 완벽하지 않았다. 처음부터 잘하는 교사도 많았다. 나는 시행착오를 수차례 겪었다. 힘든 교직 생활이었다. 그러나 포기하지 않았다. 내가 1년 만에 다른 학교로 옮겼더라면 마지막 상고 학생들의 웃음을 보지 못하고 그들의 짜증과 분노만 기억했을 것이다. 좋은 추억 하나 없는 상처투성이의 학교로 남았을 것이다. 졸업하고 취직했다고, 군대 간다고, 결혼한다고 연락하는 학생들, 20년이 지난 지금도 명절과 스승의 날에 연락하는 학생들을 생각하면 인연이란 자신의 선택으로 만들어 가는 것이란 생각이 든다. 그들을 놓지 않았던 내 선택이 내 인생의 풍성한 열매가 되었다. 나는 완벽한 능력자는 아니었다. 점점 더 좋아지기 위해 노력하는 교사였다. 초창기 나의 교직 생활은 힘들었다. 희망의 끈을 놓지 않고 하루하루를 의식하며 살아갔다. 깨어 있는 삶을 살았기에 이제는 교직에서 보람을 느끼는 교사가 되었다.

6.

아픈 기억의 한 장

2002년 마산용마고 3학년들은 마지막 마산상업고등학교 학생이다. 그 당시 상고 학생들을 3년간 진급시키면서 담임을 맡아 오던 터라 학생들과 나는 사이가 좋았다. 나를 바라보는 눈빛은 부드러웠다. 스트레스 없이 근무했던 때였다. 그해 장혁(가명)이의 인생이 바뀌었다. 지금도 장혁이를 생각하면 가슴 한편이 쓰리다. 장혁이는 다른 반에 쌍둥이 동생이 있었다. 쌍둥이지만 성격은 사뭇 달랐다. 장혁이는 친구들과 멱살잡이를 하며 싸운 적이 많았다. 그래서 행동을 조심시키고 항상 살펴보던 아이였다.

사고가 일어난 날은 졸업 앨범에 들어갈 증명사진을 찍은 날이었다. 촬영 후 장혁이가 조퇴하려고 왔다. 쉬는 시간에 번잡하게 복도를 왔다 갔다 하는 아이들 틈에 서서 조퇴를 요청했다. 아프다고 했다. 어머니와 통화한 후 조퇴를 허락해 주었다. 다음 날 아침에 장혁이 어머니가 전화했다. 장혁이가 어젯밤에 오토바이를 탔고 자동차와 부딪히는 사고가 생겼다고 한다. 오토바이 뒷자리에 앉아 있던 장혁이가 높이 날아올라 전봇대 쪽으로 떨어졌고 안전모를 쓰지 않은 상태였다고 한다. 장혁이는 의식이 없었다. 아프다는 이유로 조퇴하고 간 학생이 밤에 쌍둥이 동생, 동네 친구들과 오토바이를 타고 놀러 다니다 사고가 난 것이었다. 장혁이는 마산에서 부산의 큰 병원으로 이송되었다. 의식이 계속 돌아오지 않는다고 했다. 학교의 친구들은 장혁이가 빨리 깨어나기를 마음 모아 기원했다. 나도 장혁이가 건강해지기를 기도했다. 3주쯤 지나서 의식은 돌아왔다. 그러나 제대로 말할 수 없는 상태였다. 관을 넣어서 음식물을 넣어야 했다. 머리와 목 부분의 상처가 심했다. 활달하고 성격이 강한 장혁이는 이제 병상에서 약물과 기계가 없이는 한 발짝도 움직일 수 없는 사람이 되었다.

졸업 앨범에 들어갈 증명사진이 나왔다. 장혁이의 졸업 앨범 사진도 있었다. 잘생긴 장혁이가 굳게 다문 입술을 하고 강렬한 눈빛으로 보고 있었다. 장혁이는 학교에 복귀할 수 없었다. 장혁이 상태로 보면 고등학교 졸업은 있을 수 없는 일이었다. 장혁이는 정상적인 뇌 활동을 할 수 없는 상태가 되었기 때문이다. 장혁이는 졸업이 아닌 유예였다. 병원에서 퇴원하는 일도 언제일지 알 수 없었다. 졸업 앨범 사진 편집을 해야 했다. 담임교사 마지막 종례도 집어넣고, 학생들의 마지막 말도 들어갔다. 교복을 입은 모습, 사복을 입은 모습, 그룹 사진, 단체 사진 등 앨범은 다채롭게 구성되었다. 장혁이는 교복을 입은 증명사진 한 장만 있을 뿐이었다. 졸업도 할 수 없는 학생 사진을 넣을 수는 없었다. 학교에서도 유예 처리를 다 했기 때문에 장혁이는 이제 우리 반 학생이 아니었다. 나는 사진을 차마 버릴 수 없었다. 반 아이들 증명사진 마지막에 장혁이를 넣고, 이름을 올렸다. 아무도 모르게. 다행히 선생님들은 아무도 눈치 채지 못했다. 학급 친구들은 장혁이 사진을 보고도 나에게 아무 말도 하지 않았다.

졸업식이 끝난 2월의 어느 날 장혁이 어머니로부터 전화가 왔다. 어머니 말씀이 장혁이가 선생님과 친구들을 찾는다고 했다. 나는 졸업 앨범을 들고 장혁이네 집으로 찾아갔다. 장혁이네 집은 마산에서 개발이 덜 된 허름한 동네에 있었다. 수도가 놓여 있는 어수선한 마당에서 어머니와 이야기를 잠시 나눴다. 장혁이를 돌보느라 일하러 나가지 못한다고 했다. 부스스한 머리를 한 장혁이는 어두컴컴한 방에 이불을 반쯤 덮고 앉아 있었다.

"장혁아, 졸업 앨범이 나왔어."

"서언새앵님, 조럽."

장혁이는 어눌한 발음으로 머리를 좌우로 흔들면서 힘들게 말했다. 장혁이는 뇌 손상으로 인해 인지 장애, 언어 장애가 생겼다. 그러나 마지막 기억, 졸업 앨범 촬영에 대한 기억은 있었던 것 같다. 앨범에 나온 자신의 사진을 손으로 더듬어 보았다. 그리고 천천히 다른 친구들 얼굴도 살펴보았다. 나는 애써 웃으며 "장혁이 사진 잘 나왔네."라고 말했다. 장혁이에게 해 줄 수 있는 것은 미소밖에 없었다. 나를 보면서 히죽거리는 장혁이의 마음속에는 무엇이 있었을까? 졸업 앨범을 손으로 만질 때는 어떤 기분이었을까? 친구들 소식이 궁금할까? 자신이 고등학교를 졸업했다고 여길까?

장혁이를 조퇴시키지 않았더라면 장혁이는 사고를 당하지 않았을까? 복도에서 조퇴시켜 달라던 장혁이의 눈빛과 표정이 떠오른다. 학교에 더 오래 머물게 했더라면 밤에 그런 사고가 안 났고 졸업도 무사히 할 수 있지 않았을까 미련을 가져 본다. 안타깝다. 이미 지나간 일에 대해 생각해 본들 무슨 소용 있겠는가? 교직 생활 초창기에 겪은 장혁이의 사고는 교사인 내가 어찌할 수 없는 문제였다고 스스로 위로해 본다. 그렇지만 마음이 아무렇지 않은 것은 아니다. 졸업 앨범에 장혁이 사진 하나 넣어 주었다고 할 일을 다 했다고 생각하는 것도 아니다. 교사로서 가슴 한편에 무거운 돌 하나가 들어 있는 채로 살아갈 뿐이다. 잊고 살다가도 한 번 생각나면 한숨이 나오는 그런 일이다.

교직에 있으면서 마음 아팠던 기억이 어디 장혁이뿐이겠는가? 마음의 상처를 간직한 아이들이 많다. 다른 사람에게 상처를 주는 아이도 있다. 때로는 표현하지 않고 자신만의 세계 속에서 우울한 아이도 있다. 불우함을 들키지 않으려 과잉 행동을 하는 아이도 있다. 학교 밖의 일에 관심을 두는 아이도 있다. 가정에서도 학교에서도 마음 붙일 곳 없어 지친 아이도 있다. 수업 시간에 선생님으로부터 야단을 듣고 부끄러움에 몸서리치는 아이도 있다. 친구 문제로 학교생활이 괴로운 아이도 있다.

몸과 마음이 지친 아이들에게 교사로서 그동안 어떤 말을 하고 어떤 행동을 보여 주었는지 생각해 본다. 상담을 아무리 해도 아이들의 마음을 다 알 수 없다. 때론 방과 후에 학생과 함께 시간을 보내며 이런저런 대화를 나누기도 했다. 학부모님과는 전화 상담을 주로 했다. 하지만 내가 할 수 있는 일에는 한계가 있었다. 교사가 알 수 없는 일도 있고 보이지 않는 것도 있다. 또 교사가 모든 부분을 살펴보고 관여할 수 없다. 학생들은 가정으로 돌아가서 부모님과 형제자매와 생활한다. 친구들과 학원에서 만나고, 놀러 다닌다. 학생들에게 영향을 끼치는 요소가 사회 곳곳에 있다. 거기다 요즘은 스마트폰이라는 매혹적인 기계까지 있다. 중독 상태인 아이들이 너무 많다. 신체적, 정신적으로 성장기에 있는 아이들을 위해 어른들이 신경 써야 할 일들이 많아졌다. 올바르게 성장하도록 도와주어야 하지만 자신의 기분대로 자녀를 대하는 부모들이 일부 있다는 것이 문제다. 제 자식만을 감싸고 도는 이기적인 부모도 있다. 냉철하게 상황을 바라보지 않으려 한다.

우리는 어떻게 해야 하는가? 학부모로서 교사로서 아이에게 하는 말이 어떤 영향을 미칠지 생각해야 한다. 부정적인 말 한마디는 아이의 인성에 치명적이다. 존중받고 있다는 것을 알 수 있도록 긍정적인 말을 해야 한다. 또 사랑받고 있음을 느끼도록 사랑의 눈길로 바라보아야 한다. 비언어적인 표현을 통해 아이들은 많은 것을 느낀다. 세상 유혹이 많아서 온 힘을 쏟아도 올바르게 교육하는 일이 매우 어렵다. 교사와 학부모는 적대 관계가 아니다. 교사와 학부모가 한마음이 되어 아이들을 성숙한 어른으로 만들기 위해 어떤 노력을 해야 할지 항상 질문해야 한다. 우리 아이들이 더 이상 아프지 않았으면 좋겠다.

7.

마흔둘, 다시 찾아온 생명

요즘은 30~35세가 결혼 적령기라고 한다. 내가 결혼한 2006년에는 28세에 결혼을 해도 이른 나이가 아니었다. 그런데 나는 37세에 결혼했다. 늦은 결혼인 만큼 난임이 예상되었으므로 결혼 두 달 전부터 나는 한약을 먹었다. 다행히 결혼 후 두 달 만에 딸은 나의 뱃속에 살포시 들어왔다. 나이가 많은 데다가 서서 수업을 해야 하니 조심해야 한다고 선배 선생님들이 조언했다. 나는 서 있기 힘들 때는 간혹 앉아서 수업했다. 출산 예정일 2주 전에 출산 휴가에 들어갔다. 뱃속 아이와 함께 대화하며 시간을 보냈다. 항구에 정박하기 위해 파도 위에서 왔다 갔다 하는 배처럼 언제 아이가 나올까 생각하며 집 안을 서성거렸다.

출산 휴가 들어간 지 일주일째 되는 토요일, 남편과 나는 따뜻하고 신선한 봄기운을 받기 위해 도청 앞 공원에 갔다. 연못 주위를 돌다가 바위 틈으로 작은 꽃이 피어 있는 것을 보았다. 내 마음속 희망처럼 밝은 노란색이었다. 1시간 30분 정도 공원을 쉬엄쉬엄 돌아보다가 시댁에 갔더니 시어머니가 국수를 말아 주셨다. 시어머니가 만든 고소한 양념장, 진한 육수와 함께 노란 달걀지단과 새콤한 김치가 어우러져 내 입에 꼭 맞았다. 저녁에 집에 돌아와 남편과 소파에 앉아 쉬었다. 불룩 나온 배를 뚫고 나올 듯 뱃속 아이가 힘차게 발길질하는 모습을 보았다. 그때만 해도 출산 전 휴가를 평화롭게 즐길 수 있을 줄 알았다. 그러나 다음 날 새벽, 양수가 터져서 병원으로 가게 되었다. 출산 예정일을 일주일 앞두고.

일요일 아침 8시, 병원에 갔다. 일요일에는 아이 낳는 산모가 별로 없다는 말이 있다. 분만 대기실에는 임신부가 두 명밖에 없었다. 젊은 임신부는 진행이 빨라서 금세 나가 버렸다. 넓은 분만 대기실 침대에 혼자 누워 있었다. 주기적으로 맥박을 재고 혈압을 재는 간호사가 왔다 갔다 했다. 진행이 빠르지 않아서 분만 촉진제를 맞았다. 산통이 왔다. 내 몸은 큰 변화가 없었다. 견디기 힘든 산통이 왔다 갔다 했다. 나이가 있으니 수술로 낳자고 임신 초부터 남편이 제안했으나 나는 자연분만을 고집했다. 아파도 참고 기다렸다. 자정이 넘었다. 내 몸은 열리지 않았다. 아이의 심장 박동이 줄어든다고 했다. 출혈이 생겼다. 응급으로 수술을 해야 했다. 수술실로 가는 침대 위에서 비명을 질렀다. 고통을 소리로 표현하지 않으면 죽을 것 같았다. 지금까지 살면서 겪은 어떤 아픔과도 비교할 수 없었다.

"일어나세요. 눈 떠 보세요."

간호사가 나의 어깨를 흔들었다. 아기가 세상에 나오고도 나는 한참 동안 의식이 돌아오지 않았다. 기다리고 있던 가족들은 내가 빨리 나오지 않아 발을 동동 굴렀다고 한다. 겨우 마취에서 깨어난 나는 병실로 옮겨졌다. 새벽 2시경이었다. 이렇게 응급 수술을 마치고 병실에 왔다. 살포시 눈을 떠서 주위를 둘러보니 즉석 사진 하나가 놓여 있었다. 사진 속에서 아기는 지친 듯 눈을 질끈 감고 있었다. 2.56kg의 작은 아기는 어두컴컴한 나의 배 속에서 나왔다. 그렇게 작은 아기였지만 자연스럽게 내 몸에서 나오지 못했다. 산통은 산통대로 겪고 수술로 딸을 낳았다. 일요일 아침에 병원에 갔다가 월요일 새벽이 되어서야 출산했다. 자연분만을 고집하다가 아기의 생명이 위태로울 뻔했다고 생각하니 딸에게 미안했다. 세상일이 내 마음대로 되는 것이 아니라고 또 한 번 느꼈다. 후에 이 이야기만 하면 남편은 자신의 말을 듣지 않고 무모하게 자연분만을 시도했던 나를 원망한다. "그때 당신도 아기도 얼마나 위험했는지 알아요?"라고 말했다. 자연분만을 고집했던 내가 안쓰럽게 느껴진다. 유연함이 필요했다.

출산 휴가 3개월과 여름 방학 1개월을 마치고 나는 복직하였다. 딸을 시어머니께서 봐주시기로 했다. 당시 칠순이 넘으신 어머니는 사랑으로 손녀를 봐 주셨다. 시어머니는 내가 부탁드리기 전에 먼저 아이를 봐 주시겠다고 선언했다. 시어머니께 항상 감사하다. 아침에 차로 10분 거리에 있는 시댁에 딸을 데려다주었다. 학교까지 출근 시간이 45분 정도였다. 창원에서 마산으로 시내 중심부를 통과해서 가야 했기에 시간이 오래 걸렸다. 아침 일찍 서둘러 집을 나가고 종일 학교에서 정규 수업과 보충 수업까지 했다. 퇴근하면서 딸을 집으로 데리고 왔다. 집에 오면 딸이 하루 동안 먹은 젖병을 소독했다. 이유식도 만들어 먹였다. 시댁에 아이를 맡기면서 줄 이유식도 따로 만들었다. 남편은 사업을 새로 시작한 지 얼마 되지 않아서 밤늦게까지 일할 때가 많았다. 혼자서 육아를 감당해야 했다. 노산에다 직장 생활과 육아를 병행하면서 나도 모르는 사이 내 몸은 무너지고 있었다.

오른쪽 머리 뒷부분에서 살집을 꼬집어 뜯는 듯한 통증이 생겼다. 신경이 당겼다 쉬었다 반복한다. 이런 종류의 아픔은 처음이다. 저절로 미간이 좁혀졌다. 눈살을 찌푸렸다. 통증을 느낄 때마다 외마디 신음이 내 입에서 새어 나왔다. 오른쪽 늑골 부근에 물집이 생기기 시작했다. 점점 아래쪽으로 번졌다. 피부병인 줄 알고 피부과에 갔더니 대상포진이라고 한다. 서른여덟 살에 첫 아이를 낳고 11개월 만에 병이 생겼다. 학교에 일주일 병가를 냈다. 행여 아이에게 영향을 줄까 봐 시댁에 아이를 일주일 동안 맡겼다. 면역력이 약해지는 60세 이상의 성인에게 잘 생긴다는 그 병이 내 나이 30대 후반에 왔다. 가족들의 관심과 보살핌 속에 몸을 추스

르고 쾌유했다. 다시 집안일을 했다. 아이를 데리고 왔다. 학교에 복귀했
다. 바쁜 일상이 시작되었다.

몸은 힘들어도 딸아이를 보고 있으면 입가에 절로 미소가 지어졌다.
둘째를 계획했다. 두 살 터울로 낳고 싶었다. 임신이 되었다. 임신한 지
10주가 되던 12월의 어느 날이었다. 학교에서 정규 수업을 마치고 보충
수업 2시간을 더 한 후 퇴근하려고 학교 건물을 나왔다. 차가운 공기에
몸이 으슬으슬했다. 주차장이 유난히 어둡게 느껴졌다. 차에 탔을 때 한
기로 온몸이 오들오들, 이는 덜덜 떨렸다. 1시간 가까이 운전하는 내내
아랫배와 어깨, 목에 잔뜩 힘이 들어가서 내 몸이 경직되는 느낌이 들었
다. 겨우 시댁에 갔다. 딸을 데리고 집으로 왔다. 몸이 착 가라앉았다. 느
낌이 아주 이상했다. 그러고도 나는 아무 일 없다는 듯이 다음 날도 딸
을 맡기러 시댁에 가고 학교에 다녔다. 며칠 후 몸에 출혈이 있어서 산부
인과에 갔다. 태아의 심장 박동 소리가 들리지 않았다. 내가 방심한 탓이
었다. 둘째도 자연스럽게 출산할 수 있을 줄 알았다. 안심하고 평소 하던
대로 생활한 내 잘못이 컸다. 좀 더 조심해야 했는데. 자책을 많이 했다.
내 몸에서 떨어져 나간 그 아이에게 미안했다.
　유산 이후 내 몸과 마음은 의욕을 잃고 서서히 지쳐갔다. 포기 반 희망
반으로 산부인과 병원에 다녔다. 그 사이 네 살이 된 딸은 나에게 틈만
나면 "엄마, 동생 낳아줘. 낳아주면 내가 잘 돌볼 수 있는데."라고 졸라댔

다. 유산 이후 임신이 되지 않았다. 딸이 동생을 낳아 달라고 떼를 쓸 때마다 내 마음속에서는 '엄마도 네 동생 낳아 주고 싶은데…….'라는 말이 맴돌았다. 하고 싶지만 할 수 없는 일이 있다는 것을 사실로 받아들여야 했다. 세상을 살아가면서 원하는 모든 것을 다하는 사람이 어디 있겠는가? '딸아, 미안해. 엄마는 네 동생을 낳아 주지 못할 수도 있어. 엄만 나이가 너무 많고, 건강도 썩 좋지 않아.'라고 마음속으로 말하였다.

나이가 많고 유산까지 한 나의 몸 상태는 아이를 가질 만큼 건강하지 않았다. 첫째를 낳고 대상포진에 걸린 후 몸은 쇠약해졌다. 직장 생활도 만만하지 않았다. 직장 생활과 병행한 육아는 더 힘들었다. 임신이 되지 않아 포기하고 싶은 마음이 많았다. 그러나 할 수 있는 노력은 다 해 보아야겠다는 마음으로 묵묵히 병원에 다녔다. 내가 어쩌지 못하는 일에 집착하기보다 할 수 있는 일에 투자했다. 한의원에서 약을 지어 먹었다. 음식 조절과 걷기 운동을 했다. 난임 전문 병원에서 의사 선생님이 안내하는 절차에 따라 여러 가지를 시도해 보았다. 그리고 기도하였다. 나는 더 늦기 전에 할 수 있는 최선을 다했다. 하지만 결과에 집착하지 않았다.

내가 마음을 비웠을 때 아들은 나의 몸속에 들어왔다. 2010년 10월에 임신했다. 2008년에 유산하고 거의 2년 만의 일이다. 그러나 쉽지 않았다. 임신 10주에 또 출혈이 있었다. 무서웠다. 저번처럼 아이를 잃는 줄 알았다. 병원에 가기 전에 남편이 나를 안아 주면서 "아무 일 없을 거예요."라고 말해 주었다. 지금까지 살아오면서 남편이 내게 해 준 가장 긍정적이면서도 희망적인 말이었다. 그 순간 괜찮을 수 있겠다는 생각이 스쳤다. 병원에서는 날마다 주사를 맞으러 오라고 했고, 집에서는 누워 지내라고 했다. 학교에 병가를 두 달 냈다. 딸아이는 시댁에서 저녁까지 다 먹고 남편이 데려왔다. 나는 집에서 소위 '시체 놀이'를 했다. 태아가 안전하게 내 몸에 꼭 붙어 있어야 했다. 침대에 누워서 딸을 맞이하였다. 밥 먹을 때, 양치질할 때, 병원 갈 때 외에는 거의 다 누워서 지냈다. 두 달 동안 매일 주사를 맞으러 다녔다. 어느 날 의사는 태아가 안정적이니 주사를 맞지 않아도 된다고 했다. '하느님, 감사합니다.' 마음속으로 외쳤다. 이번에는 자연분만을 고집하지 않았다. 아들은 2.78kg으로 건강하게 태어났다.

제왕절개 수술을 하려고 입원하기 몇 주 전부터 딸은 기침이 떨어지지 않아서 계속 약을 먹고 있었다. 한 달이나 되었다. 내가 병원에 데리고 다니기 힘들어 시아버지가 딸을 데리고 동네 병원에 갔다. 그 병원에서 단순 감기라고 하면서 약을 처방해 주었다. 딸의 기침은 계속되었다. 갓 태어난 동생도 보고 엄마도 보기 위해 딸이 병원에 왔다. 나는 몸이 덜 회복되어 허리를 바로 펴지 못해 약간 구부리고 다녔다. 나는 환자복을 입은 채 내가 입원한 병원에 있는 소아과로 딸을 데리고 갔다. 기침이 너무 안 떨어진다고 했더니 의사 선생님이 X-레이를 한번 찍어 보자고 했다. 사진을 보고 설명했다. 폐렴이었는데 자가 치료 중이라고 했다. 조기 진단이 잘못되었기에 기침이 그렇게 오래간 것이었다. 엄마가 동생을 낳느라고 신경을 쓰지 못했던 시간 동안 딸이 얼마나 아팠을까 생각하니 가슴이 찡했다. 위험할 수도 있었다는 생각에 속상했다. 정확하게 진단하여 약을 처방하니 딸은 금세 좋아졌다. 유치원을 마치면 딸은 할아버지 손을 잡고 입원해 있는 나를 찾아왔다.

일주일 입원해 있는 동안 친정엄마가 나를 지켜 주셨다. 친정엄마와 나, 딸 이렇게 모녀 3대가 함께 병실에 있었다. 흐뭇했다. 일흔 살이 다 되신 엄마가 나를 간호해 주었다. 외손자를 보게 된 엄마는 무척 기뻐하였다. 무엇보다 내 건강을 걱정했다. 마흔이 넘어 출산한 딸이 빨리 회복되기를 바라는 엄마의 그윽한 눈빛을 보았다. 결혼 이후 엄마와 이렇게 오래 있어 본 것이 처음이었다. 감사한 시간이었다.

몸은 회복이 더뎠다. 허리가 아파서 방바닥에 앉아 있기 힘들었다. 오른쪽 손목에 통증이 있어서 무거운 물건을 들어 올릴 수 없었다. 의자에 한참 앉아 있다가 일어나서 걸어가려면 오른쪽 다리가 제대로 펴지지 않아서 절뚝거리며 걸어 다녔다. 출산 휴가 후 바로 복직할 수 없는 상태였다. 육아휴직에 들어갔다. 아이를 위한 것도 있었다. 하지만 회복이 덜 된 몸 상태로 고단한 학교생활을 하고 싶지 않았다. 나는 오로지 육아에만 전념했다. 남편은 출근하고, 딸은 유치원에 갔다. 아들을 재우고 옆에 나도 누웠다. 방 천장이 나를 향해 내려오면서 짓누르는 것 같았다. 잠시 후 온 사방이 적막해지니 눈물이 났다. 산후 우울증이 나타난 것이다. 아무에게도 말하지 않았다. 두 아이의 엄마로서 육아휴직 했던 그 시절 쉴 사이 없이 바쁘고 힘들었지만 다섯 살 딸, 한 살 아들의 얼굴을 바라보고 있노라면 온 세상을 다 가진 것 같았다. 힘이 솟아났다. 산후 우울증이 어느새 사라졌다.

마흔두 살에 나는 두 아이의 엄마가 되었다. 세상에서 가장 귀한 선물을 얻을 때까지 내 삶은 최고가 아니었다. 다만 꿈이 있고 힘든 과정을 견뎌 내는 삶이었다. 얼어 있는 땅속에 숨어 있다가 싹을 틔우는 씨앗과 같이 나는 기다릴 수 있었다. 삶이 나에게 두 아이의 엄마가 될 기회를 주었다. 삶이 내게 말을 걸어온 것이다. 간절히 원하던 인생을 주었으니 최선을 다해서 살아 보려고 한다. 내 인생에 고마움을 느끼지 않을 수 없다. 나를 있게 해 준 부모님, 남편을 있게 해 준 시부모님, 둘째 아이 임신했을 때 유산할까 노심초사했던 나에게 긍정적인 말로 희망을 주었던 남편, 동생이 생기기를 간절히 바랐던 딸, 엄마 배 속에 꼭 붙어 있다 세상에 나온 아들을 생각하면 감사할 따름이다. 소중한 가족과 기다림의 시간이 있었기에 나는 지금 행복을 맛보며 살아간다.

8.

일상은 산속이었다

살아가면서 나는 무수히 많은 선택을 해 왔다. 가장 어려웠던 선택은 배우자를 고르는 일이었다. 어른들의 소개로 만났다. 첫인상이 좋았다. 대화도 잘 통했다. 종교가 같았다. 집안 어른들과 형제 관계 무난했다. 괜찮은 사람 같아 보였다. 남편을 선택할 당시에 열렬히 사랑한다는 감정은 없었다. 남편도 마찬가지였을 것이다. 그러나 남편을 만나면 기분이 좋았고 가슴이 설렜다. 내 마음을 들여다보기라도 한 것처럼 내가 좋아하는 음식점으로 나를 데리고 갔다. 좋은 경치를 찾아다니면서 같이 감탄했다. 아무리 소개로 만나 연애할 시간이 별로 없는 노처녀, 노총각이라도 가슴의 울림이 전혀 없는 상태에서 결혼을 선택할 수는 없지 않은가? 서로에게 다정한 눈빛을 보낼 수 있는 사이가 되었다. 나는 남편과 결혼하기로 했다. 성당에서 신부님의 주례로 한 번의 혼인 예식을 한 후 일반 예식장에서도 많은 사람의 축하를 받으면서 결혼식을 했다. 딸과 아들이 생겼다. 늦게 결혼해서 아이를 둘씩이나 낳아 평탄하게 산다고 다들 성공했다 말한다. 나도 그럭저럭 잘 살고 있다고 생각한다. 그러나 우리의 일상은 성공과 실패의 두 가지로 나눌 수 있을 만큼 단순하지 않다는 것이 문제다.

　남편은 요리에 관심이 많다. 요리 실력도 좋다. 한식, 중식, 일식, 양식, 이탈리아 음식, 멕시코 음식, 베트남 음식에서 대표적인 요리들을 맛있게 할 수 있다. 아이들은 아빠의 요리 실력을 인정한다. 맛있는 음식으로 아침 식탁을 차린 남편에게 아이들은 음식을 입안 가득 넣고 엄지를 들어 보인다. 결혼 직후부터 아침 식사를 도맡아 준비해 주고 있다. 남편이 아침에 요리하는 시간에 나는 출근을 준비한다. 집에서 일찍 나가야 하므로 아침 설거지도 남편이 해 주었다. 남편은 출근하면서 음식물 쓰레기까지 처리해 주었다. 누군가는 이렇게 사는 나에게 전생에 나라를 구했다고 말했다. 내가 남편에게 해 달라고 부탁한 적도 없건만 결혼 초부터 우리 가족의 아침 담당으로 기꺼이 요리를 하는 남편에게 무척 고맙다.

　그러나 남편이 요리를 잘하고 부엌살림에 밝기 때문에 나는 상대적으로 무능한 것 같이 느껴진다. 냉장고에 항상 준비되어 있어야 하는 재료들이 없으면 불만을 표현한다. 잔소리다. 맞는 말이지만 듣기 싫게 하니까. 마늘이 몇 개 남아 있지 않으면 미리 사서 냉장고에 넣어 두어야 한다. 고춧가루, 대파, 양파, 각종 소스류 등이 요리할 때 부족하면 제대로 맛을 내지 못하니까 없으면 짜증이 나는 모양이었다. 아니, 그보다 더 근본적인 이유는 내가 관심이 없다는 것이었다. "당신은 도대체 어디에 관심이 있어요?"라는 말을 자주 했다. 음식 재료들이 다 떨어져 갈 무렵 신경 써서 사 놓으려고 노력했다. 마트에 갈 시간이 없거나 미처 생각이 나지 않을 때도 있다고 변명을 늘어놓으면 "휴대전화에 메모해 둬요. 그거 떨어졌다고 말한 지가 언젠지 알아요?"라고 말했다. 나는 '그거 다 떨어진 거 아는 사람이 사 오면 되지 않나?'라고 마음속으로 투덜댔다. 이만저만 신경 쓰이는 게 아니었다.

"여보, 이리 와 보세요." 또 무슨 일인가 긴장하면서 부엌으로 가 보았다. 가스 중간 밸브가 잠겨 있지 않았다. 어제 저녁에 내가 아이들 저녁을 차려 주기 위해 요리하고 중간 밸브를 잠그지 않았던 모양이다. 나는 밤에 부엌을 쓰는 사람이고 남편은 아침에 부엌을 쓰는 사람이다. 부엌 상태가 남편 마음에 들지 않으면 다음 날 나는 잔소리를 들어야 했다. 남편은 사업가라서 퇴근 시간이 일정하지 않고 밤늦게 퇴근할 때가 많았다. 그렇다 보니 저녁에는 혼자서 두 아이를 돌보아야 했다. 정신없이 밥 해 먹이고, 씻기고, 놀아 주어야 했다. 재우려고 누워서 책을 읽어 주다 보면 내가 먼저 잠이 들어 버리는 경우가 대부분이었다. 그렇게 정신없이 혼자서 육아를 도맡아 하는 상황이다. 부엌이 조금 정돈되지 않았다고 비난하는 말투를 쓰는 남편에게 섭섭했다.

하루는 남편이 컴퓨터와 책상 두 개가 놓여 있는 방에 와서 말했다. "사람이 다니기도 힘들게 왜 이렇게 책들을 쌓아 두는 거예요? 이 책들은 봅니까? 안 보면 버리세요." 나는 요즘 못 치웠다고, 무슨 말인지 알았다고, 정리하겠다고 웃으면서 좋게 말했다. 내 말에는 아랑곳하지 않고 남편은 내가 정리를 잘 하지 않고, 물건을 못 버리는 것에 대해 계속 불만을 이어 갔다. 나는 갑자기 억울한 마음이 치밀어 올랐다. 그래서 변명했다. 방학 때마다 아이들 책을 정리해서 다른 사람에게 나눠 주고, 버리기도 한다고. 학기 중이 되면 바빠서 그때그때 나온 것만 정리하고 버려도 시간이 없다고 말했다.

집안일이 내 손을 거치지 않으면 안 되는 일투성이인데 완벽할 수는 없었다. 나는 물건들을 잘 버리지 못한다. 정리에 서툴다. 인정한다. 하지만 노력하고 있었다. 며칠 전에 50리터짜리 쓰레기봉투를 사 놓았다. 물건들을 정리해서 버릴 것은 버릴 거라고 말했다. 그랬더니 50리터짜리 봉투 하나 가지고 될 것 같으냐고 남편이 말했다. 정리하기 위해 큰 쓰레기봉투를 준비한 내 마음을 봐 달라고 말한 것이었는데 남편은 너무 논리적이었다. 이렇게 주고받는 대화는 평행선이었다. 남편의 말투가 나를 더 화나게 했다. 남편은 남편대로 화가 나는 지점이 따로 있었다. 자신의 말투만 트집 잡고 정작 개선해야 하는 일에는 내가 관심을 가지지 않는다고 생각했다. 나는 무엇을 개선해야 하는지 알고 있다. 하지만 물건을 버리기가 쉽지 않다. 미니멀 라이프와 관련된 책도 몇 권 읽어 보았다. 실천은 어려웠다. 그래도 천천히 해 나가려고 하나씩 준비했다. 남편은 성격이 급한 사람이라 나의 그 '천천히'와 '하나씩'이라는 말이 이해되지 않았을 것이다.

냉장고에 메모지를 붙였다. 남편이 요리하다가 재료가 떨어져 가는 것은 메모한다. 그러면 내가 그것을 휴대전화로 찍어 시장에 가서 사다 놓는다. 남편이 잔소리를 거의 하지 않게 되었다. 하루 15분 정리를 하려고 다이어리에 체크리스트를 만들었다. 날마다 할 수는 없었으나 마음을 내어 일주일에 서너 번 정리하니 집이 조금씩 정돈되어 갔다. 방법을 찾으면 되는데 그동안 무수히 이 문제로 감정을 소모했다. 문제가 있으면 대화를 통해 합의점을 찾아 조금씩 더 움직이면 된다는 것을 남편도 나도 깨닫고 있다.

일상생활에서 사소한 갈등 없이 사는 사람은 없다. 항상 나쁜 것도 아니고 항상 좋은 것도 아니다. 내가 아는 것이 진실이라고 끝까지 고집하며 강하게 말하는 것보다 침묵을 지키는 게 때로는 필요하다. 감정이 상했을 때는 나의 욕구를 강요하지 않기로 했다. 평정심으로 돌아왔을 때 차근차근 표현하려고 한다. 내 의견을 바로 말하기보다 한 번 더 생각해 보기로 했다. 아니, '삼사일언'이라는 말이 있듯이 한 번 말하기 전에 세

번을 생각해 보기로 한다. 갈등 상황이 커지지 않기를 기대한다. 다투는 사람들은 모두 똑같다. 누구 하나 더 큰 이불이 되어 주지 않았다. 각자의 베개로 싸우다 보니 먼지만 폴폴 날린다. 가지런하게 이부자리에 베개를 놓아 두듯 서로의 격한 감정을 잠재우고 난 뒤에 이야기하면 하나씩 하나씩 풀 수 있다. 그러나 하나를 해결했다고 달콤한 꿈이 끝도 없이 펼쳐지는 것은 아니다. 우리의 일상은 숨을 헉헉거리면서 올라가야 하는 산등성이도 있고 시원한 물이 샘솟는 약수터도 나오고 거친 오솔길도 있다는 것을 잊지 말아야겠다.

제 2 장

내 인상의 전환점

1.

도를 닦는 시험 준비

1995년의 봄날, 마산시립도서관에 앉아 있었다. 벌써 두 번의 교원 임용 시험에서 낙방했다. 지역 소재 사범계 출신에게 주는 가산점을 나는 받을 수 없었다. 비 사범계 출신으로서 임용 시험을 치는 것은 경쟁률도 헤쳐 나가야 했고 가산점의 벽도 넘어야 했다. 두 번의 낙방 후 쉽게 생각해서 안 된다는 것을 깨달았다. 종일 책을 읽고, 노트에 필기하고, 암기했다. 친구도 만나지 않았다. 도서관에 매일 갔다. 외우고 또 외웠다. 자신감이 넘쳤다. 이렇게 열심히 했는데 떨어질 리 없다고 야심에 차 있었다. 이번 시험에 떨어지면 다시는 임용 시험을 치지 않을 것이라 결심했다. 합격자 발표 날이 되었다. 교육청 앞 게시판에 가서 합격자 명단을 살펴보았다. 내 이름이 없었다. 집으로 돌아와서 엉엉 소리 내어 울었다.

다시는 공부 안 할 거라고 이불을 뒤집어쓰고 소리쳤다. 식구들은 나의 눈치를 보았다.

1996년의 봄날, 학원에서 고등학생들을 가르치게 되었다. 재미있었다. 학원 강사로서 뿌리를 내릴 수도 있었다. 그러나 학교에서 학생들을 가르치는 교사가 되고 싶다는 생각이 떠나지 않았다. 임용 시험 치기 넉 달 전에 짐을 싸 들고 서울로 올라갔다. 서울에 친오빠가 취직해 있었기 때문에 오빠 집에서 지내기로 했다. 아침밥을 먹고는 동작도서관으로 갔다. 오후에는 노량진 고시 학원으로 갔다. 강의 듣는 시간 외에는 다시 동작도서관으로 가서 공부하고 밤늦게 귀가했다. 이런 생활을 반복했다. 매주 한 번 있는 정기 휴관일에는 보라매도서관으로 갔다. 종일 공부했다. 대학 친구들에게도 서울에서 시험 준비한다는 이야기를 하지 않았다. 철저히 나 혼자였다.

도서관의 구내식당에서 카레라이스 한 숟가락 입에 넣으며 메모지에 써 놓은 학습 내용을 읽었다. 오물오물 밥알을 씹으면서 머릿속에 그 내용을 되뇌어 보았다. 그 시절 나는 종일 한마디 말도 하지 않고 공부만 했다. 시험공부를 하면서도 자신은 없었다. 지금 할 수 있는 유일한 일이 시험 준비였다. 내가 간절히 바라던 꿈을 실현하기 위해서는 이 방법밖에 없었다. 그때까지 세 번의 시험에서 낙방했기 때문에 자존감은 바닥이었다. '합격할 수 있을까? 과연 나에게 기회가 주어질까?' 하는 의구심도 있었다. 기도했다. 학생들을 학교에서 가르칠 수 있는 교사가 되게 해 달라고. 절대자에게 기도해도 내 마음 한편에서는 확신이 없었다.

그러던 어느 날이었다. 지금도 생생하게 기억한다. 그날도 칸막이가 된 도서관 열람실에 앉아 공부했다. 책을 보다가 몸을 살짝 뒤로 빼고는 공부하는 사람들을 빙 둘러보았다. 갑자기 '할 수 있겠네. 시험에 합격할 수 있겠어.'라는 내면의 소리가 들렸다. 공부하는 사람들이 빼곡히 앉아 있는 곳에서 어째서 그런 생각이 불현듯 들었는지 지금도 신비하다. 그 순간과 장면이 아직도 머릿속에 생생하게 그려진다. 둥실둥실 떠가는 열기구처럼 자신감이 둥둥 떠다녔다. 이상하게 마음이 편안해졌다. 합격할 것 같았다. 그 일 이후 아무 생각 없이 그냥 공부했다.

임용 시험 10일 전에 갑자기 마산 집에 가고 싶어졌다. 시험일 바로 전에 내려갈 계획이었지만 집에 가고 싶다는 생각이 불현듯 들었다. 한시도 서울에 있기 싫었다. 하루빨리 부모님이 계신 고향에 가고 싶었다. 회사에 있는 오빠에게 전화했다. 지금 짐 싸서 집에 내려갈 거라고 말했다. 놀란 오빠가 강남고속버스터미널로 와 주었다. 넉 달간의 서울 생활을 말해 주는 책들이 들어 있는 배낭과 옷 가방이 내 짐의 전부였다. 오빠가 저녁을 사 주었다. 먹으면서 눈물이 주르륵 흘러내렸다. 오빠가 안타까운 시선으로 바라보았다. 오빠는 바빠서 서울에서 공부하고 있는 나와 시간을 보낸 적이 별로 없었다. 나도 공부한다고 바빴으니까 오빠에게 불만은 없다고 생각했는데 왜 그렇게 오빠 앞에서 울었는지……. 서울에서 혼자 공부하면서 많이 힘들었던 것 같다.

저녁에 출발하는 버스였다. 겨울이라 하늘은 이미 어두웠다. 오빠를 남겨 두고 나는 버스에 올라탔다. 창밖을 보니 오빠가 가지 않고 나를 쳐다보고 있었다. 누군가를 배웅할 때 버스에 올라타면 곧바로 뒤돌아서서 가 버렸던 오빠지만 그날은 가지 않고 버스가 출발할 때까지 나를 바라보고 서 있었다. 저녁을 먹으면서 눈물지었던 여동생을 안쓰럽게 느꼈을까? 나는 주체할 수 없을 만큼 눈물이 계속 흘러내렸다. 차창 밖을 보았다. 오빠도 나를 보고 있었다. '오빠야, 미안해. 그냥 눈물이 나네. 오빠한테 섭섭해서 그러는 거 아니야.'라고 말해 주고 싶었다. 이윽고 차가 출발했다. 그러고도 나는 한참을 울었다. 목표가 있으니까 공부하였다. 누구도 강요하지 않았던 시간이었다. 사람들과 한마디 말도 하지 않았던 날들, 빽빽한 학원 강의실에서 강의 내용을 한 부분도 놓치지 않으려고 귀를 쫑긋 세웠던 날들, 매일 도서관에 가서 공부하기 위해 도서관을 바꿔 다녔던 날들이 차창 밖에서 휙휙 지나가는 불빛처럼 내 머릿속에서 빠른 속도로 지나갔다. 내면의 목소리를 듣고 자신감이 내 몸 전체를 감싸고는 있었지만 외로움을 느끼지 않은 것은 아니었나 보다.

임용 시험일이 되었다. 교원 임용 시험이 논술형으로 바뀐 첫해다. 출제자의 의도를 생각하면서 내가 알고 있는 것들을 또박또박 써 내려갔다. 합격, 불합격에 대해서는 생각하지 않았다. 최선을 다했다. 시험을 치른 후 많은 수험생이 쏟아져 나왔다. 교문으로 가는 내리막길을 걸으며 나는 생각했다. '이번 시험에서 떨어져도 다시 공부할 거야.' 시험 결과에 대한 불안감은 없었다. 자만하지도, 욕심부리지도 않았다. 다만 꿈을 향해 계속 도전하겠다는 생각뿐이었다. 시험이 끝난 다음 날부터 나는 동네 독서실에 가서 계속 공부했다. 공부하는 것이 좋았다. 결과가 어떠하든 나는 공부하는 사람이라는 생각이 들었다.

전화로 합격자를 검색할 수 있었다. 합격이었다. "하느님, 감사합니다!" 두 손 모아 신께 감사했다. 그리고 부모님께도 바로 시험 합격 소식을 알렸다. 면접까지 통과한 후 나는 어엿한 교사가 되었다. 이 일을 계기로 내 인생 좌우명이 생겼다. '최선을 다한 후 마음을 비운다.' 최선을 다한 후에 열매를 바로 맺으면 더할 나위 없이 좋을 것이다. 그러나 지금 당장 열매를 맺지 못했다고 좌절하고 포기하는 것이 아니라 한 번 더 최선을 다하려고 했다. 마음을 비우고 열매를 기다렸다. 열매가 열리지 않아도, 열매가 작아도, 열매가 덜 여물어도 그것이 내가 최선을 다한 후 얻은 결과물이라면 만족한다. 감사할 따름이다. 더 충실한 열매를 맺고 싶다면 한 번 더 최선을 다해 도전하면 될 일이다.

내가 1995년 세 번째 임용 시험 공부를 할 때는 공부하는 양이나 실력을 보면 합격이 당연하다고 생각했다. 오만했다. 보기 좋게 낙방했다. 그 당시는 하느님을 원망하고 가산점이 있는 시험제도를 비판했다. 1996년 임용 시험을 네 번째 도전할 때는 불합격한다 해도 다시 공부할 것이라고 다짐했다. 아직 때가 되지 않은 것이니 계속 노력하겠다고 생각했다. 감사하게도 나는 합격이라는 선물을 받았다.

쌀이 끓는다고 바로 밥이 되는 것이 아니다. 뜸을 적당히 들여야 맛있고 찰진 밥이 된다. 열심히 했다고 오만했던 시절, 합격이 아니면 아무것도 아니라고 욕심부렸던 시절, 나는 끓으면 당장 맛있는 밥상을 차릴 수 있다고 생각한 사람이었다. 실패에 좌절하지 않고 다시 도전하며 마음의 뜸을 들이는 시간이 있었기에 열매를 맺을 수 있었다. 최선을 다한 후에 마음을 비울 수 있는 성숙한 삶의 태도를 배운 시간이 있었기에 나는 좌절하지 않았다. 꿈을 꾸고 도전했다. 결과에 연연하지 않고 도전을 멈추지 않을 것이라 다짐하고 기다렸다. 꿈이 이루어졌다. 내 인생에 의미 하나가 더 생겼다. 나는 이제 그냥 사람이 아니다. 학생들에게 희망과 노력, 마음 비움의 중요성을 생생하게 가르칠 수 있는 선생님이다.

2.

성당에서 다시 만난 친구

나는 대학교 4학년 때 서울의 대방동 성당에서 세례를 받았다. 친언니가 나를 가톨릭 신앙으로 이끌었다. 언니의 간절한 기도 덕분에 나는 성당을 다니게 되었다. 나를 세례 받도록 이끌어 준 언니가 정말 고맙다. 가톨릭 신앙은 나에게 삶의 바탕이 되었다. 대학을 졸업하고 바로 고향으로 내려왔다. 스물여덟 살의 겨울 어느 날 집 근처 성당에서 주일미사를 드리고 있었다. 뒤쪽에 앉은 한 여자가 눈에 들어왔다. 중학교 때 친구 같았다. 미사가 끝나자 친구는 성당을 벗어나려 했다. 저만치 앞서가는 친구에게 뛰어갔다. 뒤에서 어깨를 두드리며 이름을 불렀다. 친구가 뒤돌아보며 "아, 너…… 부반장!" 하며 나를 알아보았다. 중학교 2학년 때 내가 부반장이었던 것을 친구가 기억해 낸 것이다. 13년 만에 만났다.

그것도 성당에서. 친구가 현재의 내 삶에 이렇게 깊숙이 연결될 줄 그때는 몰랐다.

1984년 중학교 2학년 꿈 많았던 사춘기 시절에 요셉피나(세례명)와 나는 같은 반이 되었다. 키 순서로 정했던 출석 번호가 나는 8번, 친구는 36번 이렇게 큰 차이가 났다. 그 당시는 한 학급의 학생 수가 지금의 배는 될 때였다. 키가 작은 나는 뒤 번호의 요셉피나와 이야기할 기회가 별로 없었다. 서로의 관심 분야도 달랐다. 중학교 2학년 가정 수업 시간 한 장면이 떠오른다. 꿈을 발표하는 시간에 요셉피나는 '팝 칼럼니스트'가 되고 싶다고 말했다. 선생님, 간호사, 공무원 등 일반적인 직업을 이야기하는 아이들 속에서 팝 칼럼니스트라는 직업은 신선한 충격이었다. 나는 그런 직업이 있는 줄도 모르고 있었다. 급우들은 모두 감탄사를 연발했다. 친구는 팝송도 잘 불렀고, 노래 가사와 팝 가수에 대해서도 아는 것이 많았다. 팝송에 대해서 문외한이었던 나는 속으로 '우와! 멋지다. 개성 있는 친구네.'라고 생각했다. 그렇지만 학창 시절에 친하게 지낼 기회는 없었다. 같은 고등학교로 진학했어도 교류는 없었다.

스물여덟 살에 다시 만난 요셉피나와 나는 성당의 한 단체에 가입하여 활동하게 되었다. '레지오 마리애'라는 기도하고 봉사하는 모임이다. 미혼 여성으로 구성된 그 모임에는 로사, 스텔라라는 세례명을 가진 동생들도 있었다. 매주 화요일 저녁 성당에 모여 레지오 모임을 했다. 마친 후에는 네 명이 시내 번화가로 나가서 차를 마셨다. 때론 술을 마시고, 음식을 먹으면서 수다를 떨고 까르르 웃었다. 즐거웠다. 한 주에 두 번씩 만나도 할 말이 많았고 함께 울고 웃으며 지냈다. 일요일에는 주일미사를 마치고 우리 네 명은 산으로 바다로 놀러 다녔다. 때론 계획을 세워 전주의 치명자산 성지, 대구의 계산동 성당 등 천주교 성지 순례도 함께 다녔다. 부산의 성 베네딕토 수도원, 남천 성당에도 가 보았다. 계획을 세워 1박 2일 놀러 가기도 했다. 한번은 포항의 호미곶에 즉흥적으로 가서 일출을 보고 돌아오기도 했다. 생일을 챙겨 주고, 서로의 고민도 나누었다.

30대를 외롭지 않게 보낼 수 있었던 것은 그 친구와 하는 모임 덕이었다. 로사, 스텔라는 나보다 몇 살 어렸지만 경험도 풍부하고 책임감도 컸다. 많은 도움을 주었다. 어울려 다녔던 우리 네 명의 생활에도 마침표가 찍혔다. 내가 결혼하고 성당의 교적을 옮기게 된 것이다. 두 아이의 출산과 육아 등으로 바쁜 날들을 보냈다. 자연스럽게 그들과 만나는 일이 뜸해졌다. 부활절이나 성탄절에는 축하 메시지를 전달하고 송년회, 신년회를 가끔 할 뿐 예전처럼 네 명이 뭉쳐서 놀러 다닐 기회는 없었다. 각자 사는 곳도 달라지고 생활이 바빠 지금도 자주 만나지 못하고 있다.

아이가 어렸을 때는 아이 친구 엄마들과 교류하면서 육아와 사교육 이야기를 많이 했다. 카페에서 모여 수학은 어디를 보내고, 영어는 어디가 좋은지, 태권도나 수영은 언제 어떻게 보낼지, 어느 키즈 카페가 좋은지 아이들 공부 습관은 어떻게 들여야 하는지에 대해 이야기했다. 나는 귀가 솔깃해져서 여기저기 학원을 보냈다. 내 삶의 중심은 성당이 아니었다. 바쁘고 귀찮다고 성당의 주일미사에 빠지기 시작했다. 성당에 냉담했다. 성당에 가지 않는 날들이 계속될수록 빚을 갚지 않은 채무자처럼 쫓기는 기분이었다. 내가 이렇게 신앙생활을 소홀히 할 때도 요셉피나는 나에게 강요하지 않았다. 담담하게 성당 소식을 전해 주었다. 요셉피나는 나와 가톨릭을 이어 주는 메신저 역할을 했다. 아이들의 신앙 교육도 시작해야 했다. 그래서 큰아이가 일곱 살 때 냉담을 풀고 성당에 다시 나갔다.

아이들에게 손이 덜 가게 되었을 때부터 조금씩 시간을 내어 요셉피나와 꾸준히 만나고 있다. 내가 방학하면 차를 몰고 교외로 나가서 예쁜 가로수 길을 걸어 다녔다. 감탄하는 데는 둘 다 선수다. 함께 있으면 더 많은 감탄사가 나왔다. "야! 길이 진짜 예쁘다.", "맞다! 이렇게 예쁜 길이 있네." 바닷가 찻집에서 수다를 떠는 날도 조금씩 생기고 있다. 서로 힘들면 힘들다 하고 좋으면 좋다 했다. 함께 마음을 나누었다. 요셉피나와 만나면 성당, 미사, 예수님, 기도 등 가톨릭과 관련한 이야기를 많이 하였다. 성당에서 레지오와 성가대 활동을 꾸준히 하는 요셉피나를 볼 때면 하느님 백을 지닌 친구가 있는 것 같았다. 든든하였다. 함께 있으면 마냥 즐거웠다.

나는 요즘 성당에서 초등학교 3학년 학생들이 첫 영성체를 할 수 있도록 가톨릭 교리를 가르치고 있다. 초등학생들은 생기발랄하고 의욕적이다. 그 모습을 보면 나도 덩달아 밝아진다. 가정생활과 학교생활을 있는 그대로 이야기해 준다. 아이들의 순수함이 좋아서 2년째 하고 있다. 2021년과 2022년에는 성당에서 초등부 자모회 부회장으로 활동했다. 2021년 2월부터 매주 토요일 새벽에는 화상회의로 성당 자매님들과 주일 복음 말씀을 묵상하는 모임을 한다. 그리고 매일 아침 복음 말씀을 묵상하고 인증하는 네이버 밴드를 운영하고 있다. 성당에서 봉사하는 사람들이 많다. 봉사자들은 시간이 남아서 하는 것이 아니라 바쁜 일상 속에서 없는 시간을 쪼개서 하고 있었다. 나는 시간이 허락하고 내가 할 수 있는 선에서만 하고 있다. 그런데도 요셉피나는 대단하다고 하면서 감탄하고 응원해 준다.

아들이 미모사를 화분에 키웠다. 혼자서 움직일 수 없는 것이 식물의 숙명이듯 미모사도 흙에 뿌리를 내리고 항상 아파트 베란다에 있었다. 직접 말을 걸지 않았으나 항상 나를 지켜보고 손짓하고 있는 것 같았다. 잎을 건드리면 오므라드는 수줍은 미모사를 보면서 함께 기뻐하였다. 그러던 중 미모사가 연보랏빛의 길고 가느다란 꽃잎들이 공 모양의 꽃을 만들었다. 미모사 꽃을 생전 처음 보았다. 나는 미모사 꽃의 은은한 아름다움에 감탄했다. 미모사는 내 곁에 존재하며 조용히 내 마음을 아름답

게 가꿔 주었다. 나에게 미모사 같은 친구가 있다. 내가 어떠한 상태에
있든 내 옆에 존재해 있었다. 존재만으로도 힘이 되어 주는 친구는 바로
요셉피나였다. 신앙생활을 소홀히 할 때도 다그치지 않고 기다려 주었
다. 만나면 나의 이야기에 귀 기울이고 반응해 주었다. 좋은 경치를 보면
서 함께 감탄했고, 내가 아플 때 마음 아파했다. 나의 행복에 함께 기뻐
했다. 서슴지 않고 나에게 조언했다. 하느님의 존재를 잊지 않도록 문자
등으로 일깨워 주었다. 옳고 그름의 판단을 잘 내리도록 도움을 주는 고
마운 친구이다. 함께 있는 것만으로도 힘이 되었다.

스물여덟 살에 인생 친구를 성당에서 만났다. 하느님이 나에게 마련
해 준 축복이라고 생각한다. 신앙생활의 든든한 동반자로 요셉피나를 보
내 주셨다. 같은 시간, 같은 장소에서 함께 미사를 드렸고, 내가 친구를
알아보았다. 성당을 벗어나기 전에 뛰어가 어깨를 툭 건드리면서 친구를
부른 것으로부터 나와 요셉피나의 삶이 다시 연결되었다. 그때는 이런
미래를 상상하지도 않았는데 어떻게 그런 용기 있는 선택을 했는지 나
자신이 대견하다. 하느님이 나에게 그렇게 행동하라고 이끌어 준 것이
아닐까? 살아가면서 하는 모든 선택이 삶의 모습을 결정한다. 우리가 경
험하는 삶의 매 순간이 우리를 위한 선물임을 의식하고 살아갔으면 좋겠
다. 의미 없는 순간은 없다.
　우리는 같은 신앙 속에서 서로를 위해 기도한다. 우정을 나누는 친구

가 있었기에 신앙생활이 무미건조하지 않았다. 같은 신앙을 가지고 있었기에 친구와의 만남이 가볍지 않았다. 여전히 나는 친구를 만날 시간이 많지 않다. 하지만 언제나 나의 모든 것을 받아 주고 응원하는 친구가 있다는 사실만으로도 가슴이 따뜻해진다. 흐뭇한 표정으로 웃을 수 있다. 10대의 소녀였던 우리가 20대 후반에 다시 만났고 50대가 되어 인생 후반기를 함께 살아가고 있다.

3.

비만 탈출,
그 어려운 걸 해내다

2001년 1월, 겨울의 저녁은 빨리 저물었다. 나는 어두컴컴한 마산 종합 운동장 주차장에 앉아 전화기를 만지작거렸다. 내 눈앞에는 종합 운동장 한쪽에 세를 들어 운영하는 검도장이 있었다. 서울에 사는 오빠에게 전화를 걸었다. "오빠, 나 검도라는 운동을 해 볼까? 살 빼게.", "그래, 해봐. 좋은 운동이니까 등록하고 해 봐." 오빠와 짧게 통화했다. 오빠 말에 조금 힘이 생겼다. 일단 한번 알아보자는 마음으로 검도장 문을 두드렸다. 30대 중반쯤 되어 보이는 남자 사범이 있었다. 나는 쭈뼛거리며 작은 목소리로 "살을 빼고 싶은데 검도를 배우면 좋을까요? 운동 신경이 없는데 할 수 있을까요?"라고 말했다. 사범은 민망할 정도의 큰 소리로 "그냥 하면 됩니다. 뭘 그리 망설입니까?"라고 말하며 나를 쳐다보았다. 무뚝

뚝한 경상도 말이었다. 다른 선택은 없는 듯했다. 등록했다. 우유부단한 성격인 나는 강하게 권하면 하게 된다. 이번에도 분위기에 홀린 듯 선택했다.

교사로 신규 발령을 받고 6개월 만에 15kg이나 쪘고 3년간을 살찐 사람으로 살고 있었다. 그동안 그 살을 빼고 싶어서 에어로빅, 헬스, 스쿼시 등을 해 보았다. 등록해 놓고 결석을 자주 하니 실력이 늘지도, 살이 빠지지도 않았다. 식이요법을 한다고 무작정 굶었다. 처음에는 몸무게가 줄어드는 것 같았으나 요요현상이 생겨 살은 더 찌게 되었다. 살이 잘 안 빠지는 체질로 바뀌었다. 나는 결혼하지 않은 아가씨였지만 아이가 둘이나 딸린 아줌마로 오해받기도 했다. 살을 빨리 빼고 싶었다. 계속 실패했다. 마지막이라고 생각하고 검도장을 찾아갔다. 검도는 오빠가 대학생이 되기 전에 몇 달 동안 했던 운동이었다. 집에 호구와 호면, 죽도, 목도 등이 있어서 친근한 느낌이 들었다. 내가 검도를 선택한 것은 행운의 시작이었다.

검도장에 갔다. 도장은 학교 교실의 10배 이상 크기였다. 검도복으로 갈아입었다. 양말을 벗고 맨발이 되었다. 1월의 차가운 날씨에 검도장의 마룻바닥은 너무 차가웠다. 내 발가락이 절로 오그라들었다. 대열을 맞추어 검도장을 세 바퀴 뛰었다. 쉽지 않았지만 그래도 할 수 있는 운동이었다. 그다음으로 간격을 맞추어 모두 섰다. 앞에서 사범이 천천히 스텝 밟는 동작을 따라 하라고 했다. 하나, 둘, 셋, 이렇게 구령하면서 따라 했다. 이 정도는 할 수 있겠다 싶었다. 그런데 그다음에는 뛰면서 스텝을 밟아야 했다. 발을 앞으로 보냈다가 뒤로 뺐다. 빠른 속도로 했다. 죽도를 들고 때리는 동작을 해야 했다. 팔을 위로 들어 앞으로 뒤로 움직였다. 발과 팔 동작이 어우러져야 했다. 운동을 거의 안 한 상태였던 나는 스텝을 몇백 번씩 밟으니 몸에 탈이 났다. 근육이 뭉쳤다. 다리를 펼 수 없을 만큼 당겼다. 걷기 힘들었다. 집에 돌아와서 며칠 동안 엉금엉금 기어 다녔다. 세상에 태어나서 이렇게 팔다리가 아파 보기도 처음이었다.

검도장에 가면 제일 처음 달리기를 하고 단체로 대열을 맞춰 기본 동작을 하는 시간을 통해서 내 몸이 깨어나는 느낌이 들었다. 숨이 찼다. 다리가 당기기도 하고, 종아리근육이 울퉁불퉁해지는 것 같기도 했다. 하지만 체력이 향상되고 있다는 생각에 기분은 배로 좋아졌다. 힘들어도 꾸준히 훈련하니 어느 정도 스텝을 잘할 수 있게 되었다. 다리도 단련이 되었다. 그다음 단계로 죽도를 들고 목표물을 향해 뛰어가면서 소리를 질러야 했다. 소심한 내가 소리까지 지르면서 달려가야 하는 것이 너무 힘들었다. 그래도 퇴근 후에는 매일 검도장에 가서 검도복으로 갈아입고 운동을 했다.

검도와 함께 한약을 먹었다. 체중 감량을 위한 한약이었다. 위에 포만감을 주는 약재들로 인해서 식사량을 조절할 수 있었다. 한약을 먹고, 검도를 시작하고 한 달 반이 지났을 때 나는 감기몸살을 앓았다. 2주 후 몸무게가 2kg이 줄어들었다. 이것이 체중 감량의 신호탄이었다. 증가하기만 했던 몸무게가 드디어 줄기 시작했다. 한약은 두 제만 먹었다. 쇠뿔도 단김에 빼랬다고 나는 하나 추가했다. 동료 교사의 언니가 생식을 판매한다고 했다. 그 당시 여선생님들 사이에서 생식 먹는 것이 유행이었다. 그래서 나도 과감하게 저녁 식사를 생식으로 대체했다. 생식을 먹고 한참 지나 밤이 되면 배가 고팠다. 그동안 과식으로 인해 위가 얼마나 커져 있었을 것인가? 그 배고픔을 견디기 힘들어서 일찍 잤다. 생식을 2년 정도 먹었다.

검도는 10개월 만에 그만두었다. 대련하는 과정이 너무 힘들었기 때문이다. 혼자 하는 훈련은 할 만했다. 정식으로 호면과 호구를 착용하고 대련할 때 몸이 너무 휘청거렸다. 머리에 쓴 호면이 옆으로 돌아가 버렸다. 소리를 지르면서 상대방을 죽도로 내려치는 동작이 어려웠다. 적성에 맞지 않았다. 상대가 나의 머리를 공격했을 때 호면 아래 머리를 타고 내려온 충격은 마치 전기 충격을 받는 것 같았다. 어깨가 절로 움츠러들었다. 멋진 검도인이 되는 길은 너무 아득해 보였다. 그만두려고 결심했다. 중도에 포기하는 것 같아서 많이 망설였다. 그러나 애초부터 훌륭한 검도인이 되는 것이 목표는 아니었다. 체력을 단련시키고, 체중 감량에도 도움을 받고 싶어서 마지막으로 선택한 운동이 검도였다. 그래서 미련 없이 그만두었다. 그동안 나는 체중을 15kg 감량했다. 몸이 가벼워졌다.

체중 감량에 성공하고 나서 삶이 달라졌다. 남방의 여왕이라고 불릴

만큼 넉넉한 남방을 주로 입었던 내가 몸매가 드러나는 니트를 입을 수 있었다. 종아리가 드러나는 치마도 입고 다녔다. 살이 삐져나올 듯 울퉁불퉁했던 얼굴이 광대뼈가 살짝 보이고 턱선도 날렵해졌다. 두꺼운 허벅지 살로 인해 어기적어기적 걸었던 팔자걸음이 바른 걸음걸이로 바뀌었고 가볍게 걸을 수 있었다. 체중 감량에 성공하고 나서 무엇보다 자신감이 생겼다. 내성적인 성격에 뱃살을 감추기에 급급했던 나. 남들이 나를 보는 시선에 신경을 많이 썼던 나. 남들 앞에서 당당하지 못했던 나. 그때는 나 자신을 사랑하지 못했다. 스트레스로 인해 폭식했고 체중이 늘었고 또 폭식했었다. 이제 악순환의 고리를 끊었다. 운동과 식이요법을 통해 1년 가까운 시간 동안 서서히 15kg 감량하면서 나는 정신력이 강해졌다. 다시는 예전의 뚱뚱했던 모습으로 돌아가지 않으리라 결심했다.

다이어트하기 전과 후의 내 모습을 아는 사람들은 모두 놀랐다. 비만이었던 과거 상태를 모르는 사람들에게 1년 동안 15kg을 감량했다고 말하면 처음에는 선뜻 믿지 않았다. 어떻게 체중을 감량했는지 비법을 물었다. 나는 어떻게 체중 감량에 성공했는가? 여러 운동을 해도 실패했었다. 검도를 선택했을 때는 절박함이 있었다. 더 갈 곳 없는 낭떠러지에 와 있는 느낌이었다. 그만큼 절실했기 때문에 체중을 감량했다고 생각한다. 오빠에게 검도에 관해 물어본 것도, 검도장으로 스스로 찾아가서 상담을 요청한 것도 모두 다른 인생을 살고 싶어서 내가 선택한 행동이었다. 내 마음이 그곳에 이끌렸다. 오빠와 사범이 내 마음을 알기나 한 듯이 과단성 있게 말해 준 덕분에 쉽게 등록하고 그냥 시작하게 되었다. 찬 마룻바닥 위를 맨발로 달렸던 겨울부터 조금만 움직여도 땀이 나는 여름을 거쳐 운동하기 좋은 가을까지 나의 체력을 길러 주었던 검도! 대련이 힘들어 그만두었지만 검도를 하고 난 후 내 인생은 180도 달라졌다.

하루 한 끼 생식을 먹으면서 몸이 가벼워졌다. 자주 먹었던 간식을 줄였다. 야식도 끊었다. 내 삶에서 절제가 생활화되었다. 운동만 하고 먹는 것을 끊지 않았다면 1년 만에 15kg 감량은 꿈도 꾸지 못했을 것이다. 체중 감량이든 시험 합격이든 의지를 가지고 최선을 다하면 된다. 그 결과가 다소 만족스럽지 않을 수 있다. 하지만 내 의지로 그만큼 했다는 것이 중요하다. 최선을 다한 후에 오는 결과에는 후회가 없다. 나는 살을 빼기 위해 후회 없는 노력을 했다. 체중 감량은 단순히 외모만의 문제가 아니라 인생의 태도 문제였다. 결단을 내리고 시작함으로써 추진력의 중요성을 알게 되었다. 꾸준히 노력하면 얼마든지 달라질 수 있다는 것을 깨달았다. 올바른 선택으로 자신감을 되찾았다. 삶의 중요한 전환점은 자신의 선택에 달려 있다는 것을 잊지 말아야겠다.

4.

나를 일깨워 준 멘토 선생님

둘째 아이 출산과 육아로 2년 가까이 학교를 떠나 있었다. 육아휴직을 끝내고 2013년에 복직했다. 두 아이를 키우며 학교 근무까지 하니 몸과 마음이 너무 힘들었다. 복직한 첫해 중학교 3학년 담임을 했다. 새로운 업무를 맡았다. 정신없었다. 무엇하나 빨리 끝나지 않았다. 복직하고 가장 힘든 것이 남학생반 수업이었다. 같은 학년 국어 선생님께 수업 시간에 남학생들을 대하는 게 힘들다고 털어놓았다. 어떻게 하면 좋을지 물어보았다. '도와 달라'고 직접 표현하지는 않았지만 도움을 요청한 것이었다. 그런데 그 선생님은 미소 띤 얼굴로 나를 빤히 쳐다보면서 "그 아이들에게 별로 기대할 게 없어요. 어쩔 수 없어요. 너무 신경 쓰지 마세요."라고 말하고는 그 자리를 벗어났다. 그 선생님은 아이들이 별나니까 다른 방법이 없고 마음 편하게 생각하라는 의미로 나를 위로해 준 것인지도 모르겠다. 하지만 내가 원하는 것은 그게 아니었다. 공감해 주기를 바랐고 작은 한 부분이라도 방법을 공유해 달라는 의도였다. 그 선생님의 대답에 멍해졌다. 자존심을 버리고 물어본 것인데 그런 식으로 말하는 선생님이 야속했다.

나는 그 일 이후 그 선생님과는 형식적인 대화만 했다. 같은 학년을 맡았지만 혼자 짊어져야 한다는 느낌이 강하게 들었다. 복직한 그해에 자신감을 잃어버렸다. 눈빛에 힘이 없었고 입꼬리는 처져 있었다. 고단했다. 속은 엉망이어도 아무렇지 않은 척 근무하려 했다. 하지만 내 표정은 '나 지쳤어요.'라고 말하고 있었을 것이다.

그날도 중3 남학생들과 실랑이를 벌이며 수업을 끝내고 복도를 걸어가고 있었다. 진로부장 선생님이 나를 진로 상담실로 초대했다. 따뜻한 둥굴레차와 쿠키를 준비해 주었다. 마주 앉아서 이런저런 이야기를 나누었다. 나는 복직을 했고, 진로부장 선생님은 이 학교에 처음 왔기에 우리 둘은 새로운 학교에 적응해야 하는 상황이었다. 경력이 나보다 10년은 더 많았다. 진로부장 선생님의 다정한 말씨에 나는 솔직하게 내 마음을 말했다. 힘들다고. 선생님은 선배 교사로서 이런저런 경험을 이야기해 주었다. 내 마음을 어루만져 주는 것 같았다. 김이 살살 피어오르는 둥굴레차의 고소한 향기처럼 선생님은 나에게 진한 인상을 남겼다. 미소 지으면서 나를 바라보는 눈빛이 따스하게 느껴졌다.

한 해가 그럭저럭 지나갔다. 다음 해에는 어떤 업무를 맡고 어떤 아이들을 만날까 불안했다. 다가올 새 학년을 생각하니 걱정이 이만저만이 아니었다. 교사는 학교 수업 외에도 많은 업무가 있다. 업무 분장을 공평하게 한다고 해도 꺼리는 힘든 업무가 있기 마련이다. 지금까지 아무 불평 없이 주어진 대로 일해 왔다. 다음 해에 나는 진로부장 선생님의 진로진학부 기획 일을 맡게 되었다. 그 업무를 맡을 수 있게 된 데는 우여곡절이 있었다고 후에 전해 들었다. 학교에서는 애초에 나에게 다른 업무를 맡기려 했다. 진로부장 선생님이 끝까지 "진수원 선생님을 우리 부서 기획으로 데려가겠습니다."라고 말해서 나는 진로부장 선생님의 옆자리에 앉아 기획으로 일하게 되었다. 나의 교직 생활에 큰 변화가 왔다. 처음에는 몰랐다.

업무는 그런대로 할 만했다. 문제는 내가 담임을 맡은 1학년 5반 남학생들이었다. 학년 초부터 종례 시간마다 빨리 안 마치냐고 큰 소리로 말하는 아이가 있었다. 그 아이는 욕설을 거침없이 내뱉었다. 눈을 동그랗게 뜨고 얼굴은 빨개져서 목에 핏대를 세우고서는 친구들에게 막말했다. 한 아이의 투덜거림은 반 전체의 분위기에 막대한 악영향을 미쳤다. 그 아이의 행동에 화가 났다. 행동에 제재를 가할수록 아이는 스프링처럼 튕겨 나갔다. 내가 야단을 칠 때마다 그 아이를 옹호하는 무리가 형성되었다. 한편이 되어 나를 공격했다. 담임선생님을 응원하는 예의 바른 아이들도 있었다. 이렇게 학급 아이들은 두 부류로 나뉘었다. "선생님! 선생님! 애들이 싸우고 있어요."라는 말을 들으면 나는 '아, 또!'라고 생각하며 인상을 찌푸렸다. 일단 싸움을 말려야 했고, 애들을 데려와서 자초지종을 물어보아야 했다. 상담하고 훈계하고 화해시키고 벌을 주었다.

이런 과정들이 1학기에는 비일비재했다. 수업은 수업 시간대로 과잉행동과 방해 행동을 했다. 나는 정신적으로 피폐해졌다. 많은 선생님이 우리 반 아이들에 대해서 입을 떼고 말하였다. 누가 수업 시간에 책을 찢었어요. 누가 수업 시간에 잤어요. 누가 수업 시간에 너무 말이 많았어요. 내 반 아이들의 흠은 곧 나의 흠이었다. 마치 나를 비난하는 것 같았다. 두려웠다. 하나를 해결하면 또 하나의 사건이 터졌다. 쉬는 시간에 왔다 갔다 하느라 제대로 쉴 수도 없었다. 방과 후에는 아이들과 상담했고, 때로는 부모님과도 면담했다. 나는 조례와 종례 시간에 잔소리를 하고 또 했다. 그러다 보니 순하고 모범적인 아이들이 피해를 보았다.

교무실에서 한숨을 쉬고 있는 나를 본 진로부장 선생님이 "행동이 안 좋은 아이들을 야단치는 것도 필요하지만 거기에만 너무 집중하지 말고 잘한 아이들에게 칭찬을 많이 하고 관심을 더 많이 두어야 할 것 같아요. 부정적인 학급 분위기를 바꾸는 것이 좋겠어요."라고 조언했다. '아차' 싶었다. 내가 아이들의 문제 행동에만 관심을 두고 계속 지적하고 야단치다 보니 학급 학생들 사이에서 자조적인 분위기가 생겼다. "반 편성이 잘못되었다. 우리 반이 그렇지 뭐." 이런 이야기들이 아이들 입에서 나왔다. 다른 아이들의 마음을 칭찬해 주고 격려해 주지 못했다. 내가 시각을 바꾸어야 했다. 진로부장 선생님의 조언을 고맙게 받아들였다.

다음 날 조례할 때 내가 말했다. "선생님이 그동안 너희들 너무 야단만 친 것 같다. 열심히 잘하고 있는 사람도 많은데 선생님이 미안하다. 이것을 한번 해 보자." 그러고는 칭찬 도장판을 교실에 붙였다. 수업 시간에 교과 선생님들의 칭찬을 받았거나 싸우는 일 없이 하루를 잘 보내면 도장을 찍어 주고 100개가 모이면 간식을 사 주겠다고 했다. 학생들의 잘못은 심한 것이 아니면 가볍게 넘어갔다. 칭찬 거리를 찾기 시작했다. 담임선생님의 시각이 달라지니 학생들의 분위기가 아주 조금씩 바뀌기 시작했다. 그렇다고 문제 행동을 보이는 아이들이 일시에 바뀌지는 않았다. 하지만 학급에서 전반적으로 잘 해 보려는 분위기가 조성되었다. 일단 숨통은 트였다.

그러다 여름 방학을 맞이했다. '아이들 마음을 스스로 움직이는 교사 리더십' 연수를 들었다. 육아휴직 하고 복직하면서 바쁘다는 핑계를 대고 힘들다는 변명을 하면서 나를 연찬하지 않았다. 학생들의 문제 행동을 없애려고만 했다. 연수를 들으면서 그동안 학생들을 바라보는 나의 시각이 너무 천편일률적이었다는 것을 깨달았다. 한 가지 정답만을 가지고 학생들을 대했다. 학생들은 갓 사춘기로 접어들어서 자율적으로 뭔가를 하고 싶었을 텐데 나는 자꾸 지적하고 통제하려고 했다. 나 자신을 돌아볼 수 있었다. 연수를 통해 학생들과의 소통법을 구체적으로 알게 되었다. 무엇보다 내 마음이 편안해진 것이 가장 큰 수확이었다.

2학기가 되었다. 학급 아이들의 다툼이 완전히 없어지지는 않았다. 그러나 나는 두렵지 않았다. 아이들이 나에게 쪼르르 달려와서 학급에서 일어난 일을 알려 주면 "그래? 한번 가 보자." 이렇게 말하며 평온한 얼굴로 교실에 갔다. '무슨 일이 일어났는지 알아보자. 괜찮아.'라고 생각했다. 여유가 생겼다. 해결할 수 있다는 가능성을 느꼈다. 1학기 때는 아이들의 갈등 상황이 생기면 인상부터 찌푸렸다. 한숨이 나도 모르게 나왔다. 화가 나서 소리를 질렀다. 2학기가 되면서 내 마음이 차분해졌다. 아이들의 마음도 조금씩 가라앉았다. 문제 상황을 우리 반 전체의 결점으로 확대해석하지 않았다. 말과 행동이 별난 아이들은 여전히 있었으나 그 외의 많은 아이의 표정이 밝아졌다. 나의 노력과 진심을 알아주는 아이들이 늘어나기 시작했다. 월요병도 생기지 않았다. 칭찬 도장 100개가 모였을 때 학급 아이들과 파티를 했다. 진로부장 선생님의 조언 한마디가 나를 깨우쳤다. 내가 도와달라고 직접 요청하지는 않아도 선생님은 내 표정을 읽었고, 내 마음을 알아차렸다. 옆에 앉은 나에게 관심을 가지고 내 이야기를 들어 주었다.

"네가 했던 말 중 가장 용감했던 말은 뭐니?" 소년이 물었어요.

"'도와줘'라는 말." 말이 대답하였습니다.

그림책 『소년과 두더지와 여우와 말』의 한 부분이다. 용감하다고 하면 씩씩하고 강한 기운을 가지고 적극적으로 뭔가를 해낼 때 쓰는 말이라고 흔히 생각한다. '도와줘'라는 말은 자신의 약함을 드러낸다고 느끼기 쉽다. 다른 사람에게 도와 달라고 말할 수 있는 것이 용감한 행동이었다니 생각지도 못한 부분이었다. 같은 학년 선생님으로부터 거절당한 이후로 나는 용감하게 도움을 요청하지 못했다. 소심하게 지냈다. 그런 내 마음을 알아차리신 걸까? 적절한 시기에 도움의 손길을 내밀어 준 진로부장 선생님이 무척 고맙다. 교직 생활의 멘토로 내 인생에 들어왔다. 학급 운영의 괴로움을 알고 적극적으로 조언해 주었다. 힘든 일이 있을 때 마음을 털어놓으면 너무 자책하지 말라고 하면서 "선생님은 늘 아이들에게 다가가려고 노력하는 참 좋은 사람이에요."라고 격려해 주었다. 나의 가능성을 믿어 주는 선생님의 응원에 힘이 났다. 기대에 부응하기 위해 더욱더 노력했다.

나의 교직 생활은 그분을 만나기 전과 만난 후로 분명히 나뉜다. 미소 띤 얼굴로 주의를 기울이는 사람이 되고자 노력한다. 누군가 도움이 필요할 때 알아차릴 수 있도록 얼굴빛을 살핀다. 누군가 하고픈 말을 할 수 있도록 귀 기울여 듣는다. 이웃과 사회를 위해 의미 있는 일을 하는 사람이 되고 싶다. 내 인생 선생님처럼 누군가에게 필요한 도움을 주는 사람이 되고 싶다.

5.

인생 책, 소중한 마중물

아이를 잘 키우고 싶었다. 이것저것 경험하는 것이 좋다는 생각에 사로잡혀 사교육을 마구 시켰다. 물론 체험도 많이 하고 여행도 많이 다녔다. 아이들이 초등학교 저학년일 때 월요일부터 토요일까지 영어, 수학, 피아노, 미술, 레고, 창의력 센터 등의 학원 일정이 꽉 차 있었다. 아이는 친구들보다 자신이 학원을 많이 다닌다는 것을 알게 되었다. 나에게 줄여 달라고 했다. 친구와 놀이터에서 놀 시간이 부족하다고, 숙제가 힘들다고 그랬다. 나는 매일 가는 것은 영어와 피아노 학원밖에 없고, 다른 것들은 일주일에 한 번씩밖에 안 가는데 뭐가 그리 힘이 드는지 모르겠다고 말했다. 아이에게 많은 자극을 제공해 주는 것이 좋은 부모의 역할인 줄 알았다. 나는 아이의 의견을 무시하고 내 생각을 강요했다. 시키는 대로 잘 따라 주는 아이가 되기를 바랐다. 대화하기보다 일방적으로 강요하는 상황이었다.

한번은 아들이 "엄마 나 스트레스가 쌓여. 내가 떡을 먹고 있는데……자꾸 떡이 배달되어 와서 내 앞에서 쌓이는 기분이야." 이렇게 말했다. 소화도 시키지 못할 떡을 이렇게 자꾸 주고 있었다니! 아이들이 보람 있고 행복한 삶을 살 수 있기를 바랐는데 지금 아들의 삶은 자꾸 먹으라고 주는 떡 때문에 소화불량에 걸려 속은 더부룩하고, 머리도 아픈 지경이 되었다. 아들의 그 표현으로 인해서 나도 마음이 불편해지기 시작했다. 그런 상황에서 마침 『하브루타 부모수업』 책을 읽게 되었다.

김혜경 선생님의 책 『하브루타 부모수업』을 책장에서 꺼내 들었던 순간을 잊을 수 없다. 2018년 학생들이 '한 학기 한 권 읽기' 활동을 하려고 도서관에 모였다. 모둠별로 같은 책을 읽고 매시간 독서 일지를 쓰고, 완독 후에는 서평을 썼다. 그리고 모둠별로 독서 신문, 책 광고 영상 만들기, 연극 등 다양한 활동을 하는 수업으로 설계하였다. 학생들이 도서관에서 책을 읽을 때 내 눈에 쏙 들어오는 책 하나를 꺼냈다. '하브루타 부모수업'이라는 제목이었다. 표지에 "일상에서 온 가족이 함께 실천하는 하브루타 생각 대화 이야기꽃이 피면 생각의 근육이 자란다!"라고 씌어 있었다. 하늘색 표지에 엄마와 아이가 마주 보고 환히 웃는 사진이 큼직하게 배치되어 있었다. 색깔과 사진에 끌린 듯 책을 펼쳐서 읽기 시작했다. 그냥 읽기만 해서는 안 되겠다 싶었다. 도서관 책이라 밑줄은 긋지 않고 메모하면서 읽었다. '하브루타'라는 용어를 처음 듣는 것이 아니었는데도 김혜경 선생님의 책은 신선하게 다가왔다.

2015년에 교육청에서 주관한 독서 토론 직무 연수 중 하브루타에 관한 강의가 있었다. 강사가 어원에서부터 하브루타의 정의, 유대 교육의 성과에 대해서 자세히 설명했다. 나는 이 연수에서는 '하브루타'라는 용어를 알게 된 것으로 만족했다. 하브루타를 실습으로 경험하지 않고 이론으로 배웠기 때문인지 그때는 하나의 학습 방법 그 이상으로 느껴지지 않았다. 더 배울 생각도, 적용해 볼 의지도 생기지 않았다. 그냥 흘러가 버렸다. 그런데 2018년 『하브루타 부모수업』을 읽으면서 하브루타에 빠져들었다. 그 시기 집에 두 아이를 키우는 것이 힘들어서 그랬을까? 배우고자 하는 열망이 고개를 들기 시작하던 때라서 그랬을까?

"생각과 말문을 여는 자녀 교육을 전파하는 '질문 배움 연구소(하브루타 교육협회 창원연구회)'를 운영하며, 한국의 부모들이 유대인의 하브루타를 이해하고 체화하는 데 도움이 되는 하브루타 교육의 마중물 역할을 자청하고 있다."라고 지은이 소개가 되어 있었다. 창원연구회라는 말을 보는 순간 눈이 휘둥그레졌다. 창원에 있다고? 내가 사는 창원에 김혜경 선생님의 연구소가 있다는 말인가? 흥분되었다. 가서 배우고 싶었다. 그러나 직장에 매인 몸이라 현실적으로 불가능했다. 책이라도 읽어야겠다고 생각했다. 학교 도서관 책을 읽다가 곧 『하브루타 부모수업』 책을 샀다. 밑줄 긋고 읽었다. 완독 후에는 김혜경 선생님의 『하브루타 질문독서법』 책도 사서 읽었다.

　김혜경 선생님은 책에서 스스로 생각해서 선택하고, 그 선택을 책임지면서 자기만의 방식으로 행복한 삶을 살아가도록 돕는 것을 지향한다고 했다. 문제 상황이 생겼을 때 해결하려고 노력하는 첫 단계로 질문하는 것을 강조했다. 스스로 하는 질문은 사고력을 키우고, 답을 찾는 과정에서 문제 해결 능력도 키울 수 있다고 했다. 내가 그동안 어떻게 하고 있었는지 곰곰이 생각해 보았다. 아이 스스로 선택할 기회를 박탈했고, 문제 해결 능력을 키우기보다 엄마만 믿으면 된다고, 시키는 대로 하면 된다고 말하면서 의존적인 아이로 키우고 있었다. 변해야겠다고 생각했다. 부모가 하브루타에 먼저 익숙해지면 자녀와의 질문, 대화, 토론이 어렵지 않다고 책에 씌어 있었다.

　하브루타를 깊이 배우고 싶었다. 다음 해에 6개월간 두 번째 육아휴직을 하게 되었다. 나는 김혜경 선생님께 문자를 넣었다. 어떻게 하면 하브루타를 배울 수 있느냐고 물었다. 저녁에 전화가 왔다. 낯선 번호였다. 낮에 문자를 보내고 답장이 없어서 나는 까맣게 잊어버리고 있었다. 김혜경 선생님이었다. 문자로 답하기가 어려울 것 같아서 전화했다고 한다. 창원도서관에서 12주에 걸친 하브루타 강의가 있다고 알려 주었다. 그리고 질문 배움 연구소에서 운영하는 네이버 밴드도 소개했다. 알지도 못하는 나에게 직접 전화까지 해서 친절하게 알려 준 김혜경 선생님과의 첫 통화를 잊을 수 없다. 하브루타 교육의 마중물 역할을 자청한 사람다웠다.

나는 창원도서관에서 하는 강의를 들었다. 평일 낮에 하는 강의였지만 휴직했기에 가능했다. 그리고 질문 배움 연구소의 문을 두드렸다. 버츄 프로젝트 워크숍도 들었고, 감사 일기 멘토링에도 참여했다. 그림책 하브루타, 독서 모임 특강 등에 참여했다. 지금까지 하브루타 수업을 단계적으로 들으면서 자격 과정도 수료했다. 하브루타를 알고부터 생각의 범위가 조금씩 넓어지기 시작했다. 집에서 아이들과 대화하기가 수월해졌다. 질문하려고 노력했다. 아이들에게도 질문하도록 유도했다. 그림책으로 가족 하브루타를 했다.

지금도 인생 책이 계속 생기고 있다. 그중에서 『하브루타 부모수업』이 특별한 이유는 실천을 통해 나의 인생 후반부 삶이 시작되었기 때문이다. 배움으로 향하는 내 삶의 소중한 마중물 역할을 했다. 하브루타를 알고 난 후 나는 달라졌다. 아이들에게 사교육을 선택하는 데 자율성을 주었다. 강제가 아니라 스스로 생활을 계획하도록 했다. 아이들과 대화하면서 질문하고 경청하는 태도가 중요함을 알게 했다. 2015년 연수에서는 아무 울림이 없었던 '하브루타'가 김혜경 선생님의 책을 읽으면서 내 삶 속에 깊이 들어왔다.

M. 스캇 펙 박사의 책『아직도 가야 할 길』에 "우리는 스스로 애써 구하지 않아도 주어지는 것의 소중함을 모른다."라는 구절이 있다. 나에게 주어지는 것의 소중함을 아는 사람만이 깨달음의 은총이 온다고 생각한다. 우연히 발견한 책에서 인생 변화의 계기를 마련했다. 지금은 다른 삶을 살고 있다. 완벽하지는 않으나 노력하고 있다. 힘든 상황에서 내 인식의 경계 안에 들어온 것을 놓치지 않았다. '창원연구회'라는 작은 글씨가 눈에 띄었고 나는 행동으로 착수했다. 그게 시작이었다. 눈에 띄었어도 그냥 지나칠 수 있는 구절을 나는 붙잡았다. 방법을 찾으려 두리번거렸던 나에게 변화할 수 있는 은총을 주었다. 내가 아이들을 어떻게 키워야 할지에 대한 질문을 품고 살았기 때문에 '우연히' 발견할 수 있었던 것은 아닐까? 인생은 선택의 연속이다. 내가 하는 선택은 내가 만드는 필연이고 운명이다. 하브루타를 선택해서 성장의 발판을 마련했다. 내가 만든 운명이다. 나에게 다가온 것을 지나치지 않고 한 번 더 되뇌어 본다.

6.

육아휴직에서 얻은 깨달음

아들이 초등학교 2학년이 된 2019년 3월에 내 인생 두 번째로 휴직하였다. 육아휴직 할 수 있는 마지막 기회였기에 6개월이라도 초등학생 아들과 딸을 돌보고 싶었다. 처음 휴직했던 때와는 달리 몸과 마음이 편했다. 그러던 중 내가 엄마를 모시고 서울에 있는 병원에 다니게 되었다. 엄마는 오랜 세월 아빠와 함께 식당을 운영해 왔다. 젊어서는 자식들 뒷바라지하느라 바쁘게 일했고 연세가 들어서는 부지런한 성품 덕에 일을 손에서 놓지 않았다. 허리에 병이 생겼는데 통증을 참고 지냈다. 더는 견디기 힘들어 작년부터 정형외과 여러 곳을 다니면서 진찰을 받았다. 76세의 나이에 수술하려니 선뜻 결심하지 못했다. 엄마는 걸음걸이조차 무너질 정도였다. 엄마는 너무 고통스러워했다. 그대로 두면 더 힘들어질 것 같았다. 그래서 수술을 받기로 했다. 부모님은 마산에 살고 나는 창원에 산다. 내가 마침 육아휴직 중이라 엄마를 모시고 병원에 다녔다. 수술하기 전부터 검사를 받고 결과를 보기 위해 몇 번이나 서울을 오갔다.

2019년 3월 중순에 엄마가 서울의 한 종합병원에서 척추관 협착증 수술과 허리디스크 수술을 동시에 받게 되었다. 수술실에 아침 7시에 들어가셨다. 예상 시간보다 너무 오래 걸렸다. 병원 복도를 왔다 갔다 하면서 묵주기도를 했다. 기다리면서 할 수 있는 것은 기도밖에 없었다. 신앙이 있다는 것이 얼마나 도움이 되었는지 모른다. 나를 아는 성당의 많은 사람이 기도해 주었다. 엄마는 오후 5시가 다 되어서야 수술실에서 나왔다. 기진맥진한 상태로 병실에 왔다. 엄마는 눈빛에 힘이 하나도 없었다. 입에서는 신음 소리가 흘러나왔다. 병실에서 엄마 간호하느라 바쁜 날들이 이어졌다. 초조한 마음이었다.

그러던 어느 날 아들에게서 전화가 왔다.

"엄마, 내일 학교에서 공개수업 하는데 오면 안 돼?"

"엄마가 할머니 수술하고 나서 병원에 좀 있어야 하는데 어쩌지? 못 갈 것 같아."

전화기 너머 아들의 시무룩한 표정을 느낄 수 있었다. 오빠에게 사정을 말했더니 갔다 오라고 했다. 아이들의 기대도 있고 서울에는 오빠네 가족이 있으니 맡겨 두면 될 것 같았다. 다음날 새벽에 KTX를 타고 창원으로 내려갔다. 집에 얼른 가서 옷을 갈아입고 공개 수업 시간에 맞춰 아이들 학교로 갔다. 평소 명랑한 아들이 교실에서 모둠별 과제를 발표하기 위해 칠판 앞으로 갔다. 아들은 밝게 웃으면서 시원시원하게 말했다. 선생님이 뭔가를 시킬 때마다 손을 번쩍번쩍 들었다. 저절로 미소가 지어졌다. 6학년 딸네 반에도 가 보았다. 모둠 활동을 열심히 하면서 웃고 있는 딸을 보니 마음이 놓였다. 갑자기 나타난 엄마를 보고 아이들은 깜짝 놀랐다. 쉬는 시간에 아들을 꼭 안아 주었다.

엄마는 수술 후 허리 보호대를 착용하고 걸음 연습을 했다. 계속 아프다고 했다. 대학 병원에서는 오래 입원해 있을 수 없었다. 2주 후에 퇴원했다. 엄마는 창원에 있는 요양병원에서 몇 달 몸을 추스르기로 했다. 병원에서 주기적으로 열을 쟀다. 그런데 엄마가 열이 38도 선을 유지하면서 정상 체온으로 내려오지 않았다. 요양병원 담당 의사가 이런 경우 뭔가 문제가 있는 것이니 수술한 병원으로 가서 검사를 받아 보라고 했다. 소견서를 써 주었다. 응급실로 가야 바로 진료를 받을 수 있으므로 저녁에 당장 출발하라고 했다. 사설 구급차는 비용이 만만찮았지만 어쩔 수 없었다. 급하게 간단한 짐을 꾸렸다. 저녁 6시에 사설 구급차가 와서 엄마를 태웠다. 사이렌이 울리는 구급차를 타고 가는 동안 엄마는 간이침대에 누워 있었다. 엄마 옆에 앉아서 손을 꼭 잡고 이런저런 이야기를 나누었다. "막둥이가 있어서 엄마가 얼마나 좋은지 모른다.", "나도 엄마가 있어서 좋아." 엄마를 보며 웃었다. "아직 멀었나?", "응, 아직 좀 남았어." 엄마는 꼼짝 못 하고 누워만 계셔서 지루했을 것이다. 엄마와 나는 응급실에서 일이 어떻게 진행될지 몰라서 더 답답한 마음이었다.

병원에 도착했다. 밤 10시가 넘은 시간이었다. 서울에 사는 오빠가 응급실 앞에 와 있었다. 보호자는 한 명만 들어갈 수 있었다. 내가 옆에 있기로 했다. 오빠는 엄마 얼굴을 보고 한동안 있다가 집으로 돌아갔다. 내일 출근해야 하는 오빠에 대한 엄마와 나의 배려였다. 엄마는 응급실 침대에 누웠다. 나는 그 옆에 있는 의자에 앉아 있었다. 엄마를 모시고 화장실에 왔다 갔다 했다. CT 촬영과 피검사를 했다.

새벽 1시경에 엄마를 진찰하기 위해 응급실 의사가 왔다. 의사가 엄마에게 다리를 올려 보라고 했다. 엄마가 너무 아파서 못 올린다고 했다. 의사는 올려야 증상을 보고 판단할 수 있다고 엄포를 놓았다. 엄마는 큰소리로 아파서 더 이상 올릴 수 없다고 했다. 그러면 정확한 진찰을 할수 없다고 의사는 목소리를 크게 내면서 말했다. 실랑이가 벌어졌다. 의사는 이것저것 해 보라 했고 엄마는 눈을 크게 뜨면서 너무 아파서 못 하겠다고 했다. 의사에게 화가 단단히 났다. 밤을 새워 응급환자를 돌보아야 하는 응급실 의사가 힘들다는 이야기를 많이 들었다. 하지만 노인이 그 자세를 취하기 어려우면 이유가 있다고 생각하고 다른 방법을 생각해야 할 텐데 자신이 진단을 내리기 위해 강압적으로 자꾸 시키는 것이 마음에 들지 않았다. 최대한 차분하게 "노인이 멀리서 4시간 걸려 응급실에 왔고, 잠도 제대로 못 주무시고 있는 상황입니다. 시키는 그 동작을 하시기 힘든 것 같으니 그만하면 안 되나요?"라고 말했다. 응급실 의사가 "나도 지금까지 잠도 못 자고 돌고 있어요. 이렇게 안 하고 버티면 어떻게 합니까?"라고 말했다. 엄마도, 응급실 의사도 극도로 예민한 상태였다. 의사는 차트에 뭐라고 적더니 가 버렸다.

　엄마와 나는 새벽이 올 때까지 잠을 자기로 했다. 엄마도 좀 쉬어야 했다. 엄마는 까무룩 잠이 들었다. 나는 의자에 앉아 졸았다. 깊이 잠들 수 없었다. 응급실에 온 사람들의 우는 소리, 신음하는 소리를 들었다. 증상을 설명하고 고통을 호소하는 소리, 분주히 움직이는 소리로 시끄러웠다. 응급실에 다치거나 아파서 오는 사람들이 많은 것을 보고 너무 놀랐다. 커튼이 쳐진 다른 병상의 모습을 상상하는 것만으로도 끔찍했다. 공포의 밤을 보냈다. 새벽 5시경 응급실에서 최종 진단을 내렸다. "정형외과에선 염증 등이 의심되지 않는다. CT 정식 판독은 일주일 후에 결과가 나오므로 외래를 보아야 한다. 피검사에서 염증 수치가 조금 있어서 응급실 퇴원 시 항생제와 해열진통제를 처방하겠다. 8시 전에는 응급실에서 나가야 한다."라는 내용이었다. 순진하게도 나는 그 말을 듣고 일주일 후에 와서 외래를 보면 되겠다고 생각했다. 내려가는 기차 편을 검색해 보았다. 응급실에서 밤을 새우면서 지칠 대로 지친 나는 빨리 응급실을 벗어나고 싶었다. 그러나 그것은 성급한 판단이었다. 그때 응급실 의사 말만 듣고 퇴원했더라면 어떻게 되었을까?

새벽 6시 30분이 되자 엄마의 수술을 집도한 의사가 직접 응급실로 왔다. 얼마나 반가웠는지 모른다. 증상을 이야기했다. 의사 선생님은 이렇게 특별한 경우로 멀리에서 왔으니 입원해서 검사를 더 자세히 받아 보자고 했다. 그 덕에 엄마는 입원했고, 다시 검사를 받았다. 급성 염증 수치가 매우 높았다. 수술 부위에 염증이 생겼다고 한다. 다시 전신마취를 하고 재수술을 하기는 어렵다고 판단하여 약물 치료에 들어갔다. 엄마의 열은 바로 잡히지 않았다. 계속 약을 먹었다. 링거를 매일 맞았다. 얼마나 독한 항생제가 들어갔을까? 열이 잡히지 않았다. 처방이 또 바뀌었다. 누워서 안정을 취했다. 엄마는 돌아눕기도 힘든 상황이었다.

내가 서울에서 엄마를 계속 돌보고 있을 수만은 없었다. 창원에 있는 아들과 딸을 돌보러 왔다 갔다 했다. 올케언니와 오빠가 번갈아 병실에서 잤다. 하루는 엄마가 장에 탈이 났는지 설사를 하였다고 한다. 엄마의 몸을 올케언니가 꼼꼼하게 씻어 주고 닦아 주었다. 엄마의 환자복도 갈아입혀 주었다. 내가 서울에 다시 갔을 때 엄마가 "네 올케가 나를 씻겨 주고 옷도 갈아입혀 주고 했다."라고 말씀하셨다. 옆에 있던 올케언니가 쑥스러운 듯 웃었다. 서울에 사는 오빠와 올케언니는 마산에 있는 부모님께 자주 찾아뵐 수 있는 상황이 아니었다. 명절 때 만난다 해도 길어야 3일이었고 보통 하루나 이틀이 지나면 다시 서울에 올라갔다. 벽을 허물고 정이 들 틈이 없었다. 그런데 이번에 엄마가 서울의 병원에서 수술받고 입원해 계시니 자연히 오빠와 올케언니가 자주 올 수밖에 없었다.

올케언니는 전복죽, 갈비찜 등 여러 가지 요리를 만들어 왔다. 신선한 과일도 챙겨 왔다. 그리고 병실에서 엄마를 간호했다. 서울 여자인 올케언니와 경상도 엄마 사이에 정이 쌓여 가는 것이 눈에 보였다. 올케언니가 일부러 하는 사투리 억양도 정겨웠다. 엄마의 머리도 빗겨 주고 손을 잡고 걷기 운동을 시켜 주었다. 사람의 정은 마음을 담아서 하는 스킨십에서 비롯된다는 말이 어울렸다. 엄마는 어미 새가 물어다 주는 먹이를 먹는 아기 새 같았다. 올케언니의 보살핌을 받았다. 엄마와 올케언니가 서로를 부르는 호칭에서 따사로움이 느껴진다. 대화에 격의가 없어졌다. 나도 시간이 허락하는 동안 엄마 옆에 있었다. 한평생 자식들을 뒷바라지하느라 당신의 몸을 돌보지 않고 희생하신 엄마에게 행복한 시간을 선물해 드리고 싶었다. 책을 읽어 드렸다. 이미자의 노래를 들려드렸다. 재미있는 동영상도 보여 드렸다. 함께 이야기하고 맛있는 것을 먹었다.

드디어 엄마의 열이 잡혔다. 정상 체온이 되었다. 그동안 수시로 체온을 재면서 조마조마했었다. 급성 염증 수치가 정상이 되었을 때 얼마나 기쁘던지 우리 가족들은 서로 마주 보며 웃었다. 엄마는 정상 체온이 되고부터는 허리에 보조기를 차고 바른 자세로 걷는 연습에 더 집중하였다. 엄마의 상태가 호전되자 퇴원해서 창원으로 내려왔다. 엄마를 재검사받도록 안내했던 바로 그 요양병원에 다시 입원했다.

요양병원에서는 요양보호사가 식사 준비, 옷 갈아입기 등의 도움을 주었다. 나는 엄마를 직접 돌보고 싶었다. 일찍 일어나서 병원으로 갔다. 아침 식사 시간이 7시였는데 식사가 병실에 도착하기 바로 전에 나는 병실로 들어섰다. 엄마와 같은 병실에 있는 분들이 "시계 왔다."라고 말하면서 웃었다. 나는 엄마의 식성을 잘 안다. 엄마의 입맛에 맞는 반찬을 만들어 갔다. 신선한 과일 등도 가져가서 할머니들과 나눠 먹었다. 엄마가 힘든 수술을 하였으니 빨리 몸이 회복되기를 바라는 마음뿐이었다. 아침에 갔다가 식사하고 양치하는 것을 도와드리고 나서 8시경에 집에 왔다. 집에서는 남편이 매일 아침 식사를 준비했다. 아이들을 학교에 보내는 것도 남편 몫이었다. 신혼 초부터 당연하게 해 온 아침 식사 준비라고 생각하지 않았다. 휴직 중이면 내가 해도 되었지만 엄마가 입원해 있는 병원에 왔다 갔다 하느라 여전히 남편이 해 주었다. 여간 고마운 일이 아니었다.

오전에 집안일을 하고 점심 식사 시간에 맞춰 병원에 갔다. 병원 옥상에 꽃밭이 있었다. 엄마와 산보했다. 하교하는 아들을 맞이하기 위해 다시 집에 갔다. 아들을 학원에 보내고 나면 또 병원에 가서 저녁 식사 드시는 것을 도와드렸다. 저녁 식사 후 병원 복도를 왔다 갔다 하면서 운동했다. 이른 밤 인사를 하고 집으로 갔다. 아이들과 함께 남은 저녁 시간을 보냈다. 이런 식의 생활이 규칙적으로 이어졌다.

마산에 사는 언니도 창원에 있는 요양병원까지 매일 음식을 챙겨서 왔다. 정성을 다해 엄마를 돌보았다. 딸들이 엄마한테 참 잘한다면서 병실의 할머니들이 부러워했다. 자식들이 자주 오지 못하는 분들께는 죄송한 마음도 있었다. 하지만 내가 육아휴직 기간 중이었기에 할 수 있는 만큼 최선을 다하기로 했다.

엄마는 두 달 정도 입원해 있다가 퇴원했다. 나는 갑자기 시간의 여유가 생겼다. 이제는 끼니때마다 병원에 가지 않아도 되었다. 아이들을 학교에 보내고 혼자 집에 남았다. 엄마와 함께했던 시간이 머릿속에서 파노라마처럼 지나갔다. 그동안 결혼하고 임신, 출산, 육아로 바빠서 엄마와 오랜 시간 같이 있어 본 적이 없었다. 병원에서 엄마와 함께했던 시간이 그리워졌다. 몸은 바빠도 매일 얼굴을 볼 수 있어서 좋았다. 엄마와 함께하는 시간 동안 건강이 걱정되어 불안하기도 했다. 하지만 엄마와 함께해서 행복하고 충만한 시간이었다는 것을 시간이 지나고 나서야 새삼 느낄 수 있었다. 나를 보고 웃어 주던 엄마 얼굴이 아른거렸다. 마주 잡았던 손의 따스한 온기를 느끼고 싶었다.

육아휴직 기간이 이제 두 달밖에 남지 않았다. 나는 질문 배움 연구소의 문을 두드렸다. 버츄 프로젝트 워크숍, 감사 일기 멘토링, 독서 모임 특강 등을 들었다. 배우고 싶은 것을 배웠다. 가족여행도 다니면서 아들과 딸에게도 충실했던 어느 날 아들이 나에게 물었다.

"엄마는 누구를 위해 휴직했어?"

갑작스러운 질문에 '너를 위해 휴직했지.'라고 바로 말하지 못했다. 육아휴직 기간임에도 친정엄마를 위해 서울에 가고, 창원에 와서는 요양병원에 다니느라 아들과 온전히 함께하지 못했다. 아들에게 미안했다. 아들을 빤히 쳐다보며 멋쩍은 미소를 지었다. 아무 말도 못 했다. 그런데 그 순간 딸이 동생에게 한마디 했다. "엄마는 우리를 위해 휴직했고, 조금 더 노력해서 외할머니까지 보살핀 거야."라고. 아들은 잠자코 듣고만 있었다. 내가 미처 생각지도 못한 것을 딸이 말했다. 어느새 이렇게 컸나 싶다.

나에게는 이해해 주는 가족이 있었다. 친정엄마를 위해서 서울행을 일주일에 서너 번씩 하고, 아침마다 반찬 등을 싸 들고 요양병원으로 가는 아내를 묵묵히 지켜보며 아침 식사를 준비해 준 남편이 있었다. 엄마가 없는 빈자리를 채워 주기 위해 따스한 누나 노릇을 한 딸도 있었다. 엄마가 집을 비워도 떼쓰지 않고 기다려 준 아들도 있었다. 아버지도 언니도 엄마의 건강 회복을 위해 얼마나 많이 오갔던가? 오빠와 올케언니는 서울에서 엄마와 정을 돈독하게 쌓았다. 대학교 때부터 부모를 떠나 서울에서 살아온 오빠가 성인이 되어 엄마와 이토록 오래 함께 있어 본 적이 있었을까? 각자 가능한 시간에 엄마 옆에 있어 주었다. 누구 하나 언성을 높이지 않았고, 갈등을 일으킨 적도 없었다. 엄마가 수술한 후에 회복이 더딜 때도, 급성 염증 수치가 빨리 떨어지지 않아서 걱정이 앞섰을 때도 언제나 기도했다. 엄마가 퇴원했을 때 함께 기뻐했고 함께 웃었다.

인생을 살아가다 보면 한 번에 해결되지 않는 문제가 많다. 산 넘어 산이 있을 때 우리는 어떻게 할 것인가? 하나의 산만 넘고 주저앉을 것인가? 주저앉아서 네 탓 내 탓을 하며 다툴 것인가? 힘들어도 산을 하나 더 넘어가면 넓은 평야가 나올 수도 있고, 반짝이는 강물이 나올 수도 있다. 이번에 엄마의 수술도 그랬다. 입원, 수술, 퇴원, 응급실행, 또다시 입원, 떨어지지 않는 염증 수치. 지칠 대로 지쳤으나 온 가족이 나서서 함께 마음을 합쳤기에 좋은 날이 올 수 있었다. 당면한 문제를 하나씩 하나씩 풀어 나가면 된다. 함께 가는 사람들과 화합하는 것이 문제를 해결할 수 있는 지름길이라는 사실도 깨우쳤다. 가족이 소중했다. 서로 사랑했다. 앞으로 살아가면서 또 다른 산이 나타나지 않으리라는 법은 없다. 그 산이 없어지기를 기도하지 않고 산을 넘어갈 수 있도록 인내와 열정의 힘을 달라고 기도할 것이다. 그 힘의 원천은 올곧은 나 자신과 서로 이해해 주는 가족이 아닐까? 화합하고 의견을 나누면서 함께 헤쳐 나가리라 다짐한다.

7.

여행을 이끌어 주는 소중한 빛

여행은 삶에 드라마를 입히는 일처럼 설레고 기다려진다. 생생한 행복
감을 느낄 수 있다. 우리 가족은 여행을 자주 다녔다. 남편과 나는 계획
을 철저히 세워 여행을 떠났다. 성수기 항공편을 어떻게 싸게 마련했는
지 궁금해하는 사람들도 있었다. 여행 가기 몇 달 전부터 예매한 덕분이
었다. 그렇다고 언제나 준비된 여행만 가는 것은 아니었다. 때로는 남편
이 토요일 저녁에 즉흥적으로 1박 2일 여행을 가자고 제안하기도 했다.
그러면 아이들과 나는 기다렸다는 듯이 간단한 짐을 꾸려 떠났다. 울산,
부산 등 가까운 바다가 있는 곳을 향해 밤길을 달렸다.

코로나가 창궐하기 전 2017년부터 2019년까지 3년간 여름 방학 때마
다 괌으로 여행을 떠났다. 괌은 우리나라 거제도와 크기가 비슷하다. 사

람들이 길어야 5~6일이면 충분하다고 말했다. 하지만 우리 가족이 괌여행을 다녀온 날짜를 합쳐 보면 30일 가까이 된다. 작은 섬에서 왜 그렇게 오래 있었느냐고 물어보는 사람도 있었다. 호텔, 게스트하우스 등 다양한 숙소를 경험했다. 동네를 다니면서 그곳 아이들의 호기심 어린 눈빛과도 마주쳤다. 퍼블릭 도서관에서 동화 구연 수업도 들었다. 차모로 시장에 가서 원주민들의 공연을 보았다. 그곳에서 전통 음식도 맛보았다. 해양 스포츠, 스노클링 등 재미있고 신나는 놀이를 많이 했다. 괌에서 사이판으로 가서 경비행기를 타기도 했다. '한 달 살기'를 한 것 같다. 지금도 햇빛 쨍쨍한 괌의 거리가 생생하게 보이는 듯하다.

가족여행은 언제나 좋았다. 가족 네 명이 함께 여행을 다녔다. 그런데 딸이 초등학교 6학년이 되면서 불만을 터뜨렸다. 동물원에 그만 가자고. 아들은 동물을 유난히 좋아했다. 그래서 동물원에 많이 갔었다. 각자의 취향을 존중해야겠다는 생각이 들었다. 그러던 차에 두 번째 육아휴직을 하게 되었다. 색다른 여행을 계획하였다. 육아 전문가들은 아이들 한 명 한 명에게 집중할 수 있도록 자녀 한 명과 시간을 온전히 보내 보라고 했다. 한 번씩 나도 아들과 딸을 따로 데리고 다니면서 차를 마시고, 공원에 가서 놀았다. 이런 외동 데이트를 확장시켜서 2019년 3월에 외동 여행을 추진했다. 두 명씩 짝을 지어 1박 2일 여행을 가자고 제안했더니 다들 좋다고 했다. 나는 아들과 가기로 했다.

남편과 딸은 우리에게 장소 등을 비밀로 하고 여행을 떠났다. 나중에 갔다 와서 들어 보니 부산 이기대에 가서 바다를 실컷 보고, 대게를 먹었다고 한다. 아들이 해산물을 먹지 않기 때문에 가족 네 명이 외식할 때는 대게와 같은 해산물 요리를 거의 먹을 수 없었다. 유난히 새우, 오징어, 대게 등 해산물을 좋아하는 딸이 외동 여행에서 대게 요리를 맛있게 양껏 먹은 모양이었다. 딸도 여행이 즐거웠다고 말했다.

나는 아들을 데리고 대구의 네이처 파크에 갔다. 가족여행을 갈 때는 항상 남편이 운전해 준 덕분에 나는 느긋하고 편안했다. 그러나 이번에는 내가 2시간 가까이 운전해야 했다. 초행길이라서 잔뜩 긴장했다. 핸들 잡은 손에 힘이 들어갔다. 내 귀는 온통 내비게이션 안내에 집중해 있었다. 다행히 조잘대던 아들이 뒤에서 잠이 들었다. 드디어 도착했다. 네이처 파크 주차장에 차를 댔다. 네이처 파크 언덕 위에 있는 호텔 드 포레에 1박을 예약했다. 호텔로 가는 투숙객을 태우기 위한 전용 차량이 따로 있었다. 얼룩무늬가 그려진 아주 작은 차가 우리를 호텔로 데려다주었다. 그 차는 문이 따로 없었고 비닐이 사방에 둘러쳐져 있었다. 오르막길을 오르는 차 안으로 시원한 바람이 불어왔다. 아들과 나는 처음 가 보는 네이처 파크가 어떤 곳일지 궁금했다. 이쪽저쪽으로 고개를 두리번거렸다. 어느새 호텔 앞에 도착했다. 한옥 느낌의 호텔이었다. 편백나무와 황토로 만들어져서 자연의 느낌이 살아 있었다. 호텔 방 안에는 천장의 격자무늬 조명등이 은은했다. 전통 문양으로 짜진 나무틀의 창문과 목재로 된 가구들이 인상적이었다. 아들은 무척 흡족한 듯 침대에 몸을 한번 던져 보았다.

잠시 후 네이처 파크를 둘러보기 위해 밖으로 나갔다. 호텔로부터 쭉 이어진 내리막길을 따라 내려갔다. 공작새 여러 마리가 곳곳에서 돌아다녔다. 새장 속에 갇혀 있지 않고 바로 옆에서 돌아다니는 공작들을 볼 수 있었다. 신선했다. 나무 위에 그물로 된 통로가 있었다. 원숭이들이 자유롭게 돌아다녔다. 숲속 곳곳에 그네도 있었다. 거북이와 호저에게 먹이를 주었다. 앵무새를 손바닥 위에 올려놓고 모이를 주었다. 짚라인을 탔다. 암벽타기도 했다. 밤에는 공원 내에 조명등이 켜져서 야경이 멋졌다. 3월의 밤은 추웠다. 추위에도 아랑곳하지 않고 아들과 나는 신이 났다. 공원 안을 내려갔다 올라갔다 했다. 멋진 밤 풍경을 배경으로 수십 장의 사진을 찍었다.

다음 날 아침 식사는 그곳 한식당에서 뷔페 식사를 했다. 편식하는 아들이지만 그곳에서는 맛있게 잘 먹었다. 음식을 먹는 아들의 입이 예뻤다. 나는 꿀 떨어지는 시선으로 아들을 쳐다보았다. 1박 2일 동안 아들과 내가 한 대화의 80%는 '사랑해.'라는 말이었다. 동물을 보다가도, 체험하다가도 나를 쳐다보고 "엄마! 사랑해."라고 말했다. 나도 미소 띤 얼굴로 "아들! 사랑해."라고 말했다.

아빠와 딸, 엄마와 아들이 각자에게 오로지 집중할 수 있었던 시간이었다. 다음 외동 여행을 계획해야 했다. 그런데 코로나로 인해 한동안 여행은 꿈도 꾸지 못했다. 3년이라는 시간이 순식간에 흘렀다. 우리 가족은 다시 여행을 다니기 시작했다. 그동안 실행에 옮기지 못한 2차 외동 여행을 다녀왔다. 딸은 이제 고등학생이다. 3년이 지나면 딸은 20대가 된다. 어른이 되어 가는 딸과 함께 소중한 시간을 붙잡고 싶다. 딸과 보낸 1박 2일 외동 여행은 색달랐다. 엄마와 딸은 같은 여자로서 공감하는 부분이 많았다. 딸은 이제 10대 후반기를 살고 있다. 내가 고등학생이었을 때 고민을 이야기해 주었다. 수다를 떨면서 손을 꼭 잡고 잠이 들었다.

　가족과 함께, 때로는 둘이서 떠나기도 했다. 가족 네 명이 완전체였을 때는 하나라는 안정감이 있었다. 외동 여행으로 갔을 때는 온전히 한 명에게만 집중했다. 서로의 존재를 깊이 느끼는 충만한 시간이 되었다. 목적지가 중요한 것이 아니다. 여행의 과정 자체에 특별함이 있고, 아름다움이 있다. 우리의 삶이 여행을 닮았다. 시작과 끝이 있는 여행처럼 인생도 그러하다. 태어나서 성장하는 동안 무수히 많은 경험을 한다. 일상 속 경험이라고 단순하게 생각하기 쉽다. 평범하다고 지나치기 쉽다. 그러나 살아가면서 보이는 모든 것들을 사랑의 눈길로 대한다면 결코 단순하지도 평범하지도 않다. 단순하고 평범한 것은 우리의 관점이었다. 낯선 길에서 새로운 풍경을 접한다는 사실만으로도 감동하는 삶이면 좋겠다. 새로운 하루, 24시간을 선물 받았다고 생각하면 황홀하다. 나에게 다가오는 상황만으로도 의미를 얻을 수 있다. 여행지에서 경험하는 모든 것들이 특별하듯 우리네 인생살이의 모든 과정이 특별하다. 정해진 시간과 공간 속에서 존재하는 우리는 항상 움직이고 있다. 언제, 어디를 향해 가야 할지 모르는 막막함이 생길 때 막막한 인생길을 어떻게 걸어갈 것인가?

"여행자에게는 그 여행을 이끌어 주는 소중한 빛이 있다."라고 류시화 시인이 말했다. 인생이라는 여행길에도 우리를 안내해 주는 존재가 있을 것이다. 나에게도 삶을 이끌어 주는 소중한 빛이 있었다. 사랑하는 마음으로 이어져 있는 가족, 언제나 든든하게 서로를 믿는 가족이 나를 인도하는 길잡이였다. 아이가 커서 더 넓은 세상 속으로 들어갔을 때 그리움 반, 행복감 반으로 그때를 회상할 수 있으면 좋겠다. 함께했던 추억들이 아이들의 인생에 빛이 되어 주기를 바란다. 여행지에서 매 순간 의미를 찾듯 삶의 터전에서도 의미를 찾아 성장하기를 기대한다.

8.

사랑받는 존재라는 믿음

2019년, 어느 일요일 아침의 일이다. 아홉 살 난 아들이 소파에 앉아 있는 나에게 다가와 "엄마는 포근한 이불 같아. 따뜻한 난로 같기도 해." 라고 말하면서 쏙 안긴다. 다정다감한 아들 덕에 내 입가에는 미소가 번졌다. 마흔둘 나이에 얻은 아들. 젊은 엄마들은 느끼지 못하는 아쉬움이 있다. 내가 좀 더 젊었더라면 아이들과 활동적이고 재미있는 체험을 더 많이 하지 않았을까? 외모도 친구 엄마들보다 나이 들어 보인다. 또 트렌드를 잘 모른다. 나는 진지하다. 기, 승, 전, 교훈일 때가 많다. 예의를 찾고 형식을 찾는다. 하지만 나이 차이가 많이 나는 만큼 내 사랑은 더 깊다고 자부한다. 나는 아이들이 내가 부모님께 받은 사랑 그 이상을 느끼게 하고 싶다. 내 가슴 깊숙한 곳에서 우러나오는 사랑을 느낀 것일까? 아들은 내 사랑을 아는지 내 마음을 쏙 빼 놓는 말들을 해 왔다.

"엄마는 내가 태어났을 때부터 내가 멋지다고 생각했어?"

"그럼, 멋지다고 생각했지."

"나는 태어나기 전부터 엄마가 예쁘다고 생각했어."

"내가 하늘에서 지켜보다가 엄마가 예뻐서 엄마 배 속으로 들어갔어."

"엄마가 내 곁에 없어도 엄마는 내 마음속에 있어. 학교에 가 있어도 엄마 생각해."

"엄마가 있어서 나는 날 것 같아. 저 하늘에 있는 파랑새처럼."

"엄마가 사랑으로 나를 데워 주고 있어."

아홉 살 아들과의 대화는 솜사탕처럼 달콤했다. 그 맛을 잊을 수 없어 나는 카카오 스토리와 블로그 등에 아들의 어록을 남겼다. 언제 읽어도 그 시절 아들의 사랑스러운 표정을 느낄 수 있다.

아들이 초등학교 2학년쯤 되었을 때 학교든 편의점이든 혼자 다닐 수 있었다. 중학교 교사인 나와 초등학생 아들의 방학 일자가 달랐다. 내가 방학일 때 아들은 등교하기도 했다. 그때마다 아들이 학교에서 마치는 시간에 맞추어 마중을 나갔다. 책가방을 들어 주었다. 아들이 날쌔게 아파트 놀이터로 뛰어간다. 그네에 올라탄다. 아들이 함박웃음을 머금고 발을 굴린다. 그네가 왔다 갔다 움직인다. 집에 가서 딸기 생크림 롤빵과 떡볶이를 만들어 주었다. 아들의 입꼬리가 위로 쑥 올라갔다. 한 접시, 두 접시 계속 가져다 먹는다. 엄마가 집에 있으니까 좋단다.

어릴 적 나도 엄마가 집에서 맞이해 주기를 바랐다. 줄곧 부모님이 운영하던 식당에 딸린 집에서 다섯 식구가 생활해 오다가 내가 초등학교 3학년 때 가게와 집이 분리되었다. 부지런하게 일하여 돈을 모은 부모님은 새집을 샀다. 이사한 이후 나에게는 외로운 날들이 이어졌다. 학교를 파하고 이사한 집에 갔더니 아무도 없었다. 언니와 오빠는 초등학교 고학년이라 나와 하교 시간이 달랐다. 엄마가 보고 싶었다. 그래서 학교를 파하고 새집으로 가는 길과는 반대 방향으로 걸어갔다. 엄마를 보기 위해서였다. 한동안 내 발길은 부모님이 언제나 계시는 가게로 향했다. 아무도 없는 집에 들어갈 때의 적막감을 안다. 사람 소리가 없는 집에서 혼자 아무도 없는 공간을 왔다 갔다 했다. 처음에는 동네 친구가 없어서 집에 있는 딱따구리 문고를 읽거나 누워서 빈둥거렸다. 새 동네에서 친구를 사귀었다. 가게로 가는 횟수가 점점 줄었다. 그러다 동네 피아노 학원에 다니게 되고 친구 집에도 놀러 갔다. 나의 초등학교 시절 외로움은 조금씩 사라졌다.

직장 다니는 엄마들이 많아지면서 '아이 돌보미'라는 직업이 생겼다. 아들은 네 살 때부터 초등학교 2학년 때까지 학교를 마치면 돌보미 이모가 돌봐 주었다. 학교에서 돌아온 아들에게 간식을 챙겨 주었다. 놀이터에서 노는 것도 봐 주고, 학원 버스도 태워 주었다. 6년 동안 총 세 명의 돌보미 이모가 있었다. 한 분이 계속해 주면 좋으련만 그분들도 개인 사정이 있다 보니 어쩔 수 없었다. 그분들은 책임감이 커서 행여 다칠까 봐 놀이터에서 위험한 일을 못 하게 했다. 아들은 그것이 때론 불만이었다. 나는 안전이 제일이니까 그렇게 챙겨 주시니 감사할 따름이었다. 다들 말을 부드럽게 했다. 온화한 성품이었다. 아들에게 좋은 영향을 미쳤다. 아들이 좋아하고 잘하는 것에 관해 칭찬도 많이 해 주었다. 아들도 이모들을 좋아했다. 하지만 아무리 자신을 챙겨 주는 사람이 있어도 어디 엄마만 하겠는가? 다정다감한 성격의 아들은 친구들 엄마처럼 내가 집에 있었으면 좋겠다는 말을 많이 했다. 딸도 내가 집에 있는 것을 좋아하기는 마찬가지였다. 딸이 사춘기로 접어들면서 친구들과 다니는 것을 좋아했다. 키가 나보다 큰 딸이 집에 왔을 때 내가 있으면 "엄마! 안아 줘."라고 큰 소리로 말하면서 팔을 벌리고 다가온다. 힘 있게 두 팔로 꼭 껴안고 등을 토닥토닥 두드려 준다.

언젠가부터 엄마가 일하러 나가도 좋다고 아들이 말했다. 엄마가 학교 선생님이라서 더 좋다고 한다. 엄마의 생활을 인정해 주는 아이들. 직장을 다니면서 퇴근 후에는 주부로서 생활한다. 어설프다. 시간에 쫓겨서 제대로 챙겨 주지 못할 때가 많다. 미안하다고 했다. 엄마가 더 잘해 줘야 하는데, 이런 말을 달고 살았다. 그래도 아이들은 나를 사랑한다고, 다 괜찮다고 말했다.

얼마 전 아들이 학교에서 전교생이 하는 학교폭력 실태조사 설문을 했다. 문항 중에 부모님으로부터 사랑을 받고 있다고 느끼느냐는 질문이 있었다. 아들은 '매우 그렇다'에 표시했다고 말했다. 그러면서 덧붙였다.

"근데 엄마, '매우 그렇다'로는 모자라. 내가 느끼는 사랑은 '매우 매우 매우 매우 매애우 그렇다'라고 해야 해."

"엄마는 우리 집에서 사랑을 제일 많이 받는 사람이기도 해."

아들을 꼭 껴안아 주었다. 이토록 큰 사랑을 받고 있다. 내 나이 마흔둘에 두 아이의 엄마가 되었다. 딸과 아들은 한 번씩 티격태격하며 다툰다. 남편은 가끔 불호령을 내린다. 그래도 웃는 날이 더 많다. 사랑하는 마음은 변함이 없다. 나는 사랑을 주고 더 많은 사랑을 받았다. 나를 사랑해 주는 가족들이 있어 행복하다. 나의 사랑을 느끼는 아이들 덕에 나는 살아갈 힘을 얻는다. 내 삶에서 가장 큰 기쁨의 원천은 가족이다. 가족 간의 사랑이 차곡차곡 쌓인다. 쌓인 만큼 표현한다. 사랑하는 만큼 배려한다. 그 속에서 나는 성장할 수 있었다. 직장에서 아무리 힘든 일이 있어도 견딜 수 있는 이유는 사랑받는 존재라는 믿음 덕이었다. 오늘도 내 눈동자 가득 가족의 눈부처를 만들어 본다.

제 3 장

나를 돌보는 시간

1.

미라클 모닝의 힘

초등학생 아들을 데리고 치과에 갔다. 진료 예약 시간에 늦지 않기 위해 칼같이 퇴근했다. 병원에 다녀와서는 저녁 식사 준비를 했다. 냉장고에서 재료를 꺼내 요리한다. 분주히 움직인다. 저녁을 먹으면서 아이들과 대화를 나누었다. 설거지하고 뒷정리하다 보면 어느새 9시였다. 밤이되니 허벅지 뒤쪽이 당기고 종아리가 기분 나쁘게 아팠다. 낮에 학교에서 수업할 때도, 저녁에 집에서 일할 때도 다리가 고생이다. 소파에 앉아빨래 개는 것은 차라리 편한 일이었다. 하지만 차분하게 앉아서 빨래를개고 있을 만큼 마음의 여유가 없었다.

월요일은 퇴근하자마자 30분간 김밥을 싼다. 아파트 1층 주차장에서 딸을 기다린다. 차에 태우고 영어 과외 하는 곳으로 데려다준다. 차 안에서 딸은 내가 만들어 준 김밥을 꼭꼭 씹어 먹는다. 파는 김밥보다 내가 만들어 준 김밥이 더 맛있다고 말한다. 이동하는 시간이 있어서 차 안에서 저녁을 먹어야 영어 과외 시간에 맞출 수 있다. 월요일에는 항상 이렇게 했다. 다시 집에 와서 아들에게 저녁을 차려 준다. 나도 대충 먹는다. 딸이 마치는 시간에 맞추어 데리러 가기 위해 서둘러야 했다. 딸을 데리고 왔다. 흩어졌던 가족들이 집에 모인다. 과일도 챙겨 먹여야 한다. 설거지도 해야 한다. 저녁 시간은 금방 잠잘 시간이 되었다.

아이들이 어렸을 때는 일찍 재우려고 애썼다. 나의 바람과는 달리 아이들은 빨리 잠들지 않았다. 거실로, 방으로, 부엌으로 돌아다녔다. 아들은 밤이 늦어도 풍선 배구나 레슬링을 하자고 할 때가 있다. 타이머를 맞춰 두고 5분씩, 5분씩 놀다 보면 30분이 훌쩍 간다. 겨우 양치질까지 시키고 잠잘 모든 준비가 다 되었다. 그림책을 들고 차분하게 침대에 누웠다. 편안하게 두 다리 뻗고 누웠다. 행복하다. 처음에는 또렷한 목소리로 책을 읽어 주었다. 아들의 시선이 책 속 그림에 꽂혀 있다. 두 번째 페이지를 읽고 있는 내 목소리가 차츰 작아진다. 느려진다. 아무 소리가 없자 아들이 나를 흔들었다.

"엄마! 엄마! 자?"

"응, 잠이 와서 더 못 읽겠다."

책을 머리맡으로 던져 버렸다. 눈을 감았다. 쏟아지는 잠을 이길 수 없었다. 책을 읽어 주다 보면 항상 아이들보다 내가 먼저 잠에 빠져들었다.

아들은 혼자서 책을 마저 읽기도 하고 때론 뒤척이다가 잠이 들기도 했다. 새벽 2시경에 눈이 떠졌다. 방안이 환하다. 아들이 전등을 안 끄고 잤기 때문이다. 전등을 끄고 아들 방을 나왔다. 다시 잠 속으로 빠져들었다. 밤에는 해야 하는 일에 손을 못 댄다. 하고 싶은 일은 더더욱 할 수 없었다.

간혹 새벽에 일찍 일어나서 어질러진 거실을 정리했다. 밀린 학교 업무를 한 적도 있다. 새벽 시간에 뭔가를 하는 것이 좋았다. 일찍 일어나는 것에 거부감은 없었다. 그렇지만 새벽 시간을 규칙적으로 활용할 생각은 하지 못했다. 어쩌다 기한이 코앞으로 다가왔다든지, 일을 더 미루면 안 될 때 비상 구급약처럼 새벽 시간을 썼다. 그러던 내가 미라클 모닝을 나의 루틴으로 만드는 계기가 생겼다.

2019년 휴직 중에 질문 배움 연구소에서 독서 모임 관련 특강을 마련했다는 공지가 있었다. 고윤지 어루맘짐 대표의 강의를 들으러 갔다. 그 당시 고윤지 강사는 매월 독서 모임 열 개 팀을 운영하고 있었다. 독서 모임 운영 방법과 리더의 자세에 대해 상세하게 알려 주었다. 직장을 다니면서 아이를 키우기에도 시간이 빠듯할 텐데 어떻게 그 많은 독서 모임을 이끌 수 있었을까? 고윤지 강사가 대단해 보였다. 강의하는 고윤지 강사의 얼굴에는 미소가 떠나지 않았다. 목소리에 힘이 있었다. 마지막에 누군가 질문했다.

"선생님의 그런 열정은 어디서 나오나요?"

"할 엘로드가 쓴 『미라클 모닝』이라는 책을 읽고 많은 힘이 되었어요. 미라클 모닝을 실천하면서 영감도 얻고 많은 독서 모임을 운영할 수 있는 것 같아요."

나는 책 제목을 메모했다. 『미라클 모닝』 책을 사서 읽었다. 새벽에 일어나는 일을 두고 '미라클 모닝'이라고 하는 것부터 매력적이었다. 나도 한번 시도해 보고 싶었다. 일단 기상 시간을 5시 30분으로 정해 놓고 일어났다.

2019년 2학기에 복직했다. 6시 30분부터는 출근 준비를 해야 했다. 5시 30분에 기상하여 보내는 1시간으로는 부족했다. 욕심이 생겼다. 그래서 4시 30분으로 기상 시간을 앞당겼다. 2시간 정도 새벽 시간을 즐기고 학교에 출근했다. 피곤하기는커녕 몸이 날 것 같았다. 환상의 세계에 가서 모험을 즐기다가 현실로 돌아온 느낌이었다. 처음부터 4시 30분 알람 소리를 듣고 벌떡 일어난 것은 아니었다. 알람이 최초로 울리면 5분 뒤로 맞춰 놓고 다시 누운 적이 많았다. 『미라클 모닝』의 저자 할 엘로드가 일찍 일어나는 방법으로 알람 시계를 멀리 두라고 했다. 침대 머리맡이 아닌 책상 위에 휴대전화를 두고 잤다. 알람이 울린다. 다른 가족들이 깰세라 침대에서 벌떡 일어났다. 알람을 끄기 위해 몇 걸음 걸어가다 보면 정신이 들었다.

체계적으로 아침 시간을 쓰기 위해서 스몰 스텝 체크리스트를 만들었다. 하고 싶은 일과 매일 해야 하는 일을 썼다. 일과가 눈에 들어왔다. 날짜와 항목별로 실행 정도를 점검하였다. 완수했다는 동그라미가 채워질 때 성취감도 생겼다. 한 달마다 통계를 냈다. 아침에 일어나자마자 오늘 하루를 주신 하느님께 감사한 마음을 가진다. 이부자리를 정리한다. 스트레칭을 한다. 어깨가 자주 뭉치기 때문에 접시돌리기 동작을 한다. 모닝 페이지를 쓴다. 매일 복음 말씀을 읽고 묵상하고 기록한다. 혈압을 잰다. 네이버 밴드에 성경 구절을 읽고 필사한 내용을 사진으로 찍어 올려서 인증한다. 아침에 생수 한 잔과 유산균을 먹는다. 감사 일기를 쓴다. 책을 읽는다. 글을 쓴다. 때로 시간이 나면 블로그에 글을 올린다. 매일 새벽 시간에 꾸준히 책을 읽었다. 줄을 긋고 메모했다. 책을 읽다가 감동적인 구절을 쓰고 내 생각을 덧붙이기도 했다.

새벽 기상을 시작한 2019년의 어느 날, 공책의 한 면에 빼곡히 글을 썼다. 내 안에 있는 두려움, 부정적인 생각들이 종이 위에 들어와 박혔다. 나의 실체를 보는 것 같았다. 나는 나에게 말했다. "이렇게 아팠구나, 이렇게 두려웠구나, 괜찮아, 다 지난 일이야, 잊어버려." 스스로 위로했다. 후련하게 큰 숨을 쉬었다. 글을 쓰는 일은 나에게 안식을 주고 매일 새롭게 탄생하는 나를 발견하는 일이었다.

주변의 사람들에게 새벽에 일어나서 뭔가를 하면 큰 보람을 느낀다고 말했다. 대단하다고 감탄해 줄 뿐 실천하는 사람들은 거의 없었다. 누구에게나 집중할 수 있는 자신만의 시간이 있을 것이다. 내가 아침 시간이 좋다고 남들에게 강요할 수는 없다. 밤에 혼자 깨어 그 시간을 활용하는 사람도 많다. 나는 밤에 책을 읽거나 글을 쓸 때 나도 모르게 눈을 감고 있었다. 고개가 책상 바닥으로 내려갔다. 얼굴이 책과 맞닿아 있었다. 나는 새벽에 일어나야 했다. 나에게 적합한 시간을 알게 되었다. 보물 같은 아침 시간이 나에게 어떻게 기적적으로 찾아왔을까? 매사를 우연으로 받아들이지 않는 세렌디피티의 삶을 살고 있었기에 가능했다고 생각한다. 고윤지 강사가 미라클 모닝을 이야기할 때 새겨듣고는 내 삶 속으로 가지고 왔다.

오늘도 새벽 4시 30분에 일어났다. 이제는 알람이 울리기 시작하면 바로 눈을 뜬다. 어느 정도 습관이 된 모양이다. 가장 먼저 생수 한 잔을 마셨다. 목을 타고 내려가는 시원한 느낌에 눈이 확 떠지고 정신이 들었다. 이런 기분을 두고 '살아 있는 느낌'이라고 표현하나 보다. 인생이 바뀌었다. 새벽의 소중함을 깨닫는 것으로만 끝나지 않았다. 내가 살아가는 매 순간이 중요함을 알게 되었다. 누구에게나 24시간이 공평하게 주어진다. 그 시간의 가치는 쓰는 사람마다 다르다. 5분이 남아도 의미 있는 일을 한다. 나를 성장시키는 새벽 시간이 좋다. 책상 앞에 앉았다. 어제 읽다 접어 둔 『유리알 유희』를 펼쳤다. 두 페이지 읽고 나니 동이 튼다. 벌건 빛이 방안을 비추다가 점점 하얗게 바뀌어 간다.

2.

미덕의 언어,
인성 교육의 시작

2019년 7월, 복직을 한 달여 앞두고 생각이 많아졌다. 복직하고 학교
생활에 잘 적응할 수 있을까? 학생들이 나의 수업과 학급 경영에 불만을
품으면 어쩌나? 업무는 또 얼마나 많을 것인가? 걱정이 꼬리를 물었다.
복직 신청은 이미 해 놓았는데 아들이 갑자기 엄마가 좀 더 쉬었으면 좋
겠다고 말했다. 고작 6개월을 쉬었는데 입시 스트레스를 받는 고등학생
처럼 학교에 가기 싫었다. 날마다 달력을 보면서 남은 날을 세었다. 그렇
게 시간을 보내던 7월 중순에 버츄 프로젝트를 배울 기회가 생겼다. 질문
배움 연구소에서 주최하는 버츄 프로젝트 워크숍은 3일 동안 총 9시간
진행되었다. 이론과 실습을 겸한 수업이었다.

워크숍에 참여하기 전 과제로 권영애 선생님의 책 『자존감, 효능감을

만드는 버츄 프로젝트 수업』을 읽어야 했다. 책에서 권영애 선생님은 좋은 부모, 좋은 교사가 되고 싶어 잘하려고 해도 실수하고 실패할 수 있다고 말했다. 그동안 나는 잘하려고 애썼다. 실수할 때마다 자책했다. 실패할까 봐 도전하지 않았다. 두려워서 잠을 설치기도 했다. 아이가 나처럼 실수할까 봐 걱정했다. 아이가 하는 실수가 크게 다가왔다. 나는 내 마음을 책망하듯 아이를 더 엄격한 잣대로 야단쳤다. 일방적으로 지시했다.

'버츄 프로젝트'는 존재 자체로 사랑을 주고받는 뜨거운 경험이었다. 버츄 프로젝트에서는 많은 미덕 중에서 선별된 52가지 미덕을 다루고 있다. 모든 존재 안에 원석 상태의 미덕이 있으며, 그것을 갈고 닦으면 아름답고 건전한 가치관을 가진 사람으로 변할 수 있다는 것이 버츄 프로젝트의 전제다. 이것을 깨달은 부모나 교사는 위대한 교육자가 될 수 있다고 했다. 나를 먼저 사랑하고, 모두를 존재 자체로 사랑하는 마음을 가져야 했다. 두려움이 아닌 사랑으로 나를 가득 채워야 한다는 것도 깨달았다. 잠자리에 들기 전과 새벽에 기상하고 난 후에 바로 나에게 긍정적인 말을 건넸다. 나는 소중한 존재라고, 용기 있다고, 사랑의 미덕이 빛난다고 말했다.

나의 열정을 온통 미덕 연마에 쏟아부었다. 나를 대표할 만한 미덕이 무엇일지 생각해 보았다. 또 내가 더 성장시켜야 하는 미덕도 찾아보았다. 아이들을 대할 때는 부족함보다는 빛나는 미덕을 보려고 노력했다. 아이가 하는 행동에 미덕의 이름을 붙여 주었다.

"그림을 집중해서 그리고 있구나. 열정의 미덕이 빛나네."

"청소를 도와주다니 도움의 미덕이 넘쳐."

"엄마를 안아 주는 우리 아들, 사랑의 미덕이 반짝반짝 빛나는구나."

아이들이 나에게 말했다. 엄마가 부드러워졌다고. 미덕의 언어를 사용함으로써 생활이 각박하지 않았다. 서로를 바라보는 눈빛에서 따스함이 느껴졌다. 아이들의 행동을 미덕과 연결하여 말해 주었다. 미덕 통장을 만들어서 기록했다. 차곡차곡 미덕 행동들을 쌓아 갔다.

2학기에 복직했다. 스스로 질문해 보았다. '지금 내 안에 두려움의 에너지가 큰가? 사랑의 에너지가 큰가?' 내 마음에 사랑을 가득 불어넣기로 했다. '나는 할 수 있다. 나의 마음에 사랑이 충만하다.'라고 계속 되뇌었다. 버츄 프로젝트를 적용할 생각에 복직이 두렵지 않았다. 나는 버츄 프로젝트를 활용하여 학급을 운영하기로 했다. 복직한 날 아침에 학생들이 모여 있는 교실에 들어갔다. 인쇄해서 묶은 '성장 일기'를 한 부씩 나눠 주었다. 쓰는 방법을 설명했다. 학생들은 2학기 때 새로 온 담임선생님의 얼굴과 성장 일기를 번갈아 보았다. 학생들은 어리둥절하면서도 호기심 어린 표정을 지었다. 조례 때 학생 한 명이 52개 버츄 카드 중 하나를 뽑았다. 카드 앞면과 뒷면을 천천히 소리 내어 읽는다. 읽은 학생이 카드의 내용 중 마음에 드는 한 문장을 선택한다. 앉아 있는 학생들은 그 문장을 '성장 일기'에 쓴다. 나도 칠판 오른쪽에 오늘의 미덕과 학생이 선택한 문장을 적었다. 학생들은 미덕 한 문장과 함께 하루를 시작했다. 일과가 끝날 때까지 교실 칠판에 있는 미덕 한 문장이 아이들을 쳐다보았다.

학생들은 '성장 일기'를 매일 썼다. 성장 일기는 하루 에너지 정도, 기분 상태, 미덕 한 문장, 시간표와 매시간 배운 내용 정리, 오늘의 감사 세 가지, 미덕 통장 등으로 구성되어 있다. 종례 시간에 교실에 들어가면 교탁 위에 학생들의 성장 일기가 쌓여 있었다. 나는 학생들이 귀가한 후 성장 일기를 하나씩 읽으면서 피드백을 적고 도장을 찍어 주었다. 많은 학생이 또박또박 정성 들여 일기를 썼다. 간혹 알아보기 힘들게 날려서 쓴 일기도 있었지만 모두 참여하고 있다는 사실이 흐뭇했다.

서로 칭찬하는 분위기를 만들기 위해 칭찬 상자를 하나 만들었다. '친구의 미덕을 칭찬합니다.'라는 제목을 써서 붙였다. 옆에는 칭찬 용지를 여러 장 비치해 놓았다. 청소 시간에 맡은 구역을 열심히 청소하는 친구를 발견하면 '누가 언제 청소를 열심히 했어요. 책임감의 미덕을 칭찬합니다.'라고 써서 칭찬 상자 안에 넣으면 된다고 했다. 칭찬 상자도 한 달에 한 번씩 개봉해서 상을 주었다. 상을 받기 위해 두 명의 학생이 서로의 이름을 쓴 경우가 있었다. 문제 삼지 않았다. 학생들이 미덕을 생활 속에 자주 말하고 인식하는 게 중요하다고 생각했기 때문이다.

기성(가명)이는 중학교 1학년인데 키가 벌써 180cm를 넘고, 덩치가 웬만한 어른보다 훨씬 컸다. 학교 레슬링 선수였다. 기성이는 평소에는 유순한 편이지만 자신의 감정이 상하는 일이 생기면 물불을 가리지 않고 과격하게 행동했다. 쉬는 시간에 기성이와 호용(가명)이가 자리 때문에 다투었다. 반장이 불러서 교실에 가 보니 기성이가 눈을 부라리며 괴성을 지르고 있었다. 포효하는 맹수 같았다. 기성이가 의자를 바닥에 던졌다. 다행히 다친 사람은 없었다. 나는 기성이를 데리고 밖으로 나갔다. 기성이는 숨 가쁘게 호흡했다. 아직 흥분이 가라앉지 않았다. 담임선생님 앞이라고 가만히 서 있었다. 덩치만 컸지 아직 어린아이였다.

"기성아, 숨을 크게 들이쉬고 뱉어 봐. 너는 절제력이 있어. 천천히 생각하자. 네 잘못이 아니야. 아직 미덕이 빛을 발하지 못하고 숨어 있어서 그래. 우리 미덕을 일깨워 보자. 괜찮아."

기성이에게 차분하면서도 다정하게 말했다. 기성이의 이성이 돌아오기를 기다렸다. 기성이가 눈을 굴리면서 가만히 듣고 있었다. 기성이의 화가 수그러들었다. 기성이와 더 깊은 이야기를 나누기 위해 마주 앉았다. 기성이는 자신을 멍청한 사람이라고 말했다. 자존감이 낮았다. 기성이에게 말해 주었다.

"너는 멋진 사람이야. 힘든 레슬링 훈련도 견딜 만큼 인내의 미덕이 빛나. 재치 있고, 활발하기도 해. 유머 감각도 있어. 잘하고 있었어. 감정에 휘둘리지 않도록 초연과 평온함의 미덕을 갈고닦아 보자."

기성이가 순한 양처럼 내 앞에 앉아 있다. 자신의 과격한 행동을 부끄러워하는 것 같았다. 기성이는 미덕을 갈고 닦으면 된다는 나의 말에 고

개 끄덕였다. 그 후로 기성이는 다른 아이들과도 몇 번의 마찰이 있었다. 하지만 차츰 과격한 행동이 줄어들었다. 기성이에 대한 평판이 달라졌다. 다른 선생님들이 칭찬했다. 기성이의 표정이 밝아졌다. 웃음이 많아졌다. 학급에서 학생들 사이에 사소한 갈등이 있을 때마다 미덕을 활용했다. 학생들은 52가지 미덕이 정리된 미덕 책받침을 보면서 자신에게 필요한 미덕을 잘도 찾아냈다. 미덕이 자신의 마음속에 이미 다 있다고 하면 학생들은 마음의 여유를 가지고 생각할 수 있었다. 원석 상태의 미덕을 닦아 보석으로 만들어 보자고 말했다. 잔소리와 꾸중, 조언만으로 학생들이 크게 달라지지 않았다. 스스로 성장할 수 있다는 자신감이 더 중요했다. 담임선생님이 미덕을 강조하니 학생들 입에서도 미덕이라는 말이 자연스럽게 나왔다. 학교 선생님들 사이에서 우리 반은 자연스럽게 미덕반이라는 별명을 갖게 되었다. 선생님들이 수업 시간마다 칭찬해 주니 학생들은 환하게 웃고 다녔다. 자부심이 생긴 듯했다.

버츄 프로젝트를 배우고 내가 사용하는 말이 달라졌다. 아직 완벽하지는 않다. 때로는 격한 감정을 그대로 표현할 때도 있다. 계속 노력해야 한다. 미덕 연마는 글쓰기와 비슷하다. 매일 글을 써야 문장력이 좋아지듯이 매일 미덕을 생각해야 인성이 가꿔진다. 하루라도 미덕을 생각하지 않으면 습관적으로 불평하게 된다. 아직도 연습이 필요하다. 완성이 없다. 인생이란 내 안에 있는 미덕을 갈고닦으면서 인성을 아름답게 가꾸며 살아가는 과정이다. 미덕을 의식하면서 나의 언행을 조심하려고 한다. 어떤 날은 너무 바빠서 미덕을 잊어버릴 때도 있다. 깨어 있는 의식이 중요하다. 내가 지금 어떤 마음 상태인지, 어떤 말을 쓰고 있는지 한발 물러나 바라보아야 한다. 꾸준히 미덕을 연마하기 위해 오늘도 미덕 카드를 읽어 본다.

3.

감사 일기로 삶을 이야기하다

감사는 우리 주변에 풍요를 불러온다고 했다. '감사'라는 단어를 잊고 생활할 때가 많았다. 누군가로부터 특별한 도움을 받았을 때만 감사하다고 표현했다. 그런 내가 감사 일기를 알게 되었다. 감사 일기를 쓰는 일은 내 삶의 새로운 시도였다. 삶을 바라보는 관점이 달라졌다. 내 인생 후반기의 기적, '감사 일기'가 어떻게 내 삶 속으로 들어왔는가?

『한 줄의 기적 감사 일기』 책을 쓴 양경윤 선생님의 북 콘서트를 겸한 감사 일기 멘토링에 참여하게 되었다. 스물일곱 명의 사람이 참여했다. 처음에 강의실 내를 돌아다니면서 다섯 사람을 만나서 자신이 어떤 사람인지 소개하라고 했다. 감사 일기를 얼마나 써 왔는지, 무엇을 좋아하는지 이야기했다. 그때 나는 감사 일기를 12일 정도 썼다고 말했다. 어떤 사람은 천 일이 넘는다고도 했고, 또 다른 사람은 몇백 일이 된다고도 했다. 조용하던 강의실이 왁자지껄해졌다. 생기가 돌았다. 사람들의 숨소리가 가빠졌다. 사람들의 얼굴이 상기되었다. 참여자들의 밝은 얼굴을 보면서 긴장이 풀렸다. 참여하기를 잘했다고 생각했다. 삶의 돌파구를 찾고 있었던 나는 감사 일기 멘토링에 푹 빠져들었다.

어떤 이는 감사 일기를 쓰기 위해서 감사함을 찾는 것이 진정성이 없다고 말했다. 하지만 나는 감사 일기를 쓰기 위해 감사함을 찾는 것도 나쁘지 않다고 생각한다. 처음에는 의도적으로 감사함을 느끼려고 노력했다. 『한 줄의 기적 감사 일기』 책의 부록에 나와 있는 '감사함을 찾는 스무 가지 방법'을 읽었다. 자연, 가족, 예술, 시간, 우리나라, 직업, 인간관계, 건강, 책, 사랑 등 우리 주변에 있는 모든 것 안에는 감사함이 넘쳐 났다. 그것을 읽으면서 모두 감사로 연결하기 위해 연습했다. 가족과 밥을 먹는 것, 친구와 대화하는 것, 나무가 있는 것, 비가 내리는 것, 하늘이 맑은 것 등 수많은 존재와 상황에 대해서 예전에는 특별한 생각이 없었다. 이제는 그 모든 것이 존재 이유가 있고 제 역할이 있으며 가치가 있다는 것을 마음 깊이 새겨 두었다. 당연하다고 생각해서는 안 되는 일이었다. 존재 자체로 감사한 일이었다.

감사함의 안경을 끼고 생활해 보니 남들이 사소하다고 생각하는 것에서도 감사함을 찾을 수 있었다. 음식을 먹을 때 쓰는 숟가락, 젓가락도 고마웠다. 나는 학교 급식을 먹고 수저를 수저통에 넣을 때 살며시 놓는다. 고마운 도구니까. 숟가락에 생명이 있지도 않은데 아무렇게나 넣어도 되지 않느냐고 반문하는 사람도 있었다. 점심을 먹고 난 후 수저를 툭툭 던지듯 넣는 사람이 대부분이다. 시끄러운 소리가 났다. 하찮은 물건을 버리듯 수저를 던졌다. 사물에 대한 고마움을 느끼지 않기 때문에 하는 행동이다. 물건을 소중히 다루는 것은 배려하는 마음의 표현이기도 하다. 나는 심지어 교통사고가 났을 때도 감사하다고 생각했다. 좋은 곳에 주차하기 위해 급히 가려다 사고가 난 적이 있었다. '왜 하필 나에게 지금 이런 일이 일어나지? 속상해.' 이런 마음이 아니라 '아!' 하는 짧은 감탄사와 함께 '이 일은 왜 일어난 거지? 어떤 가르침을 주는 거지?'라고 나에게 질문했다. 욕심을 부리고 급히 서두르면 안 된다는 교훈을 주기 위해 그 일이 일어났다고 생각했다. 깨달음을 얻었으므로 교통사고 또한 감사한 일이었다.

모든 것을 감사함으로 연결하다 보니 이제 우리 가족은 서로에게 고맙다는 표현을 잘한다. 남편은 자신이 한 요리를 우리가 맛있게 먹어 주어서 고맙다고 한다. 우리는 이렇게 맛있는 요리를 해 줘서 고맙다고 한다. 좋은 말이 오가는 식탁에서는 음식이 더 맛있었다. "키가 많이 큰 것 같은데." 오랜만에 보는 큰고모부가 아들을 칭찬했다. 아들은 웃으면서 "고맙습니다."라고 말했다. 보통 사람들은 칭찬이 멋쩍어서 "아니에요."라고 말하기 쉽다. 겸손이 미덕인 양 손사래를 치며 칭찬을 거부하는 사람이 많다. 아들은 칭찬을 기쁜 마음으로 받아들인다. 사실이든 아니든 좋은 말을 듣고 감사하다고 대갚음해 표현한다. 딸과 아들은 작은 것 하나에도 고맙다고 말한다.

감사 일기를 쓰기 전에는 아이들에게 미안하다는 말을 많이 했다. 퇴근 후 허둥지둥 조촐한 저녁상을 차려 주면서 미안하다고 말했다. 아이들의 일정을 기억하지 못해서 급히 서둘러야 했던 때도 미안하다고 사과했다. 남편이 잔소리할 때도 미안하다고 서둘러 인정했다. 학교에서 제대로 일을 해내지 못했을 때도 죄송하다고 말했다. 미안하다는 말을 많이 하는 것이 나쁘다고 생각하지 않았다. 그러나 양경윤 선생님은 미안하다는 말이 자칫 잘못하면 죄의식을 깊이 새기는 말이 될 수 있다고 했다. 누군가에게 미안한 상황일 때 "그렇게 말해 줘서 고마워.", "알려 줘서 고마워.", "나의 잘못을 일깨워 주어서 고마워." 등으로 바꾸어 말하는 습관을 들이는 것이 좋다고 했다. 나의 잘못을 마땅히 인정하면서 행동을 개선할 수 있도록 기회를 준 것에 대해 고마움을 표현한다면 상대방도 뿌듯할 것 같다.

감사 일기 멘토링을 끝내고 집에 돌아와서 휴대전화기에 네이버 밴드 앱을 깔았다. 1인 밴드를 만들었다. 양경윤 선생님이 비공개 SNS를 활용하라고 했기 때문이다. 휴대전화에 일기를 쓰는 방법을 알려 주었다. 휴대전화는 항상 가지고 있으니 언제든 감사한 일이 생겼을 때마다 쓸 수 있다. 사진을 첨부할 수 있고 찾고 싶은 내용을 검색할 수 있다. 남편이 우리 가족이 전에 갔던 여행지에 대해 나에게 물어보았다. 곧바로 나의 감사 일기 밴드 앱을 열고 여행지 이름을 검색했다. 가족들의 대화 내용, 경험, 사진들이 있었다. 지난날의 경험이 감사함이라는 단어와 함께 저장되어 있었다. 잊어버린 기억이 되살아났다.

감사 일기를 쓰는 일이 나의 루틴으로 완벽하게 자리 잡을 때까지 시행착오도 있었다. 처음에는 하루를 마무리하고 자기 전에 감사 일기를 썼다. 손가락으로 스마트폰 화면을 터치하면서 내용을 입력하다가 나도 모르는 사이에 눈이 감겼다. 손가락이 지우기 버튼에 가 있었다. 쓴 내용이 모두 지워졌다. 다시 생각해서 쓰는 일은 여간 귀찮은 일이 아니었다. 온전하게 생각나지도 않았다. 지워진 글이 더 좋은 것 같았다. 이러기를 몇 번 반복했다. 밤에 일기를 쓰지 않기로 했다. 대신 새벽에 일어나서 전날의 일기를 썼다. 맑은 정신으로 새벽에 쓰는 전날 일기가 좋았다. 일단 졸리지 않으니 쓴 내용이 지워질 일이 없었다. 새벽에 쓰기 때문에 전날의 기억이 고스란히 남아 있었다. 전날 아침 시간부터 밤에 잘 때까지의 일을 머릿속에서 그리면서 한 줄씩 써 내려갔다.

감사 일기라고 훈훈한 이야기만 적는 것은 아니다. 갈등이 생겼을 때는 왜 갈등이 생겼는지, 어떤 다툼이 있었는지, 마음은 어떠했는지를 상세하게 썼다. 남편과 다퉜을 때도 당시 상황을 모두 썼다. 남편이 내 기분을 상하게 했던 말들을 하나씩 열거했다. 그로 인해 내가 얼마나 속상했는지도 기록했다. 감사 일기를 쓰다가 더 많은 분노가 치밀어 오른 적도 있었다. 한참을 울다가 다시 쓰기 시작했다. 쓰다 보면 상대방의 마음이 보였다. 상대방을 안쓰럽게 생각하게 되었다. 미움, 분노의 감정이 사라졌다. 상대방을 연민의 눈으로 보게 되었다. 이해할 수 있는 폭넓은 아량을 지닌 나에게 감사하다고 썼다. 감정이 정화되는 순간이었다. 차분하게 상황을 볼 수 있었다. 마음의 여유가 생겼다. 모든 상황이 배움이 되므로 다툼조차도 감사로 마무리할 수 있었다. 복잡한 마음이 있을 때 휴대전화를 꺼내 감사 일기를 쓸 수 있는 것이 기뻤다.

감사 일기를 쓴 지 어느덧 1,600일이 훌쩍 넘었다. 감사 일기를 매일 쓰면 사용하는 말이 바뀐다. 사람들의 눈을 마주 보고 큰 소리로 인사를 나눈다. 복도에서 지나치는 학생들과 인사를 나눌 때 표정을 밝게 해서 입가에 함박웃음을 지었다. '이야, 와우, 대박, 짱!' 등의 감탄하는 말을 많이 썼다. 부정문보다는 긍정문으로 표현하려고 했다. 힘이 나는 말을 많이 했다. 감사 일기는 쓰는 행위로 끝나는 것이 아니다. 세상을 보는 관점이 달라진다. 말로 표현하는 방식을 바꾸게 된다. 일상생활 속에서 감사함을 찾는 습관을 길렀다. 모든 일을 감사하게 받아들일 수 있는 긍정성을 가지게 되었다. 나의 몸과 마음에 흐르는 에너지를 기쁨과 행복으로 채웠다. 우리 사회의 구성원 모두가 감사함의 안경을 끼고 세상을 바라본다면 각자에게 주어진 삶이 고귀한 선물임을 알게 될 것이다.

내 삶의 모든 순간이 고맙다.

4.

끝없는 배움, 마인드맵

"엄마는 공중이야."

무슨 말이냐고 아들에게 물으니 '공부 중독'을 줄인 말이라고 했다. 아들은 초등학교 6학년, 딸은 고등학교 1학년이 되어 이제 저녁 시간이 독립적이다. 아이들은 나의 저녁 일정이 어떻게 이루어지는지를 안다. 저녁 식사 준비를 하고 함께 저녁을 먹는다. 설거지하고 간식거리를 챙겨주고는 옥탑방으로 올라가서 책상 앞에 앉는다. 주로 책을 읽고 글을 쓴다. 또 집에서 실시간 온라인 수업을 수강한다. 평소 잘하고 싶었던 것, 자격증을 따고 싶은 것, 건강에 대한 좋은 정보, 전공과 관련된 것 등을 꾸준히 계속 배우고 있다. 그래서 아들은 엄마가 공부에 중독되었다고 생각하는 모양이다.

2019년에는 창원도서관과 질문 배움 연구소에 직접 가서 하브루타와 버츄 프로젝트, 감사 일기 멘토링, 하브루타 문화 교육사 1급 자격 과정에 참여하였다. 계속 공부하고 싶었다. 그런데 2020년부터 코로나 바이러스가 전 세계를 강타했다. 초반에는 학교도 폐쇄되고 집에 갇혀 지내야 했다. 학생들은 학원도 갈 수 없었다. 사람들 사이에 물리적인 거리를 두고 지내야 했다. 집 밖으로 나가는 일이 불안했다. 우리는 어디에도 마음 놓고 갈 수가 없었다. 강연장에서 하는 강의가 사라졌다. 유명한 강사들도 강의가 끊어져 생계가 막막해졌다고 한다. 아이들도 나도 배움을 잠깐 멈춰야 했다.

몇 달 후 실시간으로 하는 줌 화상회의 플랫폼을 알게 되었다. 강사들이 실시간 온라인 강의를 개설했다. 줌에 접속했다. 컴퓨터 화면 속에서 만났다. 소회의실로 가면 짝 대화도 가능했고 모둠 토론도 가능했다. 소통하기 시작했다. 예전에는 화상회의를 일부 기업의 전문인들만이 하는 것으로 생각했었다. 일반인도 세계 어느 곳에 있든 실시간으로 컴퓨터 속에서 만날 수 있다. 줌 화상회의 플랫폼이 일반화되기 전에는 먼 곳에서 하는 강의를 거리의 한계 때문에 듣지 못한 경우가 많았다. 요즘은 줌이라는 화상회의를 교육 분야에 활용한다. 집에서 실시간으로 많은 것을 배울 수 있는 시대가 되었다. 코로나로 인해서 세상이 바뀌었다는 것을 실감할 수 있었다.

나는 배우는 것을 좋아한다. 여러 가지 통로로 배우고 있다. 손쉽게 들을 수 있는 원격 교육 연수원의 사이버 강의가 있다. 원격 연수원을 통해 나는 교사로서의 실무와 교양을 배울 수 있었다. 유튜브도 내가 배울 수 있는 유용한 도구이다. 많은 채널을 구독해서 듣고 있다. 심리학, 인문학, 뇌과학, 명상, 자기 계발, 건강, 독서 등 관심 분야에 대하여 유익한 내용을 올려 주는 유튜버들에게 고맙다. 설거지하는 시간, 출퇴근하면서 운전하는 시간을 그냥 보내기 아까웠다. 그럴 때는 어김없이 유튜브의 좋은 강의를 들으려고 한다. 오디오 클립이나 팟빵에 올려진 강의들, 인터넷 서점의 e북을 오디오 형태로 틀어 놓고 듣기도 한다. 틈새 시간에도 배우려는 의지가 크다. 의지만 있다면 전문가들이 만들어 놓은 유익한 콘텐츠를 무한정 들으면서 배울 수 있다.

　가장 큰 비중을 두는 것은 실시간 온라인으로 하는 줌 수업이다. 그동안 시간이 안 나거나, 물리적인 거리가 멀어서 못 들었던 강의들도 집에서 편하게 들을 수 있었다. 관심 있는 분야에 대해서 신청서를 작성하고 교육비를 내고 강의를 들었다. 자격증이 나오는 강의도 많이 들었다. 마인드맵, 보이스 트레이닝, 코칭, 고마워 수업, 하브루타 자격 과정, 그림책 심리 지도사, 중등 그림책 다지기 수업, 책 쓰기 수업, 문장 수업 등 나의 저녁 일과는 줌 수업을 듣는 일정으로 꽉 찼다. 나는 배움에 진심이다. 모르는 것, 내가 조금이라도 관심 있는 강의가 수강 가능한 시간에 개설되면 바로 신청했다. 머릿속으로만 생각하지 않고 과감하게 신청하는 용기가 있었다. 그만큼 배우고 싶은 열망이 강했다. 8주든 10주든 들는 과정이 쉽지는 않다. 밤에는 많이 졸린다. 허벅지를 꼬집기도 한다. 강의가 예정된 시간을 넘어 마칠 때도 있었다. 힘든 과정을 마치고 자격증, 수료증, 자료 등을 받는다. 함박웃음을 띠며 보고 또 쳐다본다. 부자가 된 것 같았다. 정신적 성장과 더불어 눈에 보이는 성과물은 큰 자극제가 되었다.

마인드맵 줌 강의는 내 마음에 의문이 생겨서 듣게 된 경우다. 마인드맵 강사 오소희의 책 『샤넬보다 마인드맵』의 서평단이 되었다. 책 속에 손 마인드맵의 기능에 대한 다음 구절이 있었다.

"밑줄은, 생각을 끄집어내는 능력이 있다. 이어가자. 생각은 이어진다. 그 경험은 놀랍도록 많은 것을 발견한다. 행복의 시냅스처럼."

과연 마인드맵을 만들게 되면 생각이 이어지고 새롭고 놀라운 것을 발견할 수 있을까? 확인하고 싶었다. 평소 창의성을 기르고 싶다는 열망이 있었다. 생각을 발견하는 신비로운 경험을 할 수 있다고 한다. 내 손으로 직접 해 보고 싶었다. 손 마인드맵을 배우면 새로운 길이 열릴 것 같았다.

마인드맵을 체계적으로 공부하기로 했다. 글로벌 마인드맵협회에서 진행하는 맵스쿨 실시간 온라인 강좌를 들었다. 2022년 7월 18일부터 8월 21일까지 매주 월요일 밤 10시에 줌 강의가 있었다. 마인드맵 강사들이 나와서 마인드맵에 관해서 알려 주었다. 35일 동안 첫 3주는 손 마인드맵을 매일 세 장씩, 마지막 2주는 매일 두 장씩 그려서 네이버 카페에 올리는 것이 숙제였다. 마인드맵을 생활화하기 위해서 매일 마인드맵을 그리도록 했다. 내가 과제로 그린 마인드맵이 아흔한 장이다.

그해 여름 방학에 7박 8일간 제주도 여행을 가게 되었다. 여행을 가기 전에는 여행 일정을 마인드맵으로 작성했다. 여행 가서는 저녁에 호텔로 돌아와서 밤마다 세 장씩 마인드맵을 그렸다. 일정을 마치고 돌아온 날은 피곤했다. 가족들과 자유롭게 놀고 싶었다. 아이들과 텔레비전을 보면서 수다도 떨고 싶었다. 남편과는 맥주 한 잔 마시며 함께 이야기 나누고 싶었다. 그러나 꾸역꾸역 마인드맵을 그렸다. 밤에 다 못 하고 잘 때도 있었다. 그러면 새벽에 일어나서 마인드맵을 그렸다. 습관을 만들기 위해서는 익숙하게 하는 과정이 필요했다. 밤 10시에 호텔의 비즈니스 센터에 가서 줌에 접속하여 수업에 참여하기도 했다. 가족들은 호텔 방에서 여유 있게 텔레비전을 보고 야식 먹고 놀고 있는 시간에 나는 쏟아지는 졸음을 참아가며 강의를 들었다. 여행지에서 돌아와서도 마인드맵을 그렸다. 강의를 듣고 마지막 강의 후기까지 작성했다. 수료증을 받았다.

마인드맵을 학교 수업에 활용하였다. 학생들은 초등학교 때부터 마인드맵을 많이 그려 보았다. 내가 배운 방식과는 달랐기에 마인드맵을 체계적으로 그리는 방법을 가르쳤다. 내가 그린 마인드맵을 학생들에게 본보기로 보여 주었다. 알려 준 대로 적용해서 그리는 학생들이 하나둘씩 늘었다. 소설의 내용을 발단, 전개, 위기, 절정, 결말의 다섯 장 마인드맵으로 정리했다. 중심 이미지와 함께 제법 그럴싸하게 체계적으로 마인드맵을 그리는 학생들이 생겼다. 학생들이 소설에 접근하는 방식이 달라졌다. 나무가 아닌 숲을 보듯 소설의 짜임새를 이해했다. 각 구성 단계 속의 세부적인 내용도 한눈에 파악할 수 있었다. 소설 단원 외에도 여러 단원에서 마인드맵을 그리게 했다. 여름 방학 내내 배우고 익힌 내용을 적용할 수 있어 좋았다. 손 마인드맵을 그리면서 내 생각을 신비롭게 펼쳐냈다. 연결된 생각들이 한눈에 보였다. 배우기를 잘했다.

배움은 어디에서나 일어난다. 사람들과 이야기하면서도 일어날 수 있다. 길을 가다가 보이는 상황들 속에서도 배울 수 있다. 나에게 일어나는 모든 일에 의미를 두고 자연스럽게 일어나는 배움의 상황을 놓치지 않아야 한다. 여기에 의도적인 배움까지 더해진다면 삶이 얼마나 풍성해질 것인가? 원격 연수원, 유튜브, 오디오 방송, 줌 수업 등은 편안하게 집에서 평생 배울 수 있는 환경을 만들어 주었다. 환경이 조성되어 있다고 배움으로 직결되는 것은 아니다. 배우려고 시도해야 한다. 알고 싶은 것을 검색하고 신청하고 참여하면 된다.

이 모든 과정의 시작은 삶에 관한 질문이다. 질문이 없는 사람은 지식과 정보의 홍수 속에서 허우적댈 수밖에 없다. 질문에 맞는 답을 찾기 위한 과정이 없으면 어디로 가야 할지 알 수 없기 때문이다. '마인드맵이 내 생각을 정리하고 확장할 수 있을까?' 하는 의문을 가졌기에 나는 배울 수 있었다. 나의 궁금증을 풀어 줄 배움의 과정이 분명히 있다. 그 과정을 찾으면 과감하게 신청하자. 성장할 것이다. 마음만 먹으면 모두 다 배울 수 있는 시대다. 마음먹는 것이 필요하다.

5.

하브루타로 달라진 인생

"독서는 피클이다."

지식생태학자 유영만 교수의 말이다. 오이가 피클이 될 수 있다. 피클은 다시 오이가 될 수 없다고 설명했다. 독서가 피클이라면 책을 읽은 이후는 책을 읽기 전처럼 살 수 없다는 말이다. 독서의 진정한 가치를 아는 사람은 책이 없는 삶을 상상할 수 없다. 책을 읽어도 아무 변화가 없던 시절이 있었다. 그때는 의무감에서 읽었다. 요즘은 책을 읽는 시간이 황홀하다. 책을 읽으면서 기록하고 실천한다. 나는 피클이 되었다. 운명처럼 다가온 책 덕에 변했다. 『하브루타 부모수업』을 알기 전과 알고 난 후의 삶이 변했다. 하브루타가 내 삶 속에 콕 들어와 박혔다.

두 번째 육아휴직 기간이었던 2019년 상반기부터 하브루타를 체계적으로 배웠다. 먼저 창원도서관에서 '유대인의 교육법'이라는 강좌를 들으면서 하브루타 실습을 처음 해 보았다. 하브루타 관련 책을 읽고 도서관 강좌까지 들었다. 어설프지만 배운 것을 실천하고 싶었다. 가족들과 전래 동화 '선녀와 나무꾼'으로 하브루타를 했다.『꽃을 선물할게』,『빈 화분』등으로 그림책 하브루타를 했다. 탈무드 중에서 몇 개 글을 뽑아서 하브루타를 시도했다. 공책을 마련하고 질문할 메모지도 준비하였다. 하브루타 하는 날에는 따뜻한 차도 한 잔씩 마셨다. 각자 텍스트 읽고 질문을 만들었다. 짝 대화하고 난 다음에는 네 명이 함께 이야기를 나누었다. 수업 시간에 배운 대로 가족 하브루타를 실천하여 가족 독서 문화를 정착시키고 싶은 마음이 컸다. 가족들과 찻집에 갔을 때도 나는 꼭 하브루타 할 거리를 준비해 갔다.

2019년 2학기에 복직하고 겨울이 되었다. '하브루타 문화교육사 1급' 자격 과정을 수강했다. 3주에 걸쳐 토요일 아침 9시 30분부터 저녁 7시까지 수업이 진행되었다. 강의는 하브루타의 개념과 효과, 메타 인지, 질문 만들기, 의사소통, 하브루타의 유형, 교실 질문 수업, 학급 경영, 질문의 힘, 탈무드 하브루타, 가족 하브루타, 그림책 하브루타로 이루어졌다. 열네 명의 수강생은 거제, 진주, 부산, 대구, 구미 등지에서 왔다. 다른 지역에서 오는 사람들은 9시 30분까지 연구소에 도착하기 위해 새벽부터 얼마나 바쁜 걸음을 했을까? 하브루타를 배우고자 하는 열정이 넘치는 사람과 함께 있는 것만으로도 기분이 좋았다. 강의 중간에 많은 실습이 이어졌다. 처음 만나는 사람들이었지만 마음을 터놓았다. 서로를 바라보는 눈빛이 편안해졌다. 하브루타 문화교육사 1급 과정을 수료했다. 가정에서도 직장에서도 하브루타를 적용하여 함께 행복하게 성장하는 것을 꿈꾸었다.

2020년은 코로나로 인해서 3월까지 계속 등교 중지였다. 낮에 딸과 아들, 나는 가족 독서 테이블에 모여 책 읽는 시간을 가졌다. 책을 읽고 질문을 만들었다. 부분적으로 하브루타를 실천하였다. 저녁에는 아들과 독서 대화를 휴대전화기로 녹음했다. 하루 읽을 분량을 정하여 한 바닥씩 번갈아 가면서 읽었다. 그다음에는 책을 넘겨 가면서 질문하고 대화했다. 10분에서 15분 정도 걸렸다. 연습 없이 바로 녹음했기 때문에 녹음한 것을 들어 보면 논리에 맞지 않는 부분도 있었다. 말을 더듬는 부분도 있었다. 점점 좋아졌다. 자기 전에 누워서 대화한 목소리를 다시 들어 본다. 녹음된 목소리를 들으면 쑥스러웠다. 하지만 재미있었다. 아들과 좋은 공감대가 형성되었다. 딸과는 집에 있는 철학 동화책을 읽고 둘이서 질문하고 대화하는 방식으로 하브루타를 실천했다. 각자 저녁 시간이 바빠서 딸과 시간을 맞추기가 어려웠다. 딸과의 하브루타는 들쭉날쭉 불규칙했다. 하지만 하브루타를 가정에서 실천하려는 노력은 계속되었다.

학교에서도 하브루타를 적용했다. 수업 시간에 질문을 만들고 짝 대화를 하게 했다. 약간 아쉬웠다. 하브루타 수업 설계에 대해서 더 깊은 공부가 필요하다고 생각했다. 또다시 질문 배움 연구소의 문을 두드렸다. 하브루타 중급 과정이 실시간 온라인 수업으로 개설되었다. 중급 과정은 10주 동안 화요일 밤 8시 40분부터 12시까지 한다고 공지되어 있었다. 나는 밤잠이 많다. 처음에는 '12시까지 할 수 있을까? 늦게 자면 미라클 모닝에도 지장을 줄 텐데, 하지 말까?' 고민했다. 그러나 10주만 참기로 했다. 큰마음 먹고 신청했다. 초급 과정보다 많이 심화된 내용이었다. 하브루타와 코칭, 하브루타 개념 코칭, 해석을 위한 질문과 경청하기, 역사 하브루타, 논쟁 하브루타, 하브루타 수업 디자인 등의 주제로 수업이 이루어졌다. 학교에서 적용할 수 있는 수업 디자인까지 실제 만들어 보는 시간이 있었다. 탄탄한 이론의 토대에서 하브루타를 전면적으로 수업에 적용하기 위한 실습이었다.

가르치지도 훈계하지도 않는 코칭에 대해서도 알게 되었다. 학습자의 입장을 고려했다. 학생을 가르치기보다 학생이 경험하게 했다. 경험을 통해서 배운 것만이 살아남는다고 강조했다. 하브루타 중급 과정 수업은 매시간 실습으로 직접 경험하게 한 후 이론을 정리해 주었다. 줌 소회의 실에서 짝과 열띠게 토론하고 난 후 메인 화면에 모여서 짝 대화 내용을 수강생 모두에게 공유했다. 컴퓨터 화면에서 공간 이동하는 재미가 있었다. 하브루타의 특성상 짝과 대화하는 실습이 많았기에 졸음을 참을 수 있었다.

중급 과정의 마무리는 스스로 수업 디자인을 한 후 지도안대로 강의하는 것이었다. 수강생 전부가 강의할 시간은 없었다. 나는 지도안만 제출하고 다른 사람들이 강의할 때 참관하려고 했다. 어느 날, 학교에서 근무하고 있는데 김혜경 소장님으로부터 전화가 왔다. 강의하려고 했던 선생님이 사정상 할 수 없다고 하면서 나에게 해 달라고 했다. 학생들이 아닌 다른 사람, 그것도 하브루타를 잘 아는 선생님들 앞에서 강의하는 것이 부담스러웠다. 그런 이유로 거절할 수는 없었다. 다른 사람에게 미루는 것은 용기 없는 행동이라고 생각했다. 나의 수업 디자인을 객관적으로 평가받을 기회가 왔다고 생각했다. 그래서 하기로 했다.

어떤 주제로 강의할지 고민했다. 명화, 음악, 역사 하브루타 등 다양한 분야가 있었지만 나는 가장 자신 있는 그림책 하브루타를 하기로 했다. 그림책을 선정하기 위해 집에 있는 그림책들을 하나하나 꺼내어 읽어 보았다. 학생들이 경험을 통해 자연스럽게 성취 기준에 도달할 수 있도록 수업을 구성했다. 처음에 그림책을 천천히 읽고, 느낌을 나눈 후 질문을 만들고 짝과 대화하는 시간을 가지게 했다. 미덕을 설명하고 주인공의 태도를 미덕과 연결했다. 학생들의 소망과 기대를 노랫말에 담아 볼 수 있도록 동요 가사를 바꾸게 했다. 노래를 부르면서 수업을 마무리했다.

나의 수업 시연을 보고 강사님들과 동료 수강생들이 조언과 칭찬을 아끼지 않았다. 그림책의 주제와 미덕을 연결한 것은 탁월한 선택이라고 말해 주었다. 수업을 디자인하면서 수업하는 선생님인 내가 미리 질문을 많이 만든 것에 대해 좋은 평을 해 주었다. 개사할 동요 선정이 좀 더 신중했으면 좋겠다고 조언했다. 수업을 디자인하면서 궁금했던 것들을 배울 수 있었다. 수업 마무리 활동에 활용할 수 있는 다양한 아이디어들도 알게 되었다. 수업 디자인에 대한 객관적인 평가를 받으면서 나는 또 한 뼘 성장했다.

중급 과정 수료 후에 다양한 내용으로 수업 디자인을 연구했다. 1학년 자유 학기 주제 선택 수업을 맡았다. 그동안 배웠던 버츄 프로젝트, 감사 일기와 하브루타를 연결했다. 개념, 탈무드, 음악, 명화, 게임, 속담, 역사, 그림책 하브루타 등 다양한 수업 디자인을 개발했다. 학생들은 매시간 질문하고 짝과 대화하고 모둠 토론하고 전체 공유하는 수업을 재미있어했다.

먼저 하겠다고 용기 내어 말하지 못했는데 저절로 나에게 강의할 기회가 주어졌다. 행운이었다. 앞으로는 좀 더 적극적으로 나서야겠다. 뒤로 물러나기만 하면 우연한 기회가 오지 않을 수도 있다. 내 삶을 주도하는 사람이 되어 성실하게 배울 것이다. 배운 일의 보람을 갖고 싶다. 평생 배우며 실천하는 교사가 될 것이다. 내가 책을 읽고 뭔가를 배웠는데도 이전과 똑같이 산다는 것은 시간 낭비이고 자원 낭비다. 유영만 교수는 『독서의 발견』에서 "독서는 돌이킬 수 없는 변화"라고 말했다. 머릿속에만 들어 있는 지식은 아무 소용이 없다. 내가 배우고 난 후 그것의 중요성을 깨달았다면 곧바로 시도해야 한다. 내가 배우는 목적은 무엇인가?

나 하나 행복해지려고, 나 혼자만 알려고 배우는 것이 아니다. 삶의 목적 또한 나만의 성장에 있지 않다. 가치 있는 일을 널리 전파하는 사람이 되고 싶다. 삶이라는 그릇에 좋은 음식을 가득 채우고 배고픈 사람들을 위해 기꺼이 대접하고 싶다. 내가 배운 하브루타는 맛있으면서 영양가 많은 음식이다. 나는 하브루타를 학교에서, 가정에서 실천하고 있다. 동료 교사들에게도 하브루타를 전파하기 위해 노력하고 있다. 하브루타를 알기 전으로 돌아갈 수 없다. 나는 피클이 되었다.

6.

마음을 들여다보는 시간, 코칭

2020년 12월, 아는 사람으로 인해 힘든 일이 있었다. 약속을 지키지 않아서 손해를 많이 보았다. 한숨을 매일 쉬었다. 왜 그랬는지 이해할 수 없었다. 조금만 더 신용을 지키려 했다면 그렇게 나를 무시하는 결정을 내리지는 않았을 것이다. 나의 존재 가치에 대해 회의가 들었다. 관계를 끊을 수도 있었지만 나는 용서했다. 막내로 자라 의존적이었던 내가 어른스럽게 고난의 시간을 견뎌 냈다. 내가 집에서도 학교에서도 에너지가 고갈되었던 10년 전에 그 일을 겪었더라면 어떻게 되었을지 종종 생각한다. 미움과 분노로 극단적인 선택을 했을 수도 있었다. 마침 내가 변화와 성장을 추구하면서 마음이 단단해지고 생활이 달라지던 시기에 그런 일이 온 것이다. 코칭 프로그램을 통해 나를 성찰하는 시간을 가졌던 나는 관용과 사랑의 미덕으로 모든 것을 수용할 수 있었다. 우연히 참여하게 된 코칭 대화는 나를 위해 준비된 것이라는 생각이 든다. 세상에 우연이 없다는 것을 또 경험했다.

나는 2020년 봄부터 1년간 그룹 코칭에 참여했다. 실시간 줌으로 라이프 코치 한 명과 서너 명의 사람이 실시간 줌으로 매주 한 번 만났다. 존재 자체에 대해 의문을 품고 삶을 돌아보며 이야기했다. 각자 자신의 마음을 들여다보고 삶의 비전을 나누었다. 내가 참여한 마음 살롱 포시즌 프로그램은 사계절이 주는 이미지를 적용하여 삶의 이야기를 나누는 온라인 소그룹 코칭 프로그램이다. 이 프로그램의 처음은 '겨울'이다. 가능성의 씨앗을 갖고 태어난 우리는 삶의 과정에서 씨앗이 죽은 것 같은 경험을 하지만 죽은 것이 아니라고 한다. 생명으로 충만한 봄을 기다리는 가능성의 시간이 겨울이다. 봄은 창조의 시간으로 꽃을 피울 수 있는 계절, 여름은 생명이 무르익어 가는 아름다운 계절, 가을은 열매가 성숙해지는 계절이다. 나의 삶을 겨울, 봄, 여름, 가을의 계절적 의미에 맞춰서 돌아보는 시간을 가졌다. 매주 한 번 세 명의 사람들과 라이프 코치가 줌 화면을 통해 만나 이야기를 나누었다.

겨울 과정에서는 유년 시절을 회상하고 그때 어떤 모습이었는지를 돌아보았다. 초등학교 시절에 나는 고무줄뛰기 놀이를 좋아해서 쉬는 시간에도, 점심시간에도, 방과 후에도 친구들과 운동장으로 나갔다. 숨을 헐

떡거리며 고무줄이 다리에 감기는 느낌을 즐겼다. 동요를 부르면서 뱅글뱅글 돌았다. 공부도 곧잘 했기 때문에 부모님의 기대를 받는 딸이었다. 유년 시절 행복했던 기억을 떠올려 보라고 했다. 지금으로부터 45년 전 어느 여름날, 광암 해수욕장에서 찍은 사진 한 장이 떠올랐다. 튜브를 한쪽 팔에 끼고 있는 스포츠머리의 개구쟁이 오빠가 환하게 웃고 있다. 주황색과 하늘색이 알록달록 섞인 수영복을 입고 있는 언니도 예쁘게 웃고 있다. 앞니가 빠진 나는 햇살에 눈살을 찡그리고 멋쩍게 웃고 있다. 내가 초등학교 1학년이었을 때 부모님은 우리 삼남매를 처음으로 해수욕장으로 데려갔다.

유년 시절 힘들고 어려웠던 기억도 이야기했다. 부모님은 자식들을 공부시키고 가난을 이겨 내고자 열심히 일하셨다. 돈이 없어서 한숨을 쉬셨던 엄마와 사업 실패로 어깨가 축 처져 있던 아빠가 다투는 소리를 들으며 삼남매는 잠을 설친 적도 있었다. 그러나 나라는 아이는 학교에 가면 부모님의 다툼을 깡그리 잊어버리고 친구들과 재미있게 지냈던 아이였다. 밝고 무난한 성격이었던 것 같다.

삶에서 가장 춥게 느낀 시간과 사건에 관해서도 이야기를 나누었다. 교직 생활에서 부딪힌 난관들, 아들의 수술, 엄마의 수술 등이 내게는 어두운 터널을 통과하는 시간이었음을 깨달았다. 이런 아픔을 이야기할 때 코치와 사람들이 고개를 끄덕여 주고, 진지한 표정을 지었다. 어린 시절의 나를 안아 주는 것 같았다. 지금까지 나의 삶에 가장 따뜻했던 순간도 이야기했다. 서른일곱 살에 결혼해서 출산하고 두 아이의 엄마가 되어 가정을 꾸리고 사는 현재 생활이 행복하다고 했다. 부모님도 이제는 허리가 구부정해졌다. 머리는 하얗게 변했다. 젊은 시절 많이 다투셨다. 하지만 지금은 한마음이 되어 서로 의지하며 생활한다. 두 분이 평화롭게 사는 것이 보기 좋다고 이야기했다.

겨울 과정 마지막 주에는 인생의 신조를 정했다. 인생의 신조를 작성하는 이유는 "과거를 감사하게 받아들이고, 현재를 겸손하게 걸어가고 용기 있게 미래로 나아가기 위해서."라고 했다. 예전부터 가지고 있던 좌우명, "최선을 다한 후 마음을 비운다."를 인생의 신조라고 이야기했다. 오늘을 충실히 살면서 주어진 소명의 때를 기다린다는 의미이다.

봄 과정이 시작되었다. 내 삶의 가장 중요한 결정과 후회되는 결정, 전환점 등에 관해 이야기 나누었다. 선택의 문제는 내가 어디에 가치를 두느냐와 관계가 있다. 내가 우선시하는 가치가 무엇인지 생각해 보았다. 일, 가정, 자기 계발에서 가장 중요하다고 생각하는 가치 여덟 개를 선택했다. 감사, 용기, 초연, 사랑, 결의, 탁월함, 소신, 정돈 등의 순서로 정했다. 무엇보다 삶에 대한 긍정성에서 비롯되는 감사가 제일 우선이었다. 감사 일기까지 쓰고 있어서 감사하는 삶에 대한 만족도는 무척 높았다. 다른 가치들은 꾸준히 노력해야 했다. 내가 중요시하는 가치들이 나의 내면을 보여 준다. 그 가치들을 선택하고 결정하면서 살아간다. 보람 있고 행복한 날들을 만들어 주는 선택이기를 기원했다.

나의 강점도 파악해 보았다. '나는 배우기를 좋아한다. 용서를 잘하고, 자비롭다. 공정하고 공평하기 위해서 노력한다. 사랑하고 사랑받는 능력이 있다.' 등 나에게 지속적인 만족감을 주는 것들을 찾아보았다. 일, 가정, 공동체의 영역에서 나와 깊은 관계를 맺고 있는 사람들에 관해서도 이야기했다. 학생들, 가족들, 성당 사람들, 친구들을 생각하면서 내가 기대하는 것을 떠올려 보았다. 학생들에게 적극적인 배움이 일어나는 수업을 하는 것, 서로 이해하고 사랑하며 배려하는 가족이 되는 것, 흐트러짐 없이 기도드리기, 서로 연결된 느낌 가지기 등 이런저런 모습들을 상상해 보았다. 삶의 균형을 이루기 위해 계획을 차근차근 세우면서 봄 과정을 마쳤다.

여름 과정이 시작되었다. 죽기 전에 어떤 사람이 되고 싶은지 대화했다. 도와주고 싶은 대상이 누구인지, 열정을 불러일으키는 동사는 무엇인지, 나누고 싶은 가치가 무엇인지 파악한 후 삶의 목적을 적었다. '내 삶의 목적은 청소년들이 배움의 즐거움을 느끼고, 삶을 긍정적으로 바라보는 사람이 되도록 인도하는 교육자가 되는 것'이라고 했다. 10년 뒤 나의 모습을 로드맵으로 그려 보고 삶의 목적을 이루기 위한 계획을 영성, 지성, 건강으로 나누어서 루틴을 만들어 보았다. 영성 면에서는 기도하기, 복음 말씀 묵상하기, 성서 쓰기, 감사 일기 쓰기, 명상하기, 모닝 페이지 적기 등이었다. 지성 면에서는 코칭, 하브루타와 심리 관련 책 읽고 노트 정리하고 강의하기, 연수 듣기 등이었다. 건강 면에서 밀가루 끊기, 아침 기상 후 생수 한 잔 먹기, 매일 40분 이상 운동하기 등이었다. 막연한 목표만이 아니라 생활 속의 구체적인 루틴까지 생각하면서 여름 과정을 마쳤다.

가을 과정에서는 여름 과정에서 작성한 루틴에 대해서 스스로 피드백하는 시간을 가졌다. 내 삶의 결실을 이루기 위해 루틴을 재점검해 보았다. 자신을 이미지화하는 시간도 있었다. 나는 나무 한 그루였다. 대지에 뿌리를 깊이 내리고 양분과 수분을 빨아들이고 있다. 굵은 나무 둥치는 많은 가지를 뻗고 잎들을 무성하게 퍼뜨렸다. 햇빛이 강하면 그 잎들은 그늘을 마련해 주고, 비가 내리면 비를 피하게 해 준다. 사람들에게 도움 주는 존재가 되고 싶었다. 가을 과정은 열매가 충실한 삶의 나무를 상상하면서 마무리했다.

마음 살롱 포시즌 코칭 시간은 나를 돌보는 시간이었다. 그동안 나의 과거를 끄집어내어 표출하는 시간이 없었다. 현재의 모습을 살펴보는 시간도 없었다. 미래의 꿈을 구체적으로 상상해 본 적도 없었다. 하루하루 살아 내기에 바빴다. 누구나 이런 시간이 필요하다. 내 삶을 돌아보면서 많이 달라졌다. 바꿀 수 없는 과거를 후회하며 괴로워하기보다 강물에 나뭇잎이 떠내려가듯 시간의 흐름 속에 과거의 아픔을 흘려보냈다. 포시즌 코칭 대화를 통해 나는 달라졌다. 내 마음이 어느 정도의 크기냐에 따라 남을 대할 때의 마음가짐이 달라진다. 내 삶에서 나를 힘들게 했던, 믿음을 저버렸던 사람을 내 삶의 일부로 받아들일 수 있었다. 나를 성찰하는 코칭의 시간이 있었기에 용서할 수 있었다. 나는 과거에 살지 않는다. 지금 여기에 존재한다. 밝은 미래를 꿈꿀 수 있다. 나의 삶은 겨울, 봄, 여름, 가을의 계절 변화처럼 작은 순환이 일어나고 있었다. 코칭 대화를 통해 인생을 큰 틀로 생각할 수 있게 되었다.

7.

명상이 답이다

나는 요즘 명상에 푹 빠져 있다. 새벽에 일어났을 때부터 밤에 잠자리에 들기 전까지 명상을 생활 속에서 적용하고 있다. 명상을 접하기 전에 나는 감정에 많이 휘둘리는 사람이었다. 기대치와 다를 때 표정에 실망의 빛이 가득했다. 자존심을 건드리는 말을 들을 때는 분노를 즉시 표출할 때도 많았다. 화가 날 때 몸에서 어떤 변화가 생기는지를 고스란히 느꼈다. 심장이 쿵쾅쿵쾅 빨리 움직이기 시작했다. 내 살을 뚫고 튀어나올 것 같았다. 머리끝까지 열감이 번졌다. 눈에는 힘이 들어가고, 목에는 핏대가 섰다. 그 자리에서 발을 떼지 못하고 계속 서 있었다. 상대가 그만 이야기하자고 해도 계속 물고 늘어졌다. 그렇게 감정을 주체하지 못할 때가 있었다.

나는 버츄 프로젝트를 배우고 감사 일기를 쓰고 코칭을 받으면서 많이 달라졌다. 아이들이 "엄마는 요즘 화를 잘 안 내요. 많이 달라졌어요."라고 말했다. 그랬다. 나는 노력해서 많이 달라졌다. 하지만 아직 가야 할 길이 멀다는 것을 실감할 때가 많았다. 항상 나 자신을 관조하며 모든 상황을 유연하게 받아들이지는 못했다. 무의식까지 다스리지 못하여 간혹 주체할 수 없을 만큼 화가 난 적이 있다. 나의 자존심이 상하는 상황에서는 평정심을 잃었다. 논리적으로 문제를 해결하지 못했다. 과도한 편도체의 활성화로 인해 전전두피질이 제 역할을 하지 못해서 그렇다는 것을 2023년에 출간된 김주환 교수의 책 『내면소통』을 읽고 알았다. 편도체는 안정화되고 전전두피질을 활성화할 수 있는 최고의 방법이 명상이라고 한다.

2020년에 차드 멩 탄의 『너의 내면을 검색하라』를 읽었다. 명상이 왜 필요하고 어떤 효능이 있는지 알게 되었다. 책에는 마음 챙김 연습을 통해 마음이 고요해지고 청명해지는 경험을 할 수 있다고 했다. 어설프지만 걷기 명상과 음식 명상 등을 적용했다. 걸을 때마다 걸음의 보폭, 발밑의 감각도 느껴 보려 했다. 음식을 먹을 때는 음식의 모습과 냄새를 음미했다. 입에 넣어 천천히 씹어 먹는다. 내 혀 위에서 움직이는 알갱이들의 식감을 느껴 보려 애썼다. 만든 사람의 정성도 생각했다.

마음 살롱 포시즌 코칭을 끝내고 참가했던 하베스트 코칭 과정에서 '센터링 명상'이라는 것도 경험했다. 바깥세상에 집중해 있던 나의 관심이 호흡을 가다듬음으로써 내부 감각과 마음으로 전환되었다. 집중하는 훈련과 연습을 매주 경험했다. 정신적으로 몰입할 수 있도록 연습하고 기억하려고 했다. 몸의 감각에 주의를 기울여 보았다. 내 몸 상태를 느끼는 것부터가 시작이었다. 몸의 상태에 집중하여 의식의 방향을 내가 집중하는 곳으로 향하게 했다. 긴장된 몸과 방황하고 있는 내 마음도 느껴 보았다. 감정과 생각, 몸의 느낌이 서로 연결되었다. 그래서 몸을 관찰하는 것은 감정을 알아차리는 것과 같다는 것이다.

사과와 같은 사물을 하나 정해서 유심히 관찰했다. 사과의 껍질은 빨간 바탕에 노란 점과 세로줄이 있었다. 그 모습이 밤하늘의 불꽃놀이를 보는 듯했다. 동그란 사과는 아주 단단하여 꽉 차 있는 느낌이었다. 아삭한 식감과 사각사각하는 소리를 상상했다. 달콤한 과즙이 느껴지는 사과의 노란 속살을 생각했다. 사과를 관찰한 후 "사과 너를 온전하게 생각해 본 적이 없었구나. 껍질을 깎아 버리고 씨도 잘라 버리고 노란 너의 살들만 먹기 좋도록 잘라서 아삭아삭 씹어 먹었지. 맛도 좋지만 내 안에서 좋은 영양분이 되어 주는 너를 고맙게 생각한 적이 없었는데 이제 너를 느낄 수 있겠다. 고마워."라고 사과와 대화를 나누었다.

한번은 눈을 감고 비행기를 탔을 때 보이는 하늘의 색깔을 상상해 보았다. 지금 내가 있는 곳과 현관까지의 거리, 숨 쉴 때 코끝에 느껴지는 온도와 습도, 지금 들리는 소리에 대해서도 집중하는 실습을 했다. 이런 센터링은 주변에 집중하고, 함께 하는 사람의 말을 경청할 수 있는 밑바탕이 되는 훈련이었다. 오직 현재에 집중하는 명상이기 때문에 언제 어디서든 할 수 있다. 일상생활 속 매 순간 명상을 할 수 있었다.

책을 읽고 센터링을 경험하고 명상의 중요성을 알게 된 나는 생활에 적용했다. 아침에 알람 소리에 눈을 뜨고는 누워서 편안하게 아침 건강 명상을 한다. 일어나 거실로 나간다. 요가 매트 위에 눕는다. 명상과 스트레칭을 12분 정도 한다. 유튜브를 검색하다가 적절한 영상을 발견해서 매일 그대로 하고 있다. 끝나면 일어나서 책상 앞에 앉는다. 『하루 10분 주님과 단둘이』라는 책을 펼친다. 기도를 시작한다. 호흡 기도가 중간에 있다. 들숨과 날숨이 교차할 때마다 받아들임과 맡겨드림을 반복하며 마음을 고요하게 한다. 이 또한 명상이다. 그다음 성경 말씀을 읽고 묵상하며 기도를 드리는 루틴을 매일 반복하고 있다. 명상을 통해 호흡을 가지런히 하고 내 몸에도 집중하는 시간을 가졌다. 명상은 나에게 자신감을 안겨 주고, 나의 건강을 회복시켜 주었다. 명상함으로써 혈압 관리가 되는 신비로운 체험을 했다. 이 좋은 명상을 안 할 이유가 없다.

밤이 되어 잠자리에 들려 한다. 잠자기 전 확언 명상을 아이들에게 들려주며 함께 눕는다.

"오늘 하루는 어떠셨나요? …… 확언 명상을 할 때는 지금 말하는 문장이 온전히 내 것이라고 믿으면서 진심으로 수용하고 받아들이는 것이 중요합니다. …… 숨 들여 마시고 내쉬고 숨 깊이 들여 마시고 길게 내쉽니다." 조용한 명상 음악과 함께 편안한 호흡을 하라고 안내해 주는 브레인셀럽의 확언 명상을 매일 듣는다. 아이들의 무의식에 긍정의 씨앗을 심어 주고 싶다.

바쁘게 살아가는 현대인들, 갈등으로 마음이 괴로운 사람들, 행복하게 살고 싶은 사람들, 지적으로 향상되고 싶은 사람들, 감정에 휘둘리고 싶지 않은 사람들에게 명상하기를 권한다. 나는 명상에 대해서 깊이 있게 알지는 못한다. 현재는 쉽고 대중적인 명상을 받아들이고 있다. 명상을 배우는 방법은 다양하다. 명상 수련 센터에 굳이 가지 않아도 된다. 유튜브를 통해서 명상 나눔을 생활화하는 전문가들이 많다. 하고자 한다면 자신에게 맞는 명상 프로그램을 선택해서 꾸준히 해 보면 좋을 것 같다.

올해 초부터 학교의 선생님들과 김주환 교수의 책 『내면소통』을 천천히 읽으면서 공부하고 있다. 몸에 근육이 있듯 마음도 근력을 키워야 함을 강조하고 있다. 마음 근력을 키울 수 있는 가장 좋은 방법이 명상이라고 책에 씌어 있다. 산만하면서도 과격한 중학생들이 많다. 수업을 방해하는 학생들도 있다. 주고받는 말의 많은 부분이 욕설과 속어이다. 아무리 야단쳐도 듣지 않는다. 징계를 받아도 변함없다. 과도한 스마트폰 사용, 게임 중독으로 인해 올바른 뇌 성장을 이루지 못한 청소년들이 너무 많다. 해답은 『내면소통』 책에 있었다. 학생들이 학교에서 명상할 수 있도록 이끌어야 한다. 명상하면서 몸을 느끼고 호흡을 가다듬는 훈련을 해야 한다. 중학교에서 근무하는 교사로서 요즘 청소년에게 절실히 필요한 것이 명상이라고 생각한다. 사회 지도층과 학교 관리자들이 명상의 중요성을 깨닫고 학교 시스템 안에 명상을 도입해야 한다. 마음 근력을 키우는 명상을 한 학생들이 긍정적으로 변한 사실은 여러 학교 사례를 통해 이미 증명되었다. 교육 현장에서 명상을 적용해야 한다.

명상하면서 느끼고 경험한 것들이 많다. 욱하는 감정이 줄어들었다. 집중력이 강해졌다. 졸리고 피곤했던 하루에 활력이 더해졌다. 사람들과의 관계에서 스트레스를 적게 받았다. 가족과 갈등이 생길 때도 원활하게 풀어냈다. 호흡이 안정되고, 건강에도 도움이 되었다. 매일 달라지는 나를 알아차리게 되었다. 내가 정리하는 내용보다 실제 효과는 훨씬 더 크다. 명상은 모든 사람에게 필요하다. 명상하는 시간은 평화롭다. 평화롭다는 말은 어떤 뜻인가? 잡생각이 줄어든다. 소음이 들리지 않는다. 나의 호흡에만 집중하게 된다. 걱정과 근심도 줄어든다. 덕분에 마음이 편안해진다. 이런 정도라면 평화라는 단어를 써도 충분하지 않겠는가. 아직 시작 단계다. 더 깊이 더 꾸준히 명상하려고 한다. 우리나라는 명상 인구가 적은 편이다. 많은 사람이 명상을 생활화했으면 좋겠다. 자신 있게 말할 수 있다. "명상이 답이다."라고.

8.

나를 발견하는 글쓰기

살아가면서 마냥 행복하고 즐거운 것은 아니었다. 힘들고 지칠 때도 있었다. 그냥 생각 없이 되는 대로 편하게 살고 싶기도 했다. 마음속 깊은 곳에서는 변화하고 성장하고 싶다는 욕구가 계속 요동치고 있었다. 난관을 극복하기 위해서 책을 읽고, 많은 것을 배웠다. 그러던 중 새벽 기상을 하면서 자연스럽게 백지 위에 끄적끄적 쓰기 시작했다. 감사 일기 쓰기, 책 속 한 줄에 대한 생각 쓰기, 모닝 페이지 쓰기, 키워드 글쓰기 등으로 무척 바쁜 아침 시간을 보내고 있다. 글을 쓰는 일은 내 마음에 뿌듯함을 심는 일이었다. 아침에 책상을 벗어나면서 미소 짓고 있는 나를 발견할 수 있다.

아침에 글을 쓰기 위해 두꺼운 무선 공책을 하나 준비했다. 책 읽고 마음에 와닿는 구절을 필사하고 내 생각을 덧붙여 썼다. 내 삶을 성찰하는 도구로 책 속의 구절만큼 유용한 것은 없었다. 생각과 느낌을 적확한 단어로 표현한 작가들의 작품을 보면서 감탄했다. 때로는 시인의 감성처럼 쓰고 싶어서 행과 연을 나누어서 짧게 써 보곤 했다. 공책에 펜을 굴리며 글을 쓰고 있는 나를 의식했다. 공책 위에서 움직이고 있는 내 손이 보인다. 글자가 하나씩 등장하고 문장이 되고, 글이 되는 과정을 지켜보았다. 멋있게 보였다. 나는 이렇게 글을 쓰는 사람으로 살고 싶다고 생각했다.

고미숙 작가는 『읽고 쓴다는 것, 그 거룩함과 통쾌함에 대하여』에서 손이 하는 가장 보편적이고도 거룩한 작업은 "쓰기"라고 했다. 또 글쓰기야말로 존재의 심층을 표현하는 행위이기 때문에 사람들은 자신의 미숙함이 드러날까 안절부절못한다고 했다. 글이 곧 나라는 말이다. 나의 전부를 드러내는 글쓰기! 내가 어떤 사람인지 글 속에 선명하게 드러난다고 생각하니 조심스럽다. 아침에 쓰는 생각 공책은 나를 비춰 주는 거울이었다. 마음 편하게 생각하기로 했다. 생각이 쌓이고 쌓여 언젠가 책으로 세상에 내보내고 싶어질 때 문장을 다듬으면 될 것 같았다. 글이라는 것이 발표만을 목적으로 쓰는 것은 아니니까 큰 부담을 느껴서는 안 된다고 생각했다.

줄리아 카메론의 『아티스트 웨이』라는 책을 읽고 '모닝 페이지'를 알게 되었다. '모닝 페이지'란 매일 아침 의식의 흐름을 세 쪽 정도 적어 가는 것이다. 그동안 써 오던 아침 공책 쓰기와는 조금 다른 느낌이었다. '모닝 페이지' 공책을 만들고 내 의식에 떠오르는 대로 글을 써 보았다. 주로 줄 글 형태로 썼다. 때로는 마인드맵 형태로 가지를 뻗어 써 나가기도 했다.

"두려움은 당신이 자신도 모르는 절망에 빠져 있음을 뜻한다. 그렇다 면 당신의 두려움을 모닝 페이지에 담아 보라."라고 줄리아 카메론이 말 했다. 30대 후반에 결혼하여 출산도 늦어지고, 육아는 지치고, 학교생활 이 힘들었을 때 좌절감에 빠졌던 적이 있었다. 미래에 대해 무척 불안했 다. 두려웠다. 내 뜻대로 되지 않았다. '이것 할 수 있겠나? 그냥 놔두자.' 등의 소심한 생각을 많이 하면서 행동으로 옮기지 못했던 적이 많았다. 마음속 두려움이 성장의 큰 벽이었다. '모닝 페이지'를 쓰면서 내면을 들 여다보았다. 내 마음 깊숙한 곳의 욕구를 알 수 있었다. 진작 나의 욕구 를 알아차렸다면 변화와 성장을 위해 좀 더 일찍 책 출간에 도전하려고 하지 않았을까? 그러나 흘러간 시간을 후회하지 않는다. 그만큼 시행착 오를 겪고 움츠리고 있었던 시기가 있었기에 인생 후반기에 찾아온 기회 를 놓치지 않을 수 있었다.

자이언트 북 컨설팅에 입과 하면서부터 나는 변했다. 철저하게 도전 의식으로 무장했다. 내면이 단단해졌다. 조금씩 발전하고 있다. 새로운 꿈을 향해 나아가고 있다. 내 생각대로 빈 공책을 채워 나가던 중 자이언 트 북 컨설팅의 대표 이은대 작가가 소개해 준 키워드 글쓰기를 적용하 여 글을 써 보았다. 이 방법을 알기 전에는 필사한 구절에 따라 떠오르는 내 마음을 썼다. 이제는 조금 달라졌다. 읽은 구절들에서 키워드를 뽑아내고 재구성하여 문장을 만든다. 거기서 메시지를 도출하는 연습을 한다. 등대 없이 항해하다가 등대 불빛을 따라 곧장 항해하는 기분이 들었다. 출렁이는 파도에 맞게 내 의식의 배를 표류하게 놔둘 수도 있다. 그러나 어떤 방식으로 무엇을 전달할지 메시지를 분명히 생각해 보고 글을 쓰는 일은 나를 흔들리지 않게 했다. 키워드 글쓰기는 목적지를 향해 바른 방향으로 나아가는 배와 같은 느낌을 주었다. 그 작업이 무척 즐거웠다. 내가 완성한 글을 읽으면서 내 생각의 폭 또한 넓어졌다. 글을 읽든, 강연에 참여하든, 영상을 보든 내용의 핵심을 간추려 몇 개의 키워드로 요약해 보는 연습부터 해 보기로 했다.

"하고 싶은 이야기를 글로 마음껏 풀어낼 수 있을 때의 희열과 가치는 그 무엇과도 비교할 수 없다는 사실입니다. 부디 여러분의 이야기가 세상에 나와 또 다른 누군가의 인생에 도움을 줄 수 있기를 바랍니다." 이은대 작가의 전자책 『템플릿 21』에 나오는 문장이다. 누구나 하고 싶은 이야기가 있지만 글로 쓸 생각을 선뜻 하지 않는다. 글을 쓰는 일, 작가로 살아가는 일을 아주 특별한 사람만이 하는 것으로 생각하는 사람이 많다. 읽고 쓴다는 일은 누구나 할 수 있는 일이지만 누구나 하는 일은 아니었다.

글을 잘 쓰고 싶었다. 마음대로 써지지 않았다. 글감이 부족했다. 문장도 개성이 없었다. 연결도 매끄럽지 않았다. 주제도 불명확했다. 왜 이렇게 글이 안 써지는가? 자존심을 버려야 했다. 나의 적나라한 모습까지도 드러내기로 했다. 노력하는 사람에게 도움의 손길이 미칠 것이다. 나는 요즘 자이언트 북 컨설팅에서 도움을 받고 있다. 매주 글쓰기, 책 쓰기, 문장 다듬기 등을 배운다. 배워도 끝이 없다. 매번 비슷한 오류를 범한다. 늪 속에서 빠져나오지 못하는 내 생각을 시원하게 펼쳐 내고 싶다. 넓은 초원 위에서 내달릴 수 있도록 오늘도 나는 종이 위에 펜을 굴리며 글을 쓴다. 글을 쓰는 행위가 바로 고난을 극복하는 과정이고 꿈을 펼칠 수 있는 기회다. 나는 도전하고 있다. 도전의 과정을 즐길 수 있는 사람이 되고 싶다. 과정을 즐기다 보면 목표에 한 걸음 더 가까워진 자신을 발견할 것이다.

오늘이라는 시간, 1,440분이 지나면 사라진다. 내일 또 선물받는다. 매일 새로운 날을 선물로 받으니 허투루 써도 되는 것일까? 하루하루가 사랑해야 하는 내 삶 그 자체이다. 모든 사람의 삶은 가치 있다. 누구에게나 삶은 소중하다. 삶의 매 순간은 의미 덩어리다. 소중한 순간을 기록으로 남기기 위해 아침에 일찍 일어나서 10분이라도 글을 쓴다면 어떤 일이 일어날까? 쌓이고 쌓이면 인생 기록이 만들어진다. 삶의 목표가 있다면 그 목표를 이루기 위해 노력하는 사람이 된다. 오늘도 새벽 기상을 하고 차분하게 글을 쓴다. 아침에 글을 쓰면 희망이 생긴다. 매일 새롭게 주어진 하루를 한 편의 글로 시작한다. 기록이 쌓인 만큼 내 인생은 가치 있고 의미 있다. 누가 알아주지 않아도 내 삶은 최고다.

제 4 장

인생 후반기 앞에서

1.

새로운 친구, SNS

포털 사이트에서 정보를 검색하면 내가 원하는 자료를 찾을 수 있었다. 화면을 살펴보다가 하나를 클릭해서 들어가 본다. 국어 수업 자료, 하브루타 자료, 독서 관련 자료, 여행지, 영화, 맛집, 학원 등 없는 게 없었다. 내가 알고 싶은 정보들은 블로그에 거의 다 있었다. 사람들이 사진과 정보를 적절하게 편집하여 블로그에 글을 많이 올린다는 사실을 깨달았다. 2003년 네이버 블로그가 처음 운영되었을 때 나는 시험 삼아 한번 만들어 보았다. 그 후 블로그 활동을 전혀 하지 않았다. 2020년이 되어서야 후회했다. 늦었다고 생각할 때가 가장 이른 때라는 말이 떠올랐다. 새롭게 블로그를 시작해 보려고 관심을 가졌다.

2021년부터 본격적으로 블로그 활동을 시작했다. 여러 블로그를 다니면서 정보를 수집하던 중 한 블로그에서 운영하는 '백블'이라는 프로그램을 알게 되었다. 100일 동안 매일 하나의 글을 올리는 프로그램이었다. 포스팅을 할 수 있도록 동기부여하고, 글쓰기 주제를 제시해 주고, 블로그 글쓰기 팁을 알려 준다고 했다. 나 같은 초보 블로거에게 좋을 것 같았다. 신청했다. 단톡방에 초대되었다. 월요일마다 그 주에 올려야 하는 글의 주제를 받았다. 글을 썼다. 그리고 사진을 첨부했다. 같이 참여하는 사람들의 글을 읽으면서 공감하고 댓글도 달아 주었다. 소통하는 재미가 있었다. 주어진 주제대로 글을 쓰면서 나 자신을 돌아보는 시간을 가지게 되었다. 특히 '나의 캐릭터, 신이 내 미래를 보여 준다면 가장 보고 싶은 것은? 내가 가장 기분이 좋은 때는? 나의 애착 물건, 잊을 수 없는 맛, 나의 인생 영화, 그리운 선생님, 살면서 의지를 발휘했던 때, 나의 성장을 돕는 사람, 나의 힘의 원천, 나의 하루, 나만의 사색 공간' 등의 주제가 기억에 남는다. 무엇을 쓸지 생각하는 시간을 가졌다. 과거를 돌아보았다. 글을 쓰면서 어린 시절 추억이 담긴 나의 보물 가방도 열어서 하나하나 살펴보았다. 현재의 삶에서 의미를 찾기 시작했다. 내가 지금 무엇을 하는지 의식하게 되었다.

글을 쓴다는 것은 내 삶의 본질을 찾아가는 일이다. 블로그에 글을 쓴다는 것은 나의 삶을 사이버 공간에 발표하여 다른 사람들에게 읽히고 공감을 받는 것까지 포함하는 일이다. 글을 발행하면서 가슴이 설렜다.

하나씩 쌓여 가는 글들이 사랑스러웠다. 이렇게 글로 표현하지 않았으면 그냥 내 머릿속에서만 있었을 것이다. 그런 경험과 기억이 내 삶을 이루고 있는 줄도 모르고 그냥 살았을 것이다. 다가오는 하나하나의 사건을 해결하는 것에만 급급했을 것이다. 나를 성찰하지 못했을 것이다. '백블' 프로그램을 통해 블로그 활동에 재미를 붙였다. 주어진 주제를 생각하면서 어떻게 쓸까 고민했다. 하루가 지나기 전에 숙제를 다 하려고 노력했다. 글을 발행하기 위해 책상에 앉아서 글을 썼다. 프로그램은 성공적으로 마무리되었다. 처음에 아는 사람 열 명으로 시작한 블로그 이웃의 수도 이제 네 자리 숫자를 향해 간다.

성공적으로 '백블' 프로그램을 마치고 나는 이제 독립적으로 블로그의 콘텐츠를 마련해 나갔다. 책을 읽으면서 다른 사람들과 함께 나누고 싶은 문장들이 많았다. 그래서 '책 속 한 줄'이라는 카테고리를 만들었다. 한 권의 책을 여러 번 나눠 읽으면서 읽을 때마다 마음에 와닿는 구절을 쓰고, 내 생각을 덧붙였다. 감명 깊은 책 속의 한 문장을 많은 사람이 읽고 의미 하나 담아 가기를 바라는 마음으로 글을 썼다. 생활 속 수필을 쓰는 '살며 사랑하며 배우며'라는 이름의 카테고리도 만들었다. 살아가는 일이 사랑하고, 사랑을 나누고, 배우는 과정이라고 생각했다. 마음에 새겨지는 사건들을 곱씹으면서 메시지를 찾아보았다. 그것을 글감으로 글을 썼다. '그림책 이야기', '여행 기록', '하브루타로 살기', '성경 모임', '버츄 프로젝트', '국어 수업 활동' 등의 카테고리를 더해서 지금까지 발행한

글이 1,000개를 향해 간다.

내가 글을 발행하는 횟수가 많아질수록 사람들의 방문도 많아진다는 것을 알았다. 그만큼 내가 쓴 글을 읽어 준다고 생각하니 기분이 좋았다. 정성껏 써서 올린 글이 다른 사람들에게 작은 도움이라도 되기를 바랐다. 그래서 글 하나를 올릴 때도 여러모로 생각해 보고, 많은 자료를 찾아보았다.

블로그는 꾸미기 나름이었다. 매일 갈고닦아야 집이 깨끗하고 윤이 나듯 블로그도 매일매일 포스팅을 하면 알차고, 활기 있게 된다. 블로그를 집 가꾸듯 보살핀다면 따스한 온기가 느껴질 것이다. 블로그를 운영하는 것은 사이버 세상에 나만의 집을 새로 세우는 일이다. 나의 취미, 성향, 배움 등에 맞게 방을 나누고 각 방에 여러 가지 가구와 내용물을 채워 넣는다. 사람들을 내 집에 초대한다. 나도 다른 사람들의 집에 놀러 다닌다. 서로의 집을 돌아다니면서 여러 가지 정보를 얻어 가고 마음을 느끼기도 한다. 인터넷 공간에 있는 나의 첫 집이 되었다.

나의 SNS 생활은 인스타그램, 밴드, 카페, 카카오톡 등 몇 가지가 더 있다. 인스타그램은 딸과 소통하기 위해 시작했다. 딸의 인스타그램에도 들어가 보고, 개인 메시지도 보낸다. 인스타그램은 사진 몇 장과 짧은 글을 써서 올리기에 무척 편리한 도구였다. 딸과 책을 읽고 책 속 한 구절 정도 필사한 것을 찍어서 올리기도 했다. 찻집의 모습, 여행 간 곳의 경치도 올렸다. 블로그 글쓰기보다 간단하게 소식을 전했다. 네이버 밴드 활동도 여러 개 하고 있다. 성당 사람 몇 명과 함께 성경을 읽고 매일 인증 글을 올리는 밴드를 운영하고 있다. 학급 담임을 할 때는 학급 학생들을 밴드에 가입시켜 사진과 정보 등을 나눈 적이 있다. 그림책 필사 모임, 그림책 사랑 교사 모임, 하브루타 관련 모임 등 많은 밴드 활동을 하고 있다. 네이버 카페도 여러 개 가입하였다. 카페에 가입해서 정보도 얻고, 강의도 듣고, 글도 올리고 있다. 카카오톡은 개인 톡, 단체 톡, 오픈 채팅방 등 하루에도 수십 통의 메시지를 주고받는다.

인터넷이라는 빠른 매체는 세상 사람들과의 소통을 극대화했다. SNS란 "공통 관심사 혹은 활동을 하는 이용자들 사이에 관계망을 구축해서 서로 정보를 공유할 수 있도록 제공되는 온라인 서비스"를 말한다. 지인끼리 주고받는 폐쇄형 메신저인 카카오톡부터 이미지 중심의 인스타그램에 이르기까지 SNS의 세계는 넓게 퍼져 있다. 사람들은 인터넷 공간에서 소통하고 싶어 한다. 폭넓은 관계를 형성하고 싶은 사람들이 많다. 일상생활 속에서 직접 만나고 전화로 통화하는 것은 범위가 한정되어 있다. 블로그, 인스타그램, 트위터 등의 SNS는 시간과 공간의 한계를 뛰어넘어 소통할 수 있다. 다양한 사람들과도 교류할 수 있다.

SNS로 인한 부작용도 있다. 타인의 여유 있고 화려한 모습과 생활을 보면서 상대적 박탈감과 우울감을 느끼는 사람이 많다. 내가 타인의

SNS를 보면서 생활을 비교하고 한 번씩 우울해지는 것처럼 나의 SNS로 인해 우울감을 느끼는 사람도 분명히 있을 것이다. 이제는 관점을 바꾸기로 한다. 다른 사람의 여유와 성과가 부러워 속상해할 필요가 없다. 내가 하고 싶은 그 일을 그들이 나보다 조금 앞서 이루어 냈다고 생각하면 된다. SNS로 미리 경험해 본다 생각하고 즐거운 마음으로 감상한다. 내가 하고 싶은 일을 미리 올려 줘서 고맙다고 생각한다. 뭔가를 성취한 경험이 담긴 게시물은 목표를 달성하기 위해 거쳐야 하는 과정을 알 수 있다. SNS에 올려진 결과만 볼 것이 아니라 그러한 것을 해내기 위해 노력한 과정들까지도 거슬러 올라가 생각해 보기로 했다. 내가 미처 가 보지 못한 특정한 장소에 관한 게시물이 있다면 나도 언젠가는 갈 수 있다고 생각하고 장소와 특이점을 메모해 두었다. 그것이 나에게 유용한 정보가 될 것이다.

SNS에 대해 또 다르게 생각해 볼 부분은 정보에 대한 생산성이다. 많은 사람이 올린 정보를 고맙게 생각하고 받아들인다. 여기서 조금 더 나아가 스스로 질문을 해 보자. 그 정보를 수용하고 도움을 받기만 하는 수동적인 사람이 될 것인가? 정보를 제공하여 도움을 주는 능동적인 사람이 될 것인가? 자신만의 콘텐츠를 개발하여 많은 사람에게 도움을 주는 사람이 될 수 있다고 생각한다면 SNS 활동을 긍정적으로 받아들일 수 있다. SNS에 나만의 콘텐츠를 생성하면서 나는 이제 정보 생산자가 되었다. 내가 공부하고 있는 것, 잘하는 것에 대해 글을 써서 발행함으로써 창조 활동에 참여했다. 또 내가 하는 일에 관한 홍보도 할 수 있다. 나만의 세상을 새롭게 창조하는 일이 SNS 활동이다. SNS 활동을 아직 시작하지 않았다면 컴퓨터 앞에 앉아서 한번 만들어 보자. 사이버 공간에서 언제나 찾아가 대화할 수 있는 평생 친구가 생긴다.

2.

꾸준함이 비범함을 만든다

2년마다 하는 공무원 건강 검진 결과 경계성 혈압 수치가 나왔다. 사람들은 혈압약을 처방받아 먹으라고 했다. 약 먹기 싫어서 한참 버텼다. 머리도 무겁고 몸이 개운하지 않았다. 혈압 때문인가 싶어서 동네 내과에 갔다. 그런데 의사 선생님이 지금 바로 약을 먹지 말고 3개월 동안 운동하고 체중 감량해서 다시 오라고 했다. 약을 바로 처방할 줄 알았다. 약 처방이 없는 것을 기회로 생각했다. 나 스스로 조절할 수 있는 시간을 벌었다. 운동을 꾸준히 하겠다고 결심했다. 나는 체중을 줄이기 위해 일단 실내 자전거를 타기 시작했다. 그러나 운동을 일주일에 두세 번 정도밖에 하지 않았다. 그것도 숨이 별로 안 찰 정도로 편하게 운동했다. 먹고 싶은 것을 마음껏 먹었다. 체중이 줄기는커녕 더 늘어났다. 개학하면 학교 일로 바쁘고 힘들어서 3kg 빠졌다가 방학하면 집에서 이것저것 챙겨 먹으니 3kg 쪘다. 이런 생활이 4년간 반복되었다. 운동과 건강관리를 우선순위에 두지 않았기 때문이었다.

머리가 터질 것처럼 아팠고 어지러웠다. 몸은 피곤했다. 학교 보건실에서 혈압을 측정해 보았다. 혈압이 높게 나왔다. 4년 전에 경계성 혈압 수치였던 것이 1기 고혈압 수치로 넘어가 버렸다. 이제 내과에 가면 약을 처방해 줄 것 같았다. 그렇게 생각하니 의사 선생님이 운동 열심히 해서 살을 빼라고 한 말을 듣지 않았던 것이 후회되었다. 건강관리를 당장 다시 시작했다. 이제 정말 마지막이라고 생각하고 걷기 운동을 거의 매일 했다. 식사 습관도 완전히 바꾸었다. 밥 양도 줄이고, 좋아하던 김치도 거의 먹지 않았다. 싱겁게 먹었다. 국물보다는 건더기 위주로 먹었다. 상추, 깻잎, 오이, 당근 등 채소를 매 끼니에 빠짐없이 먹으려고 노력했다.

가정용 혈압 측정기를 사서 매일 아침 공복 상태에서 혈압을 쟀다. 두 달쯤 되니 경계성 혈압 수치가 한 번씩 나오기 시작했다. 계속 식이요법과 운동 습관을 규칙적으로 유지했다. 그랬더니 경계성 혈압 수치만 나왔다. 1기 고혈압 수치에서는 벗어났다. 그러나 정상 혈압 수치가 나오지 않아서 고민되었다. 운동과 식이요법을 계속했다. 채소 과일식을 더 많이 했다. 살도 조금씩 계속 빠졌다. 두 달 만에 정상 수치와 경계성 혈압 수치가 번갈아 나오기 시작했다. 점점 정상 수치가 더 많이 나왔다. 이렇게 꾸준히 8개월을 운동과 식사 관리를 지속했다. 효과가 나타나기 시작했다. 두통과 어지럼증이 사라졌다. 몸도 가벼워졌다. 점점 더 확신이 생겼다. 이렇게 운동과 식이요법을 병행하면 정상 혈압으로 살아갈 수 있다는 자신감이 생겼다. 포기하지 않고 꾸준히 하면 된다고 생각했다.

"꾸준함이 비범함을 만든다."라는 말이 있다. 꾸준하게 하기만 하면 목표를 달성할 수 있다는 말이다. 또 그만큼 꾸준하게 실천하기가 힘들다는 말도 된다. 왜 꾸준함이 힘든 것일까? 사람들이 운동해서 살 빼려고 한다. 헬스클럽을 등록하든 혼자서 달리든 뭔가를 시도한다. 땀을 흘리며 만족해한다. 한 달이건 두 달이건 계속해서 체중을 줄일 거라고 예상한다. 하지만 언제부터인지 운동하지 않는 자신을 발견한다. 흐지부지된다. 나도 이런 패턴으로 반복했다. 나도 모르게 하지 않고 있었다. 이렇게 계획했던 일을 하지 않고 있다는 사실을 알아차리는 것부터 해야 한다. 알아차리면 다시 계획을 세우고 새로 시작할 수 있기 때문이다.

나는 몇 년간 지속해서 하는 일이 있다. 감사 일기 쓰기, 매일 복음 말씀 묵상하고 밴드에 인증하기, 5년째 일찍 일어나서 하는 새벽 루틴 하기 등은 꾸준히 잘하고 있다. 지속하지 못한 일들도 있다. 영어를 익숙하게 잘하고 싶어서 영어 교재를 샀다. 며칠 열심히 공부했다. 하지만 한 달을 지속하지 못했다. 필사 노트를 사서 필사를 시작하려 했다. 처음 몇 장은 예쁜 글씨로 주어진 글을 썼다. 그러다 필사 노트를 펼치지 않은 지 오래된 것을 알았다. 나도 모르게 하던 일들을 빠뜨리게 되었다.

나는 왜 꾸준하게 하지 못했는가? 새롭게 결심하고 도전해 보고는 며칠 만족하는 것으로 끝나기도 했다. 처음 시작할 때는 의욕적이었으나 얼마 동안 해 보고 자연스럽게 잊어버리기도 했다. 하루씩 미루다 보면 다시 시작하기가 싫어지는 때도 있었다. 내가 현재 지속하지 못하는 것들로는 수요시식회 노트 필사, 그림책 필사, 영어 공부이다. 우선순위에서 밀린 것이다. 이렇게 우선순위에서 밀린 것들은 한정된 하루라는 시간에 할 수가 없었다. 해야 한다는 의식조차 하지 못하고 밤이 되어 잠들 때도 있었다. 꾸준하게 하기만 하면 달라질 결과들이 분명히 존재한다. 꾸준하게 하면 성장할 수 있다는 것도 안다. 그렇다면 어떻게 해야 꾸준히 할 수 있을까? 그 해결책을 한번 생각해 보았다.

첫째, 꾸준히 하고 싶은 일을 자신에게 알려 주는 알람 체계를 세워야 한다. 휴대전화 일정표에 반복적 알림을 받을 수 있도록 설정해 둔다. 알람 시각도 하루에 몇 번씩 울릴 수 있도록 맞춰 두면 좋다. 의식하지 않으면 할 수 없기 때문이다.

둘째, 꼭 해야 하는 일을 우선순위대로 적어서 하나를 하고 나면 목록에서 한 일을 지우자. 중요한 것은 하나를 하지 않으면 다른 일로 넘어가지 않는 것이다. 그렇게 하면 하루 중에 해야 할 일을 빠뜨리지 않고 할 수 있게 된다.

셋째, 하고 싶은 일을 했을 경우 3일, 7일, 21일, 66일 단위로 자신에게 선물을 주도록 정해 놓으면 좋다. 습관이 형성되는 데 필요한 기간들을 단계적으로 설정하여 피드백을 준다면 더 큰 의욕이 생길 것이다. 성취감도 생긴다. 이렇게 작은 성공을 경험하도록 해 주면 좋다.

넷째, 매일 아침 잠자리에서 일어나기 전에 자신이 하고자 하는 일을 성공적으로 해낸 자신의 모습을 상상하는 시간을 가지자. 해야 할 일을 의식하는 하루가 될 것이다. 또 매일 밤 잠자기 전에 자신이 성공적으로 해냈는지를 돌아보는 시간을 가져 보자. 일기든 생각이든 상관없다. 누군가와 함께 성찰하는 시간을 가지는 것도 좋다.

다섯째, 주변 사람들에게 자신의 계획을 널리 알려서 사람들이 내 꾸준함을 지켜보는 파수꾼이 되게 하자. 혼자서 계획을 세우고 실천하려고 하는 것은 자신과의 약속을 세우는 것이다. 자신과의 약속을 쉽게 저버리는 경우가 많다. 자신만 알고 있는 것이라면 손을 놓아 버리기가 더 쉽다는 말이다. 그러므로 다소 엄격한 사람에게 부탁해 보자. 행동을 지켜보고 객관적으로 쓴소리를 해 줄 수 있는 사람으로 정하는 것이 좋다.

이렇게 꾸준히 할 수 있는 여러 장치를 생각해 보았다. 습관을 만드는 일은 시간이 걸린다. 어렵다. 그러나 무너지는 것은 한순간이다. 그래서 습관이 형성된다는 66일이 지났다고 안심해서는 안 된다. 기본적으로 1년을 지속하고 있는지를 살펴보면 좋을 것 같다. 내 경험으로 미루어 보면 1년이라는 시간 동안 꾸준히 한 일을 무너뜨리기란 쉽지 않았다. 혈압을 관리하기 위해 시작한 운동과 식이요법을 멈출 수 없다. 평생 해야 한다. 꾸준하게 그냥 하는 것이 내가 건강하게 살아가는 방법임을 안다. 내가 스스로 건강을 관리할 수 있다는 사실이 뿌듯하다. 모든 일이 그렇다. 비범하게 되기 위해서는 끈기가 꼭 필요하다. 꾸준히 한 일에는 성과가 분명히 있다. 그것에 만족한다면 그 이전으로 돌아가지 않을 것이다. 긍정적으로 변한 나를 칭찬한다. 그 변화의 과정을 의식하고 살아간다. 꾸준히 지속하는 내가 좋다. 꾸준히 하면 무엇이라도 할 수 있다고 생각하니 모든 것에 감사할 따름이다.

3.

독서 모임,
행복한 성장의 시간

하루는 회사 통근 버스를 기다리는 사람들이 쭉 서 있는 곳을 지나게 되었다. 모두 휴대전화를 들여다보고 있었다. 과거에는 신문이나 잡지책 등을 보는 사람들이 많았다. 지면을 통하지 않고 기사나 정보를 얻을 수 있는 간편한 휴대전화를 보는 그 풍경이 일면 이해되었지만 안타까웠다. 오랜만에 가족들이 카페에 모여 차를 마시기로 한다. 즐거운 대화가 오고 갈 거라 기대한다. 각자 휴대전화를 들여다보고 있다. 대화는 띄엄띄엄 오고 간다. 이런 모습이 자주 보인다.

책 안 읽는 나라. 한국 성인층에서 1년간 책을 한 권이라도 읽는 사람이 절반도 채 되지 않는다는 신문 기사를 보았다. 책을 읽고 있으면 특별하게 쳐다보는 나라가 우리나라다. 읽는 사람들은 계속 읽으면서 지식도 풍부해지고, 삶의 지혜도 깨닫는다. 문제는 책을 손에 대지 않는 사람들이 너무 많다는 것이다. 그 사람들을 어떻게 책에 빠져들게 할 수 있을까? 이 문제를 해결하기 위해서는 독서 모임을 보편화시켜야 한다고 생각한다. 국민 모두 하나씩의 독서 모임에 참여하고 있는 나라가 된다면 얼마나 멋질까? 상상만 해도 흐뭇하다. 독서 모임 보급에 도움을 주는 사람이 되고 싶다. 나의 인생 후반기에 생긴 꿈이다.

2020년에 창원에서 김해로 학교를 옮기게 되었다. 그해에 3학년 담임을 하였다. 3학년 부장 선생님이 함께 독서 모임 하자고 제안했다. 처음에는 거절했다. 혼자서 책을 읽다가 모임을 하게 되면 시간에 맞춰 독서해야 할 것 같아서 싫었다. 그렇게 석 달을 흘려보내다가 3학년 부장 선생님과 옆에 앉은 강 선생님이 하는 독서 대화를 듣게 되었다. 학교에 와서 학급 담임으로서 학급 경영을 열정적으로 하고 각자 영어와 수학 교사로서 수업도 최선을 다하는 두 선생님이 각자 읽은 책에 대해서 서로 생각을 나누는 장면이 무척 인상적이었다. 그 선생님들과 책을 읽고 이야기를 나누고 싶어졌다.

나는 3학년 부장 선생님에게 다시 물어보았다. 독서 모임을 결성했느냐고. 아직 하지 않았다고 했다. 내가 그 말을 하고 나서 독서 모임은 곧바로 결성되었다. 부장 선생님, 강 선생님과 나, 다른 한 분은 사서 선생님으로 구성되었다. 학교를 여러 곳 다니면서 많은 사서 선생님을 만나보았다. 그들 중에 이분은 단연코 책을 사랑하는 선생님이었다. 책을 읽고 있는 모습이 자주 보였다. 학생들에게 친절하게 책을 권해 주었다. 표정이 항상 밝고 친절한 말투를 쓰는 사서 선생님 덕에 학생들은 도서관을 마음대로 들락거리며 책도 읽고 대화도 한다. 이렇게 열정적인 세 명의 선생님과 독서 모임을 만들어 책을 읽어 나갔다.

독서 모임을 통해 나의 독서 생활에 많은 변화가 찾아왔다. 첫 번째, 독서 편식이 사라졌다. 수필집, 심리학서, 철학서, 자기 계발서를 좋아하던 내가 『총 균 쇠』, 『종의 기원』, 『사피엔스』, 『타인의 고통』, 『넛지』와 같은 자연과학, 사회과학 쪽의 책을 읽게 되었다. 널리 알려진 책이고 필독서이기도 하지만 선뜻 손이 가지 않아서 읽지 않았다. 함께 읽자고 제안하니 한번 도전해 보고 싶은 생각이 들었다. 독서 모임을 통해서 어려운 부분은 물어보고, 함께 이야기 나누면서 완독하게 되었다. 2021년 12월 31일 겨울 방학식이 끝난 오후 모두 다 퇴근한 시간, 학교 도서관에 네 명이 모여서 『종의 기원』 마지막 장을 이야기했던 날은 특별히 더 뿌듯하게 기억된다.

두 번째, 함께 이야기 나누는 시간을 좋아하게 되었다. 책을 매개로 한 모임의 매력이 컸다. 맞장구를 치면서 고개도 끄덕이고, 덧붙여 소감을 이야기하는 시간이 참으로 복되다고 생각했다. 읽으면서 잘 이해되지 않았던 것에 관해 물어보면 각자 생각을 이야기해 주었다. 내 말에 웃어 주고, 공감하고 각자 생각을 덧붙여 주는 선생님들 덕에 함께 독서 대화 하는 시간이 기다려졌다.

세 번째, 많은 것을 배울 수 있었다. 혼자 읽을 때 이해가 되지 않았던 부분을 물어보면 정성껏 설명해 주었다. 읽으면서 미리 자료를 찾아온 선생님들 덕에 새로운 지식도 많이 알게 되었다. 혼자 읽을 때 느끼지 못한 배움의 기쁨이 생겼다. 나도 자료를 더 찾아보고, 알려 주었다. 누군가에게 내가 알고 있는 것을 말로 설명해 주니 기억에도 더 오래 남았다.

네 번째, 책을 꾸준히 읽게 되었다. 독서 모임에 맞추기 위해 책을 읽다 보면 힘들 때도 있다. 틈틈이 개인적으로 읽고 싶은 책을 읽다가 독서 모임 일에 맞춰서 집중 독서를 하게 되면 하루도 책을 손에서 놓는 일이 없다. 지금은 천무 독서 모임과 학교 선생님들과의 독서 모임, 『내면소통』 슬로 리딩 모임, 그림책 모임 네 개를 하는데 한 달에 서너 권의 책을 읽게 된다. 그리고 내가 개인적으로 읽는 책도 있다. 그러면 한 달에 대여섯 권의 책을 읽는 셈이다. 날마다 꾸준히 책을 읽는다는 것, 내 삶이 풍성해지는 계기가 되었다.

다섯 번째, 책을 통한 나눔이 가능하게 되었다. 내가 읽고 있는 책의 내용이 좋으면 독서 모임 선생님들에게 추천하게 된다. 함께 읽고 이야기 나누자고 제안하면 흔쾌히 다음 책으로 지정했다. 좋은 것을 권하게 되었다. 아주 작게나마 다른 사람들에게 선한 영향력을 미치는 것이다.

네 명의 교사가 2년 동안 같은 학교에 있으면서 즐겁게 독서 모임 했다. 지금은 두 선생님이 다른 학교로 전근 간 지 2년째이다. 학교가 달라졌어도 독서 모임은 지속되었다. 같은 학교로 이동해 간 두 선생님이 사서 선생님과 내가 있는 곳으로 퇴근 후에 찾아온다. 인근 찻집에 모여 독서 모임 했다. 같은 학교에서 근무할 때와는 달리 학교 행사가 다르고 개인 사정이 있으니 매주 한 번씩 모이는 것은 힘들었다. 한 달에 두 번은 모이려고 노력한다. 방학이 되면 상황이 또 좀 다르다. 모두 사는 곳이 창원, 양산, 부산이기 때문에 방학 때에는 각자 집에서 줌으로 독서 모임을 한 적도 있다. 방학 중에도 시간 내어 학교 도서관에 가서 얼굴을 마주 대하고 독서 모임을 한 적도 있다.

독서 모임에서 읽은 모든 책이 큰 울림을 주었다. 그중 가장 기억에 남는 책은 고 박경리 작가의 토지 스무 권이다. 다른 책들과 병행하면서 한 달에 한 권씩 읽었다. 20개월의 시간이 지나 우리는 『토지』 스무 권을 완독하게 되었다. 혼자서 엄두가 나지 않았던 『토지』를 완독하면서 우리나라의 근대사를 깊이 알게 되었다. 격변기를 살았던 인물들의 다양한 삶의 행적들도 접했다. 인물들이 하는 말 하나하나가 철학이고 사상이었다. 26년간 썼다는 박경리 선생님의 토지를 한 권씩 읽고 선생님들과 이야기를 나눌 때마다 삶에 대한 성찰이 깊어졌다. 쌓여가는 책 높이만큼이나 우리네 삶이 다양함을 알 수 있었다. 혼자보다 함께 읽었기에 재미있게 20권까지 완독할 수 있었다. 내가 미처 생각지 못했던 부분들을 짚어 주고 각자 경험까지 덧붙여 주었다. 공책에 필사하고 블로그에 책 속 구절들을 인용하여 감상까지 정리했다. 행복한 독서 모임은 단순했던 내 삶에 주어진 풍성한 보너스였다.

혼자서 읽을 수도 있다. 그러나 함께 읽으면 좋은 점들이 많다. 우선 다양한 의견을 들을 수 있어서 좋았다. 지혜를 나누는 자리가 되었다. 또 독서 모임 하면서 내 생각을 마음껏 말할 수 있게 되었다. 남 앞에서 말하기를 꺼렸던 소심한 내가 달라졌다. 내 이야기에 귀 기울여 들어 주는 사람들이 있어서 존중받는 느낌이 들었다. 무엇보다 함께 읽고 이야기 나누는 시간을 통해 삶의 지혜를 터득할 수 있었다. 독서 모임을 통해 축적된 지혜는 살아가면서 고난이 닥쳐왔을 때 헤쳐 나갈 힘이 된다. 나에게 독서 모임은 행복하게 성장하는 시간이었다. 또 작은 공동체 의식을 통해 외로움, 고립감 등에서 벗어날 수 있었다. 삶이 덜 삭막하게 느껴졌다.

책은 보편화된 도구이다. 서점에 가면 책에 관심 있는 사람들이 무척 많아 보인다. 하지만 아직 우리나라는 책을 읽는 모습을 낯설어하는 사람들이 많다. 버스를 기다리면서, 지하철을 타고 가면서, 찻집에서 차를 마시면서 책을 펼쳐서 읽는 사람들을 더 이상 특별하게 보지 않는 사회가 되었으면 좋겠다. 대중매체에서 책을 읽지 않는 것을 당연하다는 듯 농담 삼아 이야기하는 사회 분위기도 개선되어야 한다. 1년에 책 한 권 읽지 않는다는 말을 우스갯소리로 할 수 있는 사회가 아니라 부끄러워하는 사회가 되어야 하지 않을까? 1인 1독서 모임에 참여하자는 캠페인을 벌였으면 좋겠다. 책을 읽어야 하는 사람은 학생만이 아니다. 성인들의 독서 생활화를 위해서 독서 모임 하는 것이 당연하다는 분위기를 만들고 싶다. 독서 모임을 통해 즐겁고 행복하게 성장할 수 있다는 것을 알리기 위해 노력할 것이다.

4.

시인의 감성으로 시를 암송하다

책을 읽으면 마음에 와닿는 구절이 있다. 밑줄을 긋는다. 그중에서 책을 읽고 난 후에 한 번 더 보고 싶은 문장에는 띠지를 붙여 놓는다. 감명받은 구절을 손 글씨로 기록한다. 나에게 다가온 특별한 구절을 다른 사람들과 나누고 싶다. 대화할 때 인용하면 말에 힘이 실린다. 그래서 기억하고 싶다. 그런데 적절한 상황에 필사한 구절들을 말하려고 해도 기억이 잘 나지 않았다. 대충 뜻을 전달했다. 갑갑했다. 멋지게 문장 그대로 인용하고 싶었다. 독서 모임에 제안했다. 책 속에 나온 구절 중에 자신의 마음에 와닿은 구절을 외우고 독서 모임을 시작하자고 했다. 다들 흔쾌히 좋다고 했다. 그래서 독서 모임 하기 전에 각자 선택한 문장을 외우고 생각을 덧붙여 말했다. 그동안 나는 읽고 배운 것들을 이해하려고만 했다. 작정하고 외운 것은 오랜만의 일이었다. 이렇게 암기한 문장을 이야기하다가 한 명이 시를 외우기 시작했다. 자연스럽게 모두가 시 한 편을 외워서 암송하게 되었다. 독서 모임을 위해 책도 읽었고 시 한 편을 선정해서 외우기까지 했다. 매주 다양한 시집을 펼쳐 들고 읽었다.

집에서 학교까지 출퇴근하는데 왕복 2시간 정도 걸린다. 그럴 때마다 시를 외웠다. 집에서 휴대전화에 녹음했다. 배경음악을 틀어 놓고 시를 읽는 내 목소리를 녹음했다. 때로는 시 동영상을 찾아서 함께 녹음했다. 그 당시 류시화 시인이 엮은 『마음 챙김의 시』가 베스트셀러였다. 우리 모두 시집을 읽었다. 그 책으로 독서 모임도 했다. 그 책 속의 시들 중에 「산다」, 「하지 않은 죄」, 「삶을 살지 않은 채로 죽지 않으리라」, 「더 느리게 춤추라」, 「혼돈을 사랑하라」, 「눈풀꽃」, 「뒤처진 새」, 「중요한 것은」, 「나는 배웠다」 등의 시들을 선생님들과 암송했다.

"세상이 가르쳐 준

모든 규칙을 잊으라.

너 자신의 세계를 창조하고

너 자신의 언어를 정의하라.

너의 혼돈을 억압하는 대신

사랑해야 한다."

알베르트 에스피노사의 소설 『푸른 세계』에 나오는 시 「혼돈을 사랑하라가 특히 기억에 남는다. 소심하고 자신감 없었던 나에게 하는 말 같았다. 세상의 규칙과 억압을 벗어나서 나만의 세계를 창조하고 나만의 언어를 정의하라고 하는 표현이 강하게 다가왔다. 세상이 해답을 주는 것이 아니라 내가 해답을 발견해야 한다고, 내가 세상에 존재한다는 것을 알리기 위해 세상을 힘껏 두드려야 한다고, 나 자신이 되어야 한다고, 나답게 살라고, 세상 사람들의 요구를 들어주기보다 나 자신을 유일한 존재로 만들라고 말해 주었다. 나에게 필요한 구절이었다. 새롭게 살아야 했다. 세상이 나를 규정하게 놔둬서는 안 된다는 뜻이었다. 2020년 이전의 삶은 나를 둘러싼 상황들이 나를 억압했다. 나에 대한 평가에 집착했으며 그것을 통해 나를 비하했다. 다른 사람의 평가로 인해 나를 한계 지었다. 그동안 내 삶은 내가 주체가 아니었다. 학교를 옮기고 2020년에 독서 모임을 시작하고 나에게 강렬하게 다가온 시들을 암송하면서 나는 인생을 새로 써나갔다.

"나는 배웠다.

사람들은 당신이 한 말, 당신이 한 행동은 잊지만

당신이 그들에게 어떻게 느끼게 했는가는

결코 잊지 않는다는 것을."

마야 안젤루의 시 「나는 배웠다」의 마지막 연이다. 11연으로 이루어진 이 시를 외웠다. 마지막 연이 지난날의 나의 경험과 어우러져 가슴에 많이 남았다. 내가 한 말과 행동의 구체적인 내용은 잊지만 내가 그들에게 어떻게 느끼게 했는가는 결코 잊지 않는다는 말을 어떻게 해석해야 할까? 만약 내가 누군가를 미워하는 마음으로 모욕감을 주는 어떤 말을 했다면 그 순간의 그 느낌은 상대방에게 잊히지 않는 상처를 주었다는 말이다. 실제 내가 이렇게 상처받은 적이 있다. 구체적인 말과 행동은 어렴풋하게만 기억난다. 그때 그 사람이 나를 많이 무시했다고 느껴서 두고두고 생각났다. 그 사람이 나에게 나쁜 말을 하지는 않았다. 그때 받은 모욕감만이 남아서 그 사람과의 만남은 더 이상 기대하지 않았다. 그 사람에게 직접 화내지는 않았다. 다만 그 사람과 교류하지 않았다. 나의 경험과 시 구절이 깊이 연결되었다. 그 당시에는 쉽사리 감정에 휘둘리곤 했다. 그때는 내가 타인의 말과 행동에 쉽사리 상처를 받을 정도로 마음이 단단하지 못했다는 반성도 하게 되었다. 더불어 누군가에게 모욕감을 느끼게 하는 사람이 아니라 행복감을 안겨 주는 사람이 되어야겠다고 생각했다. 그러기 위해서는 말과 행동이 항상 신중해야 한다는 것까지 깨닫게 해 준 시였다.

이렇게 시를 내 삶과 연결 지었다. 네 명의 선생님들이 정호승의 「슬픔이 기쁨에게」, 「수선화」, 「여행자에게」, 박노해의 「한계선」, 윤동주의 「길」, 「서시」, 「별 헤는 밤」, 백석의 「나와 나타샤와 흰 당나귀」, 김용택의 「달이 떴다고 전화를 주시다니요」, 김수영의 「풀」, 이해인의 「중심 잡기」 등 우리나라 시인의 시도 암송했다. 파블로 네루다의 「시」, 라이너 쿤체의 「두

사람」 등도 암송했다. 꼭 시가 아니라도 산문 속의 한 문단을 암송하기도
했다.

시를 암송하면서 어떤 변화가 있었는가? 첫째, 많은 시를 깊이 읽게 되
었다. 암송할 시를 고르기 위해 시를 읽으면서 생각에 잠긴다. 암송하기
쉬운 시만을 고르는 것이 아니라 마음을 울리는 시를 선정했다. 원래 시
는 낭송을 전제로 하는 것이므로 산문시를 제외하고는 운율감이 있다.
읽기 좋은 시들은 많다. 그러므로 내용에 더 치중해서 암송할 시들을 골
랐다. 시작 화자의 마음 상태를 공감해 보고 나에게 연결이 되는지 계속
곱씹으면서 시를 읽었다.

둘째, 시를 암송하면서 두뇌 상태가 배움에 적합해졌다. 암송하기 위
해서는 먼저 입으로 소리를 내서 읽어야 한다. 반복적으로 소리를 내고
자신의 귀로 듣고 머리에 기억을 심는다. 이것은 몸을 쓰는 일이었다. 몸
을 쓰는 것은 우리의 두뇌를 활용하는 일이다. 암송은 점점 약해진 기억
력을 강화하는 방법이다. 시 암송을 계속하다 보면 외우는 능력이 향상
되어 암기하는 데 걸리는 시간이 점점 줄어들었다. 무엇보다 계속 읽으
면 저절로 암기된다는 것을 알게 되었다.

셋째, 시를 암송하면서 마음이 편안해졌다. 마음을 챙겨 주는 시를 눈
으로 보고 읽는 것만으로도 마음에 감흥이 일어난다. 그런데 소리 내어
읽으면 누군가가 나를 위해 낭송해 주는 느낌이 든다. 눈을 감고 시를 외

우면 눈으로 읽을 때보다 감동이 더 크다. 자신의 목소리를 아주 편안하게 들을 수 있다. 마치 자신을 위로해 주는 또 다른 자신의 목소리를 듣는 느낌이었다.

　시 암송은 삶의 활력소가 되었다. 처음부터 내용이 어렵고 길이가 긴 시를 읽을 필요는 없다. 짧은 시에도 강렬한 메시지가 있다. 감탄사가 절로 나오는 짧은 길이의 시도 많다. 그러므로 시작은 짧은 시에서 시작하여 점점 길이의 제한 없이 시를 고르면 된다. 류시화 시인이 『시로 납치하다』에서 다음과 같이 말했다.

　"나는 당신이 더 많은 시를 찾아서 읽고, 세계를 이해하고, 인생의 해변에서 시를 낭송하기 바란다. 어디선가 시가 당신을 기다리고 있다. 아직 아무도 발견하지 않은 유리병 편지처럼."

　세상에는 좋은 시들이 많다. 마음을 울리는 시 한 편 찾아 나선다.

5.

슬로 리딩 하브루타 친구들

아들이 5학년이 되면서 책을 읽기보다 동영상이나 SNS를 보는 시간이 더 많아졌다. 스마트폰 사용을 제어한다고는 했지만 역부족이었다. 게다가 다양한 취미가 생기다 보니 책을 읽는 시간이 많이 줄어들었다. 안 되겠다 싶었다. 어릴 때 책 읽기를 얼마나 즐기던 아이였던가? 날마다 책을 조금씩이라도 읽게 하고 싶었다. 책을 읽는 것으로만 끝나지 않고 질문하고 깊이 생각하기까지 한다면 더 좋을 것 같았다. 그래서 내가 하나의 프로그램을 고안했다. '슬로 리딩 하브루타 친구들'을 줄여서 '슬하친' 프로그램이라고 이름 붙였다. 아들에게는 유치원 때부터 친하게 지낸 친구가 두 명 있다. 가까운 거리에 살고 있으며 아이들 부모와도 잘 아는 사이다. 매일 독서 습관과 사고력을 길러 주기 위해 이 프로그램을 해 보는 것이 어떤지 물어보았다. 다들 흔쾌히 좋다고 했다. 초등학교 고학년 학부모 중 많은 사람이 아이가 책을 스스로 읽지 않는다고 고민한다. 친구와 함께하는 프로그램은 아이들이 충분히 좋아할 만했다. 초등학교 5학년 세 명이 내가 계획한 대로 프로그램을 시작하였다.

'슬하친' 프로그램은 모두 화상회의 플랫폼인 줌에서 이루어졌다. 월요일부터 목요일까지 4일간은 30분씩, 금요일은 1시간 정도 진행된다. 처음 4일간은 세 명이 하루씩 돌아가면서 모임의 이끎이 역할을 했다. 시중에 나와 있는 워크북, 예를 들면 김종원 작가의 『기적의 30단어』같이 매일 일정량을 할 수 있는 책을 선정하여 15분간 한다. 그다음 10분간은 내가 선정해 준 책을 소리 내어 두 장씩 번갈아 읽는다. 읽고 난 후 각자 질문을 두 개 정도 만든다. 마지막으로 5분간 친구들과 질문으로 대화한다. 이끎이는 15분, 10분, 5분 이렇게 타이머를 세팅하면서 진행 상황을 친구들에게 알려야 한다. 나는 처음에 아이들이 이끎이 역할을 잘할 수 있도록 진행 순서를 알려 주고 진행할 때 어떻게 말해야 하는지도 예시 대본을 작성하여 보여 주었다.

이 프로그램의 목적은 매일 조금씩 책을 읽고 질문 만들고 대화하자는 것이었다. 습관이 되면 힘들지 않게 두꺼운 책도 끝까지 읽을 수 있다는 것을 알려 주고 싶었다. 아이들은 매일 깊이 생각하면서 창의적인 질문을 만들었다. 이끎이와 참여자 역할을 번갈아 하는 나흘간의 과정을 통해 아이들에게 작은 변화가 생겼다. 모임을 이끌어 가는 조리 있는 말솜씨를 키울 수 있었다. 금요일에는 내가 하브루타 수업을 진행했다. 월요일부터 목요일까지 학생들이 읽은 부분의 내용을 바탕으로 활동지를 만들었다. 단어 공부와 문맥 공부, 질문 만들기, 하브루타 하기, 생각 말하기, 느낀 점, 배운 점, 실천할 점 쓰기 등을 순서대로 할 수 있도록 활동지를 만들었다. 파일을 단체 카카오톡 방에 공유했다. 각자 집에서 인쇄하여 금요일 밤 9시에 컴퓨터 앞에 앉아 줌에 접속했다. 아이들은 내가 진행하는 대로 잘 따라 주었다.

아들이 책을 대충 읽지 않고 꼼꼼하게 매일 읽기를 바라는 마음으로 이 프로그램을 고안했다. 아들과 친구들은 이끔이 역할을 돌아가면서 잘해 주었다. 처음에는 나도 월요일부터 목요일까지 줌에 접속하여 같이 있으면서 아이들이 진행하는 모습과 질문하고 하브루타 하는 상황을 지켜보았다. 내가 바쁜 일이 생기면 매일 하는 슬로 리딩에는 참여하기 힘들었다. 아이들에게도 자율적으로 참여할 기회를 주고 싶어서 월요일부터 목요일까지는 학생들끼리만 했다.

금요일에는 그동안 읽은 부분에 대해 활동지를 만들어 배부했다. 파일로 준 활동지를 가지고 아이들은 각자 집에서 활동지의 일부 내용을 풀었다. 아이들이 정성껏 답안을 써 왔다. 드디어 금요일 밤 9시에 줌 화면에 모두 모였다. 나는 아이들에게 4일간 읽은 부분의 내용으로 질문을 만들게 했다. 그 질문으로 짝 대화를 했다. 하브루타의 기본 틀인 질문과 짝 대화를 적용한 것이다. 소회의실에서 짝과 대화하고 메인 화면으로 돌아오면 각자 대표 질문 하나와 짝과 나눈 대화 내용을 발표했다. 짝이 아니었던 친구들의 답도 들어 보았다. 나도 생각을 덧붙였다.

그다음으로 읽은 부분에 나오는 단어들의 뜻과 용례를 살펴보고 짧은 글짓기까지 했다. 아이들은 단어의 뜻을 활용해서 짧은 한 문장을 만들어 냈다. 그다음 순서로 미리 풀어 온 활동지의 문제들을 풀이했다. 활동지 안의 문제는 책의 내용을 묻는 사실 질문도 있고, 생각해 볼 거리를 제공하는 추리 상상 질문도 있다. 아이들의 답을 들으면서 참으로 기발하고 신선하다고 생각했다. 초등학생 수업은 또 다른 재미가 있었다. 이렇게 활동지의 질문까지 다 하고 나면 오늘 수업을 통해 느낀 점, 배운 점, 실천할 점을 쓰게 하고 함께 이야기했다. 충실히 이야기하다 보면 예정된 1시간을 훌쩍 넘겨 마칠 때도 있었다. 금요일 밤 9시 놀고 싶었을 텐데 꾸준히 참여해 준 아이들에게 고맙다.

황순원 소설집 『소나기』부터 시작했다. 『갈매기의 꿈』, 『갈매기에게 나는 법을 가르쳐 준 고양이』, 『톨스토이 단편선』 등의 책을 느린 호흡으로 읽어 나갔다. 재미로 생각하면 금방 읽을 수 있는 책이었지만 내가 지향하는 수업이 슬로 리딩이다. 분량을 나누어서 내용을 곱씹으면서 천천히 진행했다. 슬로 리딩은 책을 천천히 읽는 것이다. 그 과정에서 구절들의 의미를 곱씹어 보고, 단어의 쓰임도 살펴보고, 다양한 생각들로 확장한다. 다양하게 질문하고, 답을 찾기 위해 스스로 생각하다 보면 책 속에서 가지고 와야 하는 가르침을 알 수 있다. 생각하는 힘이 크게 자라는 것을 느낄 수 있다. "슬로 리딩은 천천히 읽고 깊이 생각하고 크게 깨닫는 힘을 갖게 한다."라는 모토 아래 학교에서도 적용하는 선생님들이 많다.

슬로 리딩과 하브루타가 통합된 활동을 해 보니 장점이 많았다. 첫째, 주중의 5일 동안 책을 천천히 읽고 질문을 만들어 하브루타를 함으로써 생각을 깊게 하는 습관이 생긴다. 둘째, 단어를 활용하여 짧은 글짓기를 해 봄으로써 표현력이 길러진다. 셋째, 내용을 깊이 들여다보고, 자신의 생활에 적용해 볼 수 있도록 하므로 실천력이 생긴다. 넷째, 학생들이 돌아가면서 하는 이끎이 역할을 통해서 능동성과 주도성을 기를 수 있다. 다섯째, 매일 책을 읽는 습관이 생긴다.

아이들이 6학년이 되면서 사정이 있고 일정이 맞지 않아 지금은 운영하지 않고 있다. 매주 금요일 1시간 수업을 위해 활동지를 제작하는 데 충분한 시간을 내기가 쉽지 않았다. 그동안 바쁜 시간을 아껴서 준비하였다. 교직에 있으면서 함께 하기는 어렵다고 생각했다. 내가 퇴임한 후에 본격적으로 이 프로그램을 운영하면 좋을 듯싶다. 이 프로그램을 활성화해서 많은 사람에게 도움을 주고 싶다. 아이들뿐만 아니라 성인들에게도 적용할 수 있다고 생각한다. 꾸준히 책을 읽고 싶은 사람, 사고력, 표현력, 실천력이 생기기를 바라는 사람들에게 하나의 방법을 제시하고 함께 하고 싶다. 또 이 프로그램과 명상을 연결할 것이다. 활동의 시작과 끝에 명상 음악을 틀어 놓고 자신의 의식 상태를 돌아보게 할 수도 있다. 자신을 알아차리는 시간을 갖는 것은 짧은 시간이라 해도 매일 한다면 효과는 클 것이다. 성장하고 싶은 욕구가 있는 사람들에게 도움을 주고 싶다. 아들을 위해 시작한 일이 내 인생 후반기 삶에 영향을 주었다. 머릿속에 떠오른 아이디어를 묵혀 두지 않는다. 실천에 옮겼기 때문에 미래가 있다. 명상, 슬로 리딩, 하브루타를 결합한 프로그램을 만들기 위해 오늘도 공부한다.

6.

성장의 발판, 하브루타 알리기

2019년에 읽은 『하브루타 부모수업』을 시작으로 하브루타는 내 삶의 동반자가 되었다. 하브루타(Havruta)란 "짝을 지어 질문하고 대화하고 토론하고 논쟁하는 것"이라고 고 전성수 교수님이 말했다. 짝과 대화를 나누는 것과 그 중심에 각자가 만든 질문이 있다는 것이 중요했다. 질문하는 것은 생각하는 것이다. 질문 자체가 훌륭하면 논쟁할 거리가 충분하므로 하브루타가 유익하다고 생각할 수도 있다. 그러나 질문을 만드는 과정이 바로 성장의 시간이 된다는 사실을 먼저 알아야 한다. 생각하지 않으면 질문이 나오지 않기 때문이다. 질문을 만들기 위해 텍스트를 살피고, 읽어 본다. 궁금했던 것들을 끄집어낸다. 호기심 어린 눈으로 세상을 둘러본다. 왜? 어떻게? 어떤 의미? 나라면? 등 많은 의문을 가지는 것 자체가 변화의 시작이고 성장의 순간이다.

이렇게 삶을 변화시키는 하브루타를 사람들에게 알리기 위해 나는 몇 가지 노력을 해 왔다. 첫 번째로 적용한 것은 국어 수업 시간에 학생들이 하브루타를 하게 한 일이었다. 학습 경험 디자이너이자 러닝 퍼실리테이터인 김지영 작가의 『가르치지 말고 경험하게 하라』라는 책을 읽었다. 학생들에게 지식을 전수하기 위해 노력하는 것보다 학생 스스로 답을 찾고 깨달아 가는 활동이 더 중요하다는 것이 핵심 내용이다. 수업 시간에 학생들이 어떤 경험을 하고 어떤 배움을 얻어 가는지를 먼저 생각해야 했다. 질문을 만들고 짝과 대화하는 하브루타가 바로 학생들이 값진 경험을 하게 만드는 활동이었다. 그래서 수업 시간에 배워야 할 내용에 대해서 교사가 안내한 후 학생들이 수업 내용과 관련한 질문을 만들고 짝과 대화를 나눈다. 그다음 학급 구성원 전체에게 질문과 대화 내용을 발표하게 한다. 전체 학생에게 공유하는 시간을 통해 친구들의 다양한 질문과 서로 다른 생각을 알 수 있다. 같은 생각이면 "나도."라고 말하며 공감을 표현하기도 한다. 마지막으로 교사가 성취 기준에 맞게 내용 정리를 해 주면 된다.

두 번째로 적용한 것은 중학교 1학년 학생들의 자유 학기 수업에서였다. 주제 선택 수업을 '하브루타 토론 교실'이라는 이름으로 개설하였다. 매주 2차시 연강으로 하브루타 토론 수업을 했다. 노래, 그림책, 시사,

자아 존중감, 역사, 미덕, 탈무드, 이솝우화, 명화, 음악, 개념 하브루타 등 다양한 하브루타 실습을 했다. 내가 경험해 본 것, 내가 적용해 본 것을 조금씩 변형하여 활동지를 만들었다.

　활동의 제일 처음은 항상 감사한 일 세 가지 말하기였다. 감사한 일을 발표한 후 노래, 그림책, 텍스트, 미덕 카드 등 제시된 것들을 읽고 나서 각자 질문을 만들었다. 질문으로 짝과 대화를 나누는 시간을 주었다. 그 다음 모둠 토론을 했다. 네 명의 모둠원이 각자 대표 질문으로 함께 이야기를 나눈 후 모둠 대표 질문을 하나씩 선정하였다. 모둠원 중 한 명이 자신의 모둠에서 선정된 대표 질문과 오고 간 이야기들을 발표한다. 학생들은 처음에는 어색한지 머뭇거렸다. 수업이 거듭될수록 하브루타가 무엇인지, 질문 만드는 활동이 얼마나 중요한지, 짝과 대화를 나누는 것이 얼마나 재미있는지 알게 되었다. 하브루타 할 때마다 생각해서 질문 만들고, 그것으로 짝과 일대일로 대화를 나눈다. 학생들이 직접 참여하는 것이므로 학생들은 집중할 수밖에 없다.

　그동안 학생들은 수동적으로 학습해 왔다. 수업 시간 중에 선생님의 설명을 듣고 판서할 것이 있으면 따라 적는 수업에 익숙해져 있었다. 질문을 만들라고 하면 '질문할 게 없는데요.'라고 바로 말하는 학생들도 있었다. 생각하는 것을 귀찮게 생각하는 학생들이 제법 많다. 그래서 매번 강조했다. "질문을 만들려고 노력할 때 바로 생각이 자란다.", "질문이 없다는 것은 생각하지 않은 것이다. 생각하지 않고 살 수 없으므로 질문 만드는 연습을 하자."라고.

하브루타 토론 교실을 하면서 학생들의 호응이 좋으면 나도 만족스럽다. 특히 기억에 남는 수업으로 〈염소 4만 원〉라는 노래를 소재로 한 하브루타 수업이다. 가수 옥상 달빛의 '염소 4만 원'이라는 노래는 아프리카에는 염소가 4만원이므로 우리가 한 달 동안 하루 한 잔 커피를 줄이든지, 옷 한 벌 안 사면 아프리카의 나라에 염소 한 마리를 사 줄 수 있다는 가사로 되어 있다. 아프리카의 가정에서 염소를 키우면 아이들이 학교에 갈 수 있는 경제력이 생긴다는 것을 알려 주었다. 학생들에게 노래 동영상을 먼저 보여 주고, 따라 부르게 했다. 학생들은 이 노래를 부르면서 즐거워했다. 경쾌한 리듬에다가 따라 부르기 쉬운 멜로디에 가수들의 고운 목소리가 가사와 잘 어우러진다고 학생들이 느낌을 말해 주었다. 질문 만들고, 짝과 대화하고 모둠 대화한 후 전체 공유 시간을 가진다. 모둠마다 대표 질문들이 다르고 나눈 이야기도 다르다. 이러한 과정을 통해서 다양한 관점을 배우게 된다.

그다음으로 학생들에게 '아프리카에 빨간 염소 보내기' 캠페인에 관한 동영상을 보여 주고 난 다음 느낀 점을 글로 쓰도록 했다. 이렇게 하면 2시간 활동으로 꽉 찬다. 여기서 중요한 것은 능동적으로 질문을 만드는 과정과 짝의 이야기를 경청하는 것이다. 발표하는 사람은 같이 이야기 나눈 사람들의 발언 내용을 정리해서 발표해야 하므로 경청하지 않으면 부끄러운 일이 생기게 된다. 이렇게 하브루타 수업을 통해서 생각하는 힘과 경청하는 태도를 배울 수 있다. 경청이 잘 안되는 학생들이 많다. 그러면 먼저 발표자를 향해 몸을 돌리고 발표자의 눈을 보라고 말한다. 그다음 자신의 귀를 열고 마음까지 열고 들으라고 한다. 이런 주의 사항을 계속 이야기하다 보면 경청의 방법에 대해서도 알게 된다. 때로는 메모까지 한다. 짝이 한 말을 잊지 않으려고 노력하는 모습이 보기 좋았다.

세 번째로 적용한 것은 동료 교사를 대상으로 하브루타 특강을 한 일이다. 내가 교육연구부장으로 있으면서 교사 대상 특강을 기획했다. 질문 배움 연구소 소장이자 『하브루타 부모수업』의 저자 김혜경 선생님을 초대해서 연수했다. 빠듯한 학교 일과였지만 특별히 시간 조정을 해서 2시간 정도 초대 특강을 마련했다. 하브루타에 대한 개념 설명부터 교과서를 가지고 하는 하브루타 실습까지 짜임새 있는 수업 구성안으로 특강이 진행되었다. 김혜경 선생님은 하브루타의 기본부터 수업과 생활 속에서 하브루타를 적용할 수 있는 방법까지 쉽고 재미있게 제시해 주는 탁월한 강연가이다. 동료 교사들에게 진정 수업에 도움이 되는 강의를 소개하고 싶었다. 학교에 있는 선생님들 모두가 하브루타에 관심 가지기를 바라는 마음이었다.

특강이 끝나고 얼마 후, 수학 선생님 한 분이 전 교직원을 대상으로 자신의 수업을 공개했다. 그 수업에서 질문을 만들고 짝 대화를 하는 하브루타의 형식을 적용하였다. 참관한 선생님들은 학생들의 참신한 질문과 활발한 짝 대화에 고개를 끄덕이며 적용 가능성을 느끼는 듯했다. 하브루타에 관심을 가지는 선생님들에게는 하브루타 관련 온라인 모임도 알려 주었다. 하브루타 관련 책도 소개했다. 내가 하브루타를 만나고 달라진 것처럼 동료 선생님들도 관심을 가지고 하브루타를 받아들여 주기 바라는 마음이었다.

하브루타를 적용할 수 있는 분야는 무궁무진하다. 교과목 하브루타뿐만 아니라 생활 속에서 요리, 그림, 게임, 신문, 놀이, 영화, 노래 등 다양한 분야에 활용할 수 있다. 지금도 계속 적용 중이며 앞으로도 나의 수업은 하브루타 방식을 기본으로 할 것이다. 나는 하브루타를 통해 학생들이 가지고 있는 무기력하고 수동적인 학습 태도를 개선하고 싶다. 학생들이 스스로 질문을 만들고 함께 답을 찾아가는 과정에서 세상과 자신에 대한 다양한 시각을 가진 사람으로 성장할 수 있기를 바란다. 또 학교에 다니지 않는 어른들도 하브루타를 알고 적용하는 삶을 살게 하고 싶다. 내가 가진 하브루타에 대한 지식과 경험을 바탕으로 교직을 퇴임한 후에도 토론 모임, 독서 모임과 글쓰기 교실을 열어서 많은 사람에게 생각하는 힘을 길러 주고 싶다.

하브루타는 우리의 삶을 성장으로 이끄는 중요한 도구이다. 독서 모임에서도, 수업 시간에도, 사람들의 만남에도 적용할 수 있다. 물건을 살 때도, 집안일을 할 때도 질문하는 습관을 들인다면 주어진 대로 끌려다니는 삶이 아니라 주도적으로 계획을 세우고 스스로 답을 찾아가는 삶을 살 수 있다. 우리가 진정 원하는 것이 수동적으로 살아가는 삶은 아니다. 어떻게 살아갈 것인가를 생각하게 하는 도구로 하브루타는 매우 유용하다. 돈 미겔 루이스와 돈 호세 루이스, 재닛 밀스가 공저한 『이 진리가 당신에게 닿기를』에서 "의심하라. 그러나 경청하라."라고 말했다. 거기에 나는 질문을 덧붙이고 싶다. "의심하라. 질문하라. 그러나 경청하라." 이런 삶의 태도를 선택하려고 한다.

7.

그림책을 통해 마음을 나누다

'마음을 나누는 그림책 세상'은 내가 주도해서 3년째 이끌어 가는 그림책 하브루타 독서 모임이다. 선생님들과 그림책을 매개로 한 달에 한 번씩 모인다. 모임이 끝날 때마다 선생님들이 나에게 "그림도 예쁘고, 내용도 무척 공감된다.", "좋은 그림책을 알려 줘서 고맙다." 등 긍정적인 피드백을 해 주었다. 고맙기도 하면서 책임감을 크게 느꼈다. 더 좋은 그림책을 선정하고 더 좋은 자료를 찾아야겠다고 생각했다. 그림책을 선정하기 위해 매번 고심한다. 내가 그동안 읽은 그림책과 그 해에 인기 많은 그림책, 특정 주제에 대한 그림책 등을 찾아본다. '어떤 그림책이 깊은 감동을 줄까? 이야깃거리가 풍부할까?'를 고민한다. 어떤 그림책을 선정해도 선생님들은 주인공의 삶에 감동했고, 그림책 속 문제 해결 과정에 감탄했다. 서로 속 깊은 대화를 나누었다. 그림책 작가들의 생각을 들여다보는 것도 삶에 커다란 자극이 되었다.

2021년 『나는 강물처럼 말해요』를 읽고 그림책 속 주인공 '나'의 '아버지'에 몰입되었다. 주인공 '나'는 말을 더듬는 학생으로서 학교에서 발표하는 시간에 입을 움직이지 못해 아무런 말도 못 했다. 집에 돌아온 소년의 울적한 마음을 짐작한 아버지는 강가로 소년을 데리고 가서 산책한다. 소년은 교실에서 자신의 입술이 뒤틀리고 일그러지고 아이들이 비웃던 장면이 떠올라 마음이 많이 상했다. 소년의 눈에는 눈물이 차오른다. 그때 소년의 아버지는

"강물이 어떻게 흘러가는지 보이지? 너도 저 강물처럼 말한다."

라고 한마디 했다. 강물처럼 말한다는 것은 무슨 의미일지 질문을 하고 선생님들과 이야기를 나눴다. 책 속에 드러난 구절과 그림을 연결해서 생각해 보았다. 강물은 여러 가지 모습을 하고 있었다. 강물은 물거품을 일으키고 소용돌이치며 굽이치다가 부딪치면서 흘러간다. 그래도 강물은 흘러간다. 빠른 물살 너머에는 잔잔한 강물도 부드럽게 일렁이고 있었다. 소년은 그때 깨닫게 된다. 강물도 더듬거릴 때가 있다는 것을. 당당하면서도 잔잔하고, 부드럽게 일렁이고, 더듬거리기도 하는 강물, 다양한 모습을 가지고 있는 강물처럼 소년 자신도 말한다는 것을 깨닫게 되었다. 말을 더듬는 것도 말하는 방법의 하나라는 생각에 당당하게 말할 수 있다는 것! 소년은 아버지의 한마디를 듣고 강가를 바라보고, 강물

속으로 몸소 들어가서 깨달았다. 강 속에서 헤엄치며 온몸으로 느꼈다.

이제 소년은 당당하게 자신의 방법으로 말할 수 있게 되었다. 아버지의 말씀을 벽에 붙여 두고 날마다 읽는다고 했다. 소년의 마음을 알고 어루만져 준 아버지. 그러나 상세하게 설명하고 다정하게 위로하는 말을 해 준 것은 아니었다. 그냥 "너도 저 강물처럼 말한단다."라고 한마디 했을 뿐, 깨달음은 소년의 몫이었다. 그림책에는 강물이 일렁일 때마다 반짝이는 물결을 느끼도록 하얀색 점으로 물에 비친 햇빛을 그려 놓았다. 초록 나무들과 하얀색 강 물결이 조화를 이룬 감각적인 그림이 우리의 시선을 끌었다.

모임의 선생님들은 그림책 속의 '나'가 되어 보기도 하고 '아버지'가 되어 보기도 하면서 우리의 삶에 적용했다. 나는 그동안 아이들이 고민거리나 속상한 것을 이야기할 때 해결 방법을 상세하게 이야기해 주는 편이었다. 그러나 그림책 속의 '아버지'는 "너도 강물처럼 말한다."라는 말 한마디로 아들에게 큰 울림을 주었다. 이것이 그림책의 묘미다. 아들은 강물 속에서 직접 체험하면서 자신의 존재 방식을 알게 되었고 취해야 할 태도도 깨달았다. 충고나 조언보다 함축적인 말 한마디가 중요하다는 것을 깨달았다. 나의 삶을 돌아보는 계기가 되었다.

처음에는 하브루타를 알고 싶어 모임에 온 선생님도 있었다. 그러다 그림책을 매개로 하니 차츰 그림책의 매력에 다들 푹 빠졌다. 그림책으로 독서 모임을 하면 어떤 좋은 점들이 있는지 생각해 보았다.

첫째, 책을 따로 시간을 내어 읽어 오지 않아도 된다. 모임 하는 날 모여서 그림책을 읽어도 충분하다. 특별하게 글자 수가 많은 그림책이 아니면 시간이 오래 걸리지 않는다. 표지 그림과 제목을 보면서 내용을 미리 짐작해 본다. 그림책 표지를 살펴보고 줄거리를 처음부터 끝까지 한번 읽어 본다. 한 번 더 읽으면서 그림도 세세하게 관찰하고, 언어 표현도 하나씩 곱씹어 읽어 본다. 그래도 30분을 넘기지 않았다. 일부러 책을 미리 주지 않았다. 독서 모임 하는 날 그림책 속 주인공을 만나게 했다. 현재 마음 상태로 진솔한 이야기를 주고받기 위해서였다.

둘째, 그림을 통해 강한 시각적 자극을 느끼고 두뇌 활동이 활발해진다. 그림책을 보는 얼굴에는 미소가 가득하다. 그림책『나는 강물처럼 말해요』를 보고 있노라면 햇살에 반짝반짝 빛나는 강물의 모습과 초록색의 안정적인 느낌이 그림책을 읽는 내내 마음을 맑게 했다. 소년이 학교에서 발표를 제대로 하지 못했을 때의 모습을 얼굴에 소나무 가지가 수십 개 뻗어 가는 모습으로 그려 놓았다. 소년이 받은 비난과 상처를 눈에 보이게 그려 주어 그 마음을 짐작할 수 있었다. 이렇게 그림과 색깔 하나하나 깊은 의미가 있었다.

셋째, 그림책의 함축적인 이야기 전개를 통해 상상력이 풍부해진다. 그림책을 필사하면 한 편의 시와도 같은 형식과 운율감, 상징성이 나타난다. 그만큼 간결한 표현 속에 함축된 의미를 발견하는 재미가 있다. 기발한 아이디어에 놀라게 된다. 그림책 『키오스크』의 주인공 '올가'는 자신의 키오스크(가판대)를 떠나지 않고 그 안에서만 생활했다. 현실적으로는 불가능한 일이지만 그 작은 키오스크 안에는 세면대도 있고 1인용 소파도 있다. 거기서 먹고 자는 '올가'의 삶을 보면서 우리도 각자 작은 세계에 갇혀 지낸다는 것을 깨달았다.

그러던 중 그녀의 키오스크가 뒤집히게 되었다. 작가는 그 장면에서 "갑자기 올가의 세상이 뒤집혔어요!"라는 함축적인 표현을 썼다. 겨우 정신 차리고 일어선 '올가'가 키오스크를 들어 올려 움직일 수 있다는 것을 알게 되어 산책한다. 그러다가 다리 위에서 강물로 떨어지게 된다. 키오스크를 입은 채 몸을 강물에 맡기고 사흘 밤낮을 떠다니다가 큰 파도를 만나 바닷가로 밀려가게 되었다. 따뜻한 휴양지의 바닷가에 자리 잡은 키오스크 안에서 아이스크림을 팔고 있는 '올가'가 있다. 마지막 장면에서 올가는 석양을 바라보며 황홀함에 빠져 있다. '올가' 바로 옆에는 산에 관한 여행 잡지가 놓여 있었다. '올가'가 산을 등반할 희망을 품고 있다는 것을 잡지 표지를 통해 알 수 있다. 이 그림책에 그려진 소품 중 어느 것 하나 의미 없는 것이 없었다. 그림책의 내용 전개가 현실적으로 불가능한 일인 경우가 많다. 우리는 그저 상상력을 발휘하면 된다. 그림책은 우리에게 무한한 상상의 세계로 안내한다. 작가가 말하고자 하는 바를 알수 있다.

넷째, 그림책 속 등장인물에 몰입하기 쉽다. 인물 수가 많지 않고 개성이 뚜렷하기 때문이다. 주인공의 아픔과 나의 아픔이 연결된다. 많이 연결하면 할수록 공감 능력이 생긴다. 『나는 강물처럼 말해요』의 주인공 소년처럼 대학 시절 발표할 때 복통이 있었던 내 경험이 떠올랐다. 그 당시 나는 그 누구에게도 내 마음을 털어놓지 못했다. 그때 이 그림책을 만났더라면 그림책 속 소년과 그 시절 아팠던 내가 격한 친밀감을 느꼈을 것이다. 이렇게 그림책은 인물들의 삶이 명확하게 드러나는 만큼 그들의 삶에 공감하기가 쉽다.

다섯째, 그림책 주인공이 살아가는 방식이나 문제 해결 과정을 보면서 마음의 상처가 치유되기도 한다. 그림책 '키오스크'에서 키오스크가 뒤집히기 전까지 자신이 운영하는 키오스크를 떠나 본 적이 없던 '올가'처럼 나도 가정과 직장에 얽매여 혼자 자유롭게 여행을 다녀 본 적이 없다. 한 번쯤은 훌쩍 떠나고 싶다. 강물에 몸을 맡긴 '올가'처럼 나도 자연스럽게 기회가 찾아온다면 마음 편하게 여행을 떠날 수 있을 것 같다. 그림책의 내용만 보아도 속이 트인다. 함께 이야기를 나눈 선생님들도 어디론가 떠나고 싶은 속마음을 터놓았다. 이야기함으로써 상처가 표면화되기도 한다. 그사이에 마음이 편해진다. 다른 선생님들의 공감과 위로를 받으면서 치유되는 기쁨을 누린다.

그림책을 혼자 읽어 나가도 좋다. 그러나 함께 이야기 나누면 더 좋다. 사람마다 자신의 이야기가 있다. 사람은 내면을 표현하고 싶은 욕구가 있다. 그림책을 통해서 마음을 나누는 모임, 함께 질문하고, 짝과 대화하고, 함께 공유하는 '마음을 나누는 그림책 세상'을 이끌어 가는 나 자신이 대견하다. 내가 조금 더 알고 있는 것으로 사람들에게 도움을 줄 수 있어서 뿌듯하다. 함께 마음을 터놓을 수 있는 장이 마련되어서 기쁘다. 매번 모임 할 때마다 선생님들은 좋은 그림책을 선정해 줘서 고맙다는 말을 잊지 않는다. 마음이 따뜻하고 배려할 줄 아는 선생님들과 소통할 수 있어서 오히려 내가 더 고맙다. 그림책을 통한 마음 나눔은 나이와 상관없고, 성별, 취미, 학벌에도 차별이 없다. 누구나 마음을 열면 그림책에 감동한다. 다음 그림책을 벌써 선정해 놓았다. 모임이 기다려진다.

8.

새롭게 도전하는 '세컨드 라이프'

예전에는 우리 인생을 20~30대는 청년, 40~50대는 중년, 60대 이후는 노년이라고 불렀다. 그래서 60대 이후를 노후라고 하면서 돈을 벌지 않고 그동안 마련해 놓은 노후 자금으로 살아가는 시대라고 생각해 왔다. 김미경 강사는 『마흔 수업』 책에서 꿈을 중심으로 생애 주기를 다시 정리했다. "태어나서 20세까지는 유년기, 20대부터 40대까지의 30년을 첫 번째 꿈을 가지고 뛰는 '퍼스트 라이프', 50대부터 70대까지의 30년은 두 번째 꿈을 가지고 뛰는 '세컨드 라이프', 그리고 80세부터 100세까지가 노후."라고 했다. 나는 50대 초반이다. 이렇게 정리한 생애 주기를 보면서 심장이 두근거렸다. 두 번째 꿈을 가지고 뛰는 세컨드 라이프의 시작에 내가 서 있다. 인생 후반기에 나는 인생 책을 만났고, 새로운 만남과 배움을 이어 오고 있다. 50세는 아직 하루 중 정오에 불과한 시간이라고, 아직 밤이 되기까지 12시간이 남았다는 김미경 강사의 말은 내 가슴을 벅차게 만들었다. '나도 아직 늦지 않았어. 할 수 있어. 이제 시작이야.'

나는 30대 중반에 결혼하고, 40대 초반에 둘째 아이를 출산했다. 그러면서 자연스럽게 아이 친구 엄마들 모임에 가면 나이가 제일 많았다. 그들이 30대일 때 나는 40대이고, 그들이 40대가 되었을 때 나는 50대가 되었다. 그들은 50대 하면 나이가 많은 사람이라서 좀 다른 사람으로 대하기도 했다. 나이 많은 사람답게 인생을 통달한 사람인 것처럼 능수능란하게 대처해야 할 것 같았다. 뭔가를 가르쳐 줘야 할 것 같고, 세련되게 잘해야 할 것 같았다. 그런 고정관념이 내 마음속에 자리 잡고 있었기에 스트레스가 은근히 쌓였다. 나도 육아나 아이 교육에서는 초보이긴 마찬가지인데, 그 나이 먹도록 뭘 했나 싶기도 하고, 암튼 웃으면서 잘 지냈지만 내 마음속 깊은 곳에서는 나이에 대한 열등감이 자리 잡고 있었다.

이제는 나이에 얽매일 필요가 없다고 생각하게 되었다. 오십은 시작하는 나이였다. 내 인생에 오십이라는 나이의 의미가 크게 다가온 계기는 무엇일까? 마흔아홉 살에 인생 책을 만나고 나는 달라지기 시작했다. 그 책을 한 번 보고 흘려 버리는 사람도 있었지만 나는 내 인생을 바꾸었다. 꼬리를 물고 이어지는 배움들, 계속 연결되는 책들, 새롭게 만나는 사람들, 의욕적으로 시작한 SNS 활동, 꾸준히 실천하는 새벽 기상, 날마다 생활을 돌아보며 쓰는 감사 일기, 매주 챙겨 들으면서 동기부여 하는 책 쓰기 수업 등 나는 '세컨드 라이프'라고 김미경 강사가 책에서 말하기 이전부터 새로운 인생을 시작하고 있었다. 꿈이 생겼고, 지금은 그 꿈을 향해 한 걸음씩 나아가고 있다.

50대에는 교직에서 최선을 다하면서 인생 후반기를 준비할 것이다. 교직에서 퇴임한 후 60대와 70대에는 그 꿈을 실현하면서 행복하게 살아가고 있을 것이다. 그렇다면 나는 지금 어떤 준비를 하고 있는가? 지금까지 해 오던 성장의 행동들은 꾸준히 지켜 나갈 것이다. 거기에서 좀 더 깊이 있는 공부가 필요하다고 느꼈다. 새로운 도전이 필요했다. 그림책 심리 지도사 1급 자격 과정, 하브루타 고급 과정, 명상 프로그램 등에 참여하여 심화된 내용을 공부하고 싶다. 나는 그동안 어떤 도전을 해 왔는가?

먼저 그림책 공부이다. 그림책은 하브루타 독서 모임을 통해 많이 접해 왔다. 체계적으로 그림책을 공부하기 위해 2023년 1월부터 5월까지 실시간 온라인 수업으로 세 가지 그림책 과정을 이수했다. 하브루타 부모 교육 연구소에서 진행하는 그림책 하브루타 코칭 지도사 자격증을 2023년 2월에 취득했다. 그림책 심리 성장 연구소에서 그림책 심리 지도사 2급 자격증을 2023년 5월에 취득했다. 또 그림책 사랑 교사 모임에 가입하여 4월부터 10주간 중등 그림책 다지기 연수를 받았다. 밤 9시부터 시작된 수업은 2시간을 꽉 채워서 진행되었다. 참여형 수업은 그나마 졸음이 덜 왔는데 강의식 수업은 눈꺼풀이 무거워졌다. 그래도 놓치면 안 된다는 일념으로 허벅지를 때리고 손뼉 치면서 졸음을 쫓았다.

그림책 심리 지도사 2급 자격 과정은 독서 치유 자료로서 그림책을 보기 전에 심리 이론을 먼저 배웠다. 프로이트, 아들러, 볼비, 보웬, 사티어, 에릭슨, 피아제, 매슬로우, 엘리스 등의 심리 이론을 매주 한 차시씩 배우고 실습했다. 2급 과정은 수강자 모두의 마음을 표면적으로 드러내는 것이 중심이라고 했다. 내가 가지고 있는 열등감, 그것을 보상하기 위한 노력, 출생 서열의 영향, 내가 선택한 삶의 태도와 방식, 내 삶의 목표 등을 진솔하게 드러냈다. 매시간 나의 어린 시절 기억을 끄집어내어 심리 이론과 접목했다. 그다음 강사가 이론을 적용하여 나의 심리를 해석했다. 해결 방법도 제시해 주었다. 수강자 중에는 수업 도중에 울기도 했다. 나도 감정이 격해지기는 했다. 남들 앞에서 우는 것을 싫어하는 성미라 꾹 참았다. 나를 드러내고 심리 치료를 받는 시간이었다. 마지막으로 이론에 맞는 그림책을 읽어 주면서 그림책 심리 상담자로서 접근법을 설명해 주었다. 그림책 심리 지도사 2급 자격 과정은 온라인으로 자격시험을 쳤다. 과제 제출로 자격증을 받는 게 아니라 제한된 시간에 시험을 쳐야 하는 상황이라 바싹 긴장하고 시험에 임했다. 비록 오픈 북 시험이었지만 떨렸다.

얼마 후 그림책 심리 지도사 2급 자격증을 받았다. 힘들게 공부했는데 자격증이라는 결과가 나오니 기분이 좋았다. 1급까지 취득하려면 더 많은 시간과 노력을 들여야 한다. 지금은 사정이 마땅하지 않아 1급 과정은 아직 수강하지 못하고 있지만 언젠가는 깊이 있게 공부해서 그림책을 도구로 삼아 심리 상담까지 하고 싶다.

2019년에 버츄 프로젝트 워크숍에 참여했다. 2023년에 그 다음 단계인 버츄 프로젝트 트레이닝 과정을 이수했다. 과정이 끝나는 마지막 시간에 나는 "버츄 프로젝트는 인생 프로젝트입니다. 내가 살아가는 내내 갈고 닦아야 하는 것입니다. 완성은 없습니다. 항상 연마해야 합니다. 그래서 인생 프로젝트입니다."라고 또박또박 발표했다. 버츄 퍼실리테이터 서약서와 수업 후기까지 다 작성하고 나니 진짜 실감이 났다. 나는 버츄 프로젝트 워크숍을 진행할 수 있으며 협회의 자료를 이용할 수 있다. 버츄 프로젝트를 널리 알릴 수 있는 버츄 퍼실리테이터가 되었다. 이상을 실현하기 위해 한 걸음씩 나아가고 있다.

2023년에 김주환 교수의 『내면소통』 책을 읽고 뇌과학을 공부하면서 명상에 입문했다. 아직 초보이지만 꾸준히 명상을 익히고 매일 훈련할 것이다. 몸의 근육처럼 마음에도 근육이 있어서 체계적이고도 반복적인 훈련을 하면 마음 근력이 강해진다고 했다. 마음 근력이 커지면 사람들은 정신적, 신체적 건강을 챙길 수 있을 뿐만 아니라 문제 해결력, 집중력, 창작 활동 등에서도 높은 수행 능력이 생긴다. 마음 근력을 키울 수 있는 가장 효율적인 훈련법인 명상을 널리 보급하고 싶다. 명상이 생활화된 우리 사회를 꿈꾼다.

나는 '세컨드 라이프'에 하고 싶은 일이 있다. 마지막 교직 생활을 하면서 내가 배운 것을 모두 적용해 보는 것이다. 그동안 배운 것들을 통해 학생들에게 실질적인 도움을 주고 싶다. 더 알찬 수업을 하고 싶다. 학생들이 스스로 배우고자 하는 욕구가 마구 샘솟기를 바란다. 학생들이 학교에서 행복했으면 좋겠다. 마음이 아픈 학생들, 몸이 피곤한 학생들이 학교에서나마 위로받을 수 있기를 소망한다.

남은 교직 생활이 10년이 채 안 된다. 내가 실천하고 싶은 것을 다 하고 퇴임할 수 있을지 조바심이 났다. 그러나 조금 다르게 생각하기로 했다. 내년에 바로 교직을 그만둔다는 마음가짐으로 학교생활을 하면 어떨까? 오늘이 내 생애 마지막 날이라고 생각한다면 시간을 허투루 보낼 수 없듯이 매년 만나는 아이들이 교직 생활의 마지막 학생이라고 생각하고 최선을 다하리라 다짐해 본다.

50대의 나이에 편안한 노후를 준비하는 것이 아니라 세상에 선한 영향력을 주고 싶다는 꿈을 꾸고 있다. 하루하루 노력한다. 그 마음은 어디에서 생겼을까? 생활하면서 받는 모든 자극과 상황들이 배움의 기회임을 알고 붙잡았다는 데서 비롯되었다. 우연히 일어난 일이라고 생각하지 않았다. 그냥 지나치지 않고 깨어 있는 의식으로 주목했다. 자신에게 일어난 일은 각자 인생에 특별한 의미가 있다. 의미 있는 삶을 추구하다 보니 중년의 나이에도 계속 배울 수 있었다. 모든 사람이 늘 깨어 있는 존재가 되어 새롭게 도전하는 '세컨드 라이프'를 살아가길 소망한다.

제 5 장

내 삶의 세렌디피티

1.

무엇이든 가능하다는 믿음으로

살아오면서 힘든 고비는 언제나 있었다. 초등학생 시절 5학년 때가 슬럼프였다. 친구 관계에서도 은근히 따돌림을 당한 것 같고, 줄곧 우등생이었던 내가 5학년 때 성적이 떨어졌다. 중학교 2학년 때는 하교 후에 친구들과 어울려 다니니까 엄마로부터 "친구 따라 강남 간다더니, 요즘 친구들과 너무 많이 돌아다니는 것 아니냐?"라는 핀잔을 들었다. 당연히 2학년 때는 성적이 오르기는커녕 현상 유지도 힘들었다. 고등학교 때는 대학 입시의 중압감으로 몸도 마음도 지치고 힘들었다. 대학에 입학했다. 국어국문학과에 고전문학반, 현대문학반, 어학반, 구비문학반 등 학회가 여러 개 있었다. 1학년 때부터 고전문학반에 들어가서 학회 활동을 했다. 선배들이 잘 이끌어 주었고, 여자 동기 세 명과 열심히 학회 활동을 했다. 3학년 때는 고전문학반장이 되어 학회를 이끌어 나갔다. 열심히 했으나 성과는 미미했다. 책임감으로 고전문학반을 이끌어 나갔다. 4학년 때는 한 달간의 교생실습 후 학교로 돌아와서 스트레스로 인한 폭식이 계속되었다. 내 인생 최고의 몸무게를 기록했다. 이렇게 내 인생의 고비가 대학 시절에도 있었다.

학창 시절에 여러 힘든 순간이 있을 때마다 나는 어떻게든 극복하려고 애썼다. 때로는 불만족스러운 결과가 나왔다. 그래도 시간은 흘러갔다. 20대 중반을 넘기면서 살아가는 일이 쉽지 않다는 것을 알게 되었다. 대학교 졸업 후 교원 임용 시험을 몇 년간 준비하면서 "끓을 만큼 끓어야 밥이 되지, 생쌀이 재촉한다고 밥이 되나."라고 말했던 윤오영의 수필 속 '방망이 깎던 노인'을 생각했다. 시간에 구애받지 않고 정성 들여 방망이를 이리저리 돌려 보며 깎았던 노인처럼 나에게도 빨리 합격하는 것이 중요하지 않았다. 내가 적합한 사람일지 하느님께서 요리조리 살펴보기 위해 합격을 늦춘 것이 아닐까? 명품 방망이가 노인의 성실함과 노력에서 나왔듯이 나의 교원 임용 시험 합격도 끝까지 최선을 다했던 시기에 이뤄졌다. 모든 것에는 다 때가 있다. 그 '때'라는 것은 준비된 자에게만 주어진다는 깨달음을 얻었다. 교원 임용 시험을 준비하면서 내 인생 좌우명 '최선을 다한 후 마음을 비운다.'를 세우고 어떻게 살아야 할지 많은 것을 배웠다.

교직에 들어와서도 평탄하지만은 않았다. 큰일을 겪은 사람에 비하면 내 교직 생활이 힘든 것은 소소하다고 할 수 있다. 그러나 나는 속이 상할 대로 상했다. 학생들과 호흡이 척척 맞는 멋진 드라마 같은 수업은커녕 내 말을 듣지 않고 방해하는 학생들 때문이었다. 책도 읽고 연수도 듣고 나름대로 노력했다. 생각만큼 쉽게 해결되지 않았다. 교과 수업과 학급 경영 방법을 개선하기 위해 연수를 듣고 책을 읽었다. 무엇보다 잘한 것은 항상 질문을 달고 살았다는 것이다.

"어떻게 하면 잘할 수 있을까?"

"나에게 어떤 문제가 있는가?"

힘들 때는 자책하면서 질문하기도 했다. 지나친 자책은 나쁜 것이다. 하지만 문제 상황을 남 탓으로 돌리지 않고 나 스스로 개선하고자 하는 의지가 있었기 때문에 좋은 결과가 나타났다. 하늘은 스스로 돕는 자를 돕는다고 하지 않았나? 내 안에 질문이 없었다면 책을 읽고 이렇게 변할 수 있었을까? 항상 학생들과 자녀를 위해 어떻게 할지 질문하고 고민하였기에 나에게 마치 해답을 주듯이 『하브루타 부모수업』 책이 다가왔다. 그 책을 학교 도서관에서 무심코 끄집어내어 읽었다. 그 책을 읽은 모든 사람이 다 변하지는 않았을 것이다. 나의 생각과 행동을 바꿀 만큼 강력하게 작용했다. 이 일은 우연이 아니라 지금의 내 모습을 만든 필연적인 계기였다. 계속 질문을 품고 있었기에 책의 내용이 내 마음을 흔들었고 실행에 옮겼다. 나는 성장할 수 있었다.

'세렌디피티'라는 말을 좋아한다. 사전에는 "뜻밖의 행운을 우연히 발견하는 일"이라고 정의되어 있다. 의도하지 않았는데 운 좋게 발견하게 된다는 말이다. 과학적인 발견, 발명들에 이런 세렌디피티가 많다고 한다. 유명한 항생제 '페니실린'의 발명을 생각해 보자. 고 이어령 박사의 책 『젊음의 탄생』에 세렌디피티에 관한 이야기가 자세히 나온다. '페니실린'을 발명한 플레밍 박사의 아버지 이야기로 거슬러 올라간다. 가난한 농부 플레밍이 랜돌프 처칠 경의 어린 아들을 구해 주었다. 사례를 거절하자 그 대신 농부의 아들을 자신의 아들과 똑같은 수준으로 교육해 주겠다고 처칠 경이 약속했다. 런던대학교의 세인트메리병원 의과대학에서 교육을 받게 된 가난한 농부의 아들 알렉산더 플레밍, 랜돌프 처칠 경의 아들 윈스턴 처칠 경으로부터 세렌디피티가 시작된다. 얼핏 보면 모든 것이 우연의 연속인 것 같다. 하지만 지나고 보면 다 필연이었다는 느낌을 지울 수 없다. 역사 속의 획기적인 발명이나 발견도 우연에 의한 것이라고 말들 하지만 아무런 관심이 없고, 자세한 관찰을 하지 않은 상태에서 그런 일은 일어나지 않는다.

나의 지나간 삶의 과정들이 다 운명이었다는 생각을 한다. 과거에 이런 미래를 예측했다면 매사를 아주 쉽게 선택했을 것이다. 그러나 앞날을 알 수 없었다. 느낌과 생각대로 선택했다. 그런 선택이 나중에 어떤 결과로 나왔을 때 그 선택이 운명이었다는 것을 직감했다. 나의 중학교 시절 은사님 중 성균관대 국어국문학과 출신 국어 선생님이 있었다. 그 당시 머리가 희끗희끗했던 선생님은 수업 중에 대학교 이야기를 몇 번 언급하였다. 그것을 내 친구 중 몇 명이나 기억하겠는가? 다른 아이들은 그 선생님의 수업이 지루하다고 좋아하지 않았다. 하지만 나는 그 선생님의 수업에 빠졌었다. 중학교 3학년 사춘기 소녀였던 나는 현대문학사를 가르쳐 주실 때 그 풍부한 설명에 눈을 반짝이며 들었다. 지나고 보니 고등학교 시절에 목표한 대학이 아닌 성균관대 국어국문학과에 입학한 것도 다 운명이었던 것 같다. 영화 〈쿵푸 팬더〉에 나오는 우그웨이 대사부의 말, "세상에 우연은 없다."라는 말에 크게 공감한다. 사람들은 자신의 의지와 느낌, 주변 사람들의 권유 등으로 무언가를 선택한다고 믿는다. 그래서 그건 운명이 아니라고 생각하기 쉽다. 하지만 나는 어떤 선택을 하든 선택 자체가 바로 운명이라고 생각한다.

자신이 진정으로 원하는 것이 무엇인가를 계속 생각하고 질문해야 한다. 탐구해야 한다. 그러면 길이 보인다. 그 길은 우연히 가는 것이 아니라 관심 있게 자신의 삶을 관찰했기에 갈 수 있다.

"아주 사소할지라도 지금까지와는 다르게 살겠다고 결심하기만 하면 눈앞의 풍경이 바뀔 거예요."

김연수의 소설 「이토록 평범한 미래」에 나온 대사다. 새롭게 결심하고 어떻게 살지 질문을 품고 살아간다면 내 눈 앞에 펼쳐질 미래가 달라지지 않을까? 같은 책을 읽고도 별 감흥 없이 지나치는 사람이 있는가 하면 관심을 가지고 계속 그것과 연결하여 공부하는 사람도 있다. 길이 달라진다. 이것이 세렌디피티의 힘이다. 똑같은 것을 발견하고, 경험해도 각자 다르게 수용한다. 나는 사람들에게 책을 가끔 추천한다. 내가 읽고 변화, 성장했으니까 같은 책을 읽고 성장하기를 바라는 마음에서다. 추천해도 책을 읽지 않는 사람이 많다. 내가 추천하는 것을 자신에게 다가온 세렌디피티라 생각하지 못하기 때문에 그런 책이 있는가 보다 하고 그냥 넘어간다. 또 추천한 책을 읽기는 하지만 아무런 변화가 없는 사람도 많았다. 참 좋은 내용이라고 말만 할 뿐 책 속의 내용을 하나도 적용하지 않는 사람도 있었다.

사람마다 각자 변화, 성장할 수 있는 계기가 따로 있을 것이다. 내가 실천하는 것만이 정답은 아니다. 중요한 건 지금 내 눈 앞에 펼쳐진 풍경, 내가 경험하는 일들, 나에게 들리는 말들이 아무 의미 없는 것이 아니라는 것이다. 그것을 깨달아야 한다. 나에게 다가온 이유가 무엇일지를 생각하는 사람이 되어야 한다. 평범한 것이라고 지나치지 말고 자신에게 어떤 의미와 배움으로 다가올지를 생각해 보면 좋겠다. 이런 시각은 바로 질문을 품는 사람만이 가질 수 있다.

삶의 후반기로 접어든 나는 마흔아홉 살에 만났던 책들을 운명이라고 생각하면서 받아들였다. 첫 만남 이후부터 몇 년간 계속 꼬리를 물고 이어지는 세렌디피티의 상황들, 어릴 때도 있었고, 지금도 일어나고, 내일도 나에게 새로운 상황이 전개된다. 내 눈 앞에 펼쳐질 모든 것을 열린 마음으로 배우고자 할 때 삶의 고비를 잘 넘길 수 있는 지혜가 샘솟는다. 무엇이든 가능하다는 믿음으로 세상을 바라볼 것이다.

시도해야 달라질 수 있다

2020년 초부터 시작된 코로나 19 바이러스 감염증은 한동안 전 세계를 마비시켰다. 지금은 마스크를 자율적으로 쓰지만 2020년대 초반에는 집 밖으로 나가는 것조차 두려웠다. 아파트의 한 주민이 코로나 걸렸다는 소문이 나면 신상이 공개되고 그 사람은 동네에서 따가운 눈총을 받았다. 지금 생각하면 참으로 이기적인 이웃들이지만 그만큼 코로나 공포가 컸다는 것을 알 수 있다. 개학도 미뤄지고 외출하지도 못했다. 집에서 온라인 수업을 하던 시절이 있었다. 이 시기에 교사들은 학교에 가서 온라인 수업을 위해 특정 플랫폼에 콘텐츠를 올렸다. 줌을 이용하여 실시간으로 수업하기도 했다. 학생들은 집에서 수업을 듣고 교사들은 출석 점검하고 과제를 제시했다. 딸과 아들도 집에서 온라인 수업에 참여했다.

학원에도 가지 못했다. 문을 닫는 학원도 생겼다. 하지만 얼마 후 학원에서 줌으로 하는 수업이 개설되었다. 우리 아이들도 집에서 실시간 화상회의를 통해서 학원 수업을 받았다. 나도 '마음 살롱 포시즌'이라는 온라인 코칭 프로그램에 참여했다. 코로나 이전에는 상상도 하지 않았던 화상회의를 통한 수업이 다양하게 개설되면서 수강생들이 전국에서 모였다. 실시간 온라인으로 독서 모임도 한다.

그러던 중 참여자로서만이 아니라 내가 강사가 되어 가르쳐 보기로 했다. 2020년 12월에 아들 친구들을 모았다. 그림책 하브루타 수업을 시작했다. 매주 일요일 오전 10시부터 11시 30분까지 컴퓨터 화면에 아이들이 나타났다. 수업하기 전에 미리 활동지를 한글 파일로 보내 주었다. 각자 집에서 인쇄하여 참여했다. 한 달이 5주면 5주째는 쉬었다. 내가 한 달씩 4주 동안 수업할 그림책 네 권의 제목을 알려 주었다. 아이들은 도서관에서 빌리든 책을 사든지 해서 그림책 하브루타 수업에 참여했다. 2021년도까지 계속 그림책 하브루타만 하다가 2022년부터 프로그램을 다양하게 바꿨다. 역사, 명화, 음악, 미덕 등 다양한 내용의 주제 하브루타, 탈무드를 읽고 하는 말하는 독서 하브루타, 그림책 하브루타, 글쓰기 하브루타로 4주 교육과정을 짰다.

일요일에 하는 프로그램이라 여행 가는 데 제약이 있었다. 우리 가족이 토요일부터 1박 2일 여행을 가면 다음 날 오전에 숙소에서 수업했다.

수업을 마친 후에 호텔 체크아웃을 하였다. 한 주라도 빠지고 싶지 않았기 때문이다. 교육 기부 활동이라고 내 일정대로 휴강하는 것을 용납할 수 없었다. 그렇다고 여행을 가지 않을 수도 없었다. 참여자의 엄마들은 선생님이 여행을 가면 수업하지 않아도 된다고 말했지만 나는 매주 하기로 한 나의 계획을 지키려고 했다. 2023년까지 4년째 매주 일요일 수업을 이어 오고 있다.

그동안 하브루타 초급, 중급, 그림책 하브루타 코칭 과정 등을 수강하며 자격증을 취득했다. 그렇게 쌓은 실력으로 하브루타 수업을 위해서 나는 매주 새로운 활동지를 만든다. 아이들이 1시간 30분 동안 수업할 내용을 구성하였다. 활동지 파일이 계속 쌓이고 있다. 4년간 만든 다양한 활동지를 보면서 한 번 쓰고 놔두기는 아깝다는 생각이 들었다. 다음에 활용할 기회가 생기기를 기대해 본다.

사춘기의 절정인 중학생 서른 명씩을 데리고 수업하는 내가 네다섯 명의 초등학생과 대화하니까 또 다른 즐거움이 있었다. 천진난만한 초등학생들이 생각을 솔직하게 표현하는 것을 보면 미소와 함께 감탄사가 절로 나온다. 1시간 30분 동안 쉬지 않고 수업해도 피곤하지 않았다. 오히려 재미있고 에너지가 샘솟는 기분이었다. 아들이 올해 6학년이니까 이 아이들을 데리고 계속 수업하면 중학생 하브루타가 된다. 그래도 기본 과정은 크게 달라지지 않을 것이다. 한 달에 한 주 정도는 장편 소설을 미리 읽어 오게 해서 하브루타를 하고 남은 3주는 주제, 그림책, 글쓰기 하브루타를 유지할 생각이다.

　이렇게 코로나로 인해 사람들이 외부 활동을 할 수 없게 되자 많은 사람이 화상회의를 통한 수업을 시도했다. 지금은 블로그, 인스타 등에서 수강생을 수시로 모집하고 있는 것을 볼 수 있다. 나도 그런 분위기에 편승해서 실시간 온라인 수업을 시작했다. 물론 아들을 위해 구성한 수강생이기는 하지만 다들 도움을 받고 있다고 말해 주었다. 나는 현직 교사이기 때문에 교육 기부 활동으로 하고 있다. 이 일은 내가 퇴임한 이후에 어떻게 살지를 결정하는 중요한 계기가 되었다. 퇴임한 후에 그림책 도서관 또는 그림책방을 열어서 초등학생들에게 하브루타 수업도 하고, 중고등학생, 성인들과 독서 모임, 글쓰기 모임도 하려고 한다. 그래서 하브루타와 그림책, 책 쓰기에 관해 계속 배우고 있다. 심화 과정을 계속 공부하여 준비된 지도자가 되고 싶다.

　코로나는 하나의 기회였다. 많은 강의가 봇물 터지듯 나오고 있다. 나도 많은 강의를 집에서 실시간 온라인 수업으로 듣고 자격증을 취득했다. 강사들에게도 지역의 한계를 벗어나 전국의 많은 사람을 대상으로 수업할 수 있으니 얼마나 좋은 기회인가? 코로나는 전 세계 사람들을 공포로 몰아넣었지만 보통 사람의 삶을 편리하면서도 유익하게 바꿔 놓았다. 새로운 시대가 되었다. "기회가 나타나기 전에 먼저 그 기회를 알아차리고 이용하지 않는다면 진정으로 올인할 수 없다."라고 『겐샤이』 책에 씌어 있다. 기회를 알아차리고 이용하는 자는 분명 시대의 리더로 성장할 것이다.

컴퓨터 프로그램을 잘 다루지 못하는 내가 실시간 온라인 수업을 개설하고 4년째 진행하고 있다는 사실이 놀랍다. 인생 후반기 삶의 방향이 정해졌다. 기회를 알아차리고 자신이 하고 싶은 일에 도전하는 사람의 삶은 분명 이전과는 달라져 있을 것이다. 도약하고 있다. 기회가 왔는데도 할까 말까 망설이다가 놓치지 말고 과감하게 시도해 보자. 어떤 결과가 생겨도 그것은 실패가 아니다. 도전하는 삶 그 자체가 성공이라고 생각한다.

"아즈텍족의 단어 '올린'은 지진과 폭풍이 닥칠 때처럼 온 심장을 다해 행동하고 움직이는 것을 의미한다. 삶이란 우리에게 일어난 일이 아니라, 일어난 일을 가지고 우리가 무엇을 했는가이다."(『겐샤이』 중에서)

나에게 일어난 일을 가지고 나는 무엇을 할 것인가 생각했다. 코로나 사태로 말미암아 집에서 책도 읽고 글도 쓰고 강의도 많이 들었다. 이 과정을 통해 깨달은 바가 있다. 나이 오십에 가슴 설레는 새 꿈을 갖게 되었다. 처음 이 꿈을 속으로 중얼거렸을 때, 손발이 오그라드는 것 같았다. 자꾸만 같은 꿈을 반복해서 말하는 과정에서 설렘과 흥분이 일어났다. 지금 이 책을 쓰면서, 나는 감히 내 꿈을 밝히고자 한다. 독서! 그렇다! 나는 사람들에게 독서를 권하고, 독서의 힘을 전파하는 전도사가 되어 보려 한다. 이른바, '독서 문화 확산'에 조금이라도 기여하는 존재가 되려는 것이다. 20대에 이룬 교직의 꿈! 남은 교직 생활 중에도 학생들과 교사들을 위해 책 읽는 분위기를 조성할 것이다. '올린!' 나는 온 심장을 다해 행동하고 움직일 것이다. 내 꿈을 이룰 것이다.

3.

'큰 단 하나'를 위한 한 달 원씽

2020년부터 다이어리를 쓰기 시작했다. 아침에 그날 해야 할 일을 기록한다. 다이어리는 내가 무엇을 해야 할지 알려 주는 친절한 비서이다. 시간 관리의 필수 요소로 다이어리를 손꼽는다. 적합한 다이어리를 찾기 위해 연말이면 서점에 나와 있는 다이어리들을 비교하고 분석했다. 조금씩 차이가 있었다. 고민을 많이 한다. 어떤 다이어리든 작성하는 사람의 의지와 실행력이 중요하다.

2023년에 쓰고 있는 다이어리는 계획, 실행, 성찰의 3단계 과정으로 구성되어 있다. 의욕적으로 1월부터 써 나가기 시작했다. 1년 목표를 정하고, 월 계획, 주 계획, 하루 계획을 세웠다. 해야 할 일들을 나열했다. 매일 하는 새벽 루틴을 빼고 해야 할 일이 열 가지나 되었다. 순서를 정해 놓고 번호를 붙였다. 완벽하게 실행했으면 동그라미를 그렸다. 하루를 마무리할 때 다이어리를 살펴보면 실행하지 못한 일들이 언제나 몇 개씩 있었다. 자기 전에 그날의 좋은 점, 나쁜 점, 감사한 점을 성찰해서 기록했다.

'내가 시간을 허투루 써서 그럴까? 아니면 할 일이 너무 많은 걸까? 왜 이렇게 생산성이 떨어지지? 초고 쓰는 일은 왜 자꾸 밀리는 거지?'라고 질문해 보았다. 내가 중요하지 않으면서 쉽게 할 수 있는 일을 먼저 한다는 것을 알게 되었다. 중요하면서도 어려운 일을 미루는 습관이 있었다. 초고 쓰는 일이 그런 일이었다. 다른 쉬운 일들을 먼저 다 해 놓고 하려니 항상 뒤로 밀렸다. 나는 늦은 밤까지 깨어 있기가 참 어렵다. 늦어도 11시에는 취침해야 한다. 일찍 일어나면 새벽 루틴을 하느라 초고 한 편을 완성하지 못한 채로 다시 낮으로 미루었다. 낮에는 또 다른 할 일들이 많으니 초고는 손도 대지 못했다. 집안일 끝내고 자기 전 아주 짧은 밤 시간에 마음을 내어 초고를 썼다. 초고 완성이 더딜 수밖에 없었다.

책을 출간하기 위해 제일 처음 해야 하는 것은 초고를 쓰는 일이다. 초고가 없으면 그다음 과정은 있을 수 없다는 것을 안다. 책 쓰기 수업에서 이은대 작가가 항상 강조해 왔다. 초고 쓰는 일을 미룬다면 내 꿈을 이루는 시기도 점점 늦어질 것이다. 그동안 살아오면서 크고 작은 목표들을 성취해 왔다. 목표에 도달하기 위해 선택과 집중의 과정이 있었다. 다른 작은 곁가지를 버리고 오로지 하나만을 위해서 집중했던 시간이 있었기에 목표를 하나씩 이루면서 살아왔다. 교원 임용 시험을 준비할 때는 젊은 20대, 발랄하고 세련된 숙녀 이미지를 버렸다. 아침에 눈을 뜨면 대충 밥 먹고 도서관에 가서 종일토록 공부했다. 그 결과 나는 인생의 커다란 목표 하나를 달성했다. 또 살이 쪄서 고민일 때는 차가운 마룻바닥을 맨발로 뛰고 단련했던 검도를 시작으로 한 끼 생식을 먹는 식이요법까지 해 가며 몸 관리에 집중했다. 15kg 감량에 성공했다. 블로그를 시작할 때는 다른 어떤 일보다 매일 블로그 포스팅을 우선시했다. 블로그의 카테고리가 체계를 갖추게 되었다. 이렇듯 나는 선택과 집중을 통해서 목표를 달성했다. 그런 내가 책 출간이라는 목표를 달성하기 위해서는 선택과 집중이 잘되지 않았다.

자기 계발서『원씽』을 읽었다.

"당신이 가져야 할 '큰 단 하나'(big One Thing)는 목적의식이고, '작은 단 하나'(small One Thing)는 그 목적의식을 행동으로 옮길 때 필요한 우선순위다."

라는 문장에서 멈추어 생각했다. 지금 내가 가져야 할 '큰 단 하나'는 무엇인가? 그리고 그 '큰 단 하나'를 이루기 위해서 바로 실천할 '작은 단 하나'는 무엇인가? 나는 평생 글을 쓰는 작가가 되어 사람들에게 선한 영향력을 주고 싶다. 지금 나의 '큰 단 하나'는 바로 작가가 되는 것이다. 작가가 되기 위한 첫 단계로 초고 집필을 하고 있다. 언젠가 출간될 것을 희망하면서 쓰고 있다. 초고 집필을 빨리 끝내야 한다. 그렇다면 내가 실천할 '작은 단 하나'는 무엇인가? 메모와 집필이었다. 글감을 간단하게 메모할 공책을 펼쳐야 한다. 노트북 컴퓨터 자판을 두드려야 한다. 지금 당장 해야 한다. 너무 멀리 있는 '큰 꿈'을 지금 바로 이룰 수는 없다. 작은 걸음 하나하나 내디디지 않는다면 길 위에서 하염없이 먼 산을 바라만 보는 사람이 될 것이다. '저 산꼭대기에 올라가고 싶은데, 산 정상에서 세상을 바라보고 싶은데 왜 난 안 되지?' 이런 마음만 가지고 주저앉아 있는 사람이 될 것이다. 실천하지 않는 사람에게 성과가 나타날 리 없으니 말이다.

매일 실천하기 위해서 새롭게 시간 관리를 시작했다. 일단 계획을 세울 때 내 꿈을 이룰 수 있는 '작은 단 하나'를 제일 먼저 실천하기로 했다. 그 일의 우선순위를 높여야 했다. 혼자 하기 힘들 때 함께 하면 도움을 받을 수 있다. 그래서 사람들과 원씽 팀을 만들었다. 각자 자신이 정한 한 가지를 사람들에게 공표하고 인증 사진을 매일매일 올린다. 인증 사진을 보고 공감의 하트나 엄지를 들어 올린 이모티콘을 보낸다. 때로는 답장을 써서 잘했다고 칭찬하고 격려한다. 자신이 한 일에 대해 감탄과 칭찬을 표현해 주면 어깨가 으쓱해진다. 몸은 지쳐도 마음은 즐겁다. 간혹 과제를 하지 못하는 날들이 며칠 계속될 때도 있다. 그럴 때는 자신의 현재 상황이 힘들다고 털어놓는다. 사람들은 위로해 준다. 과제가 끝나는 한 달 후에는 스스로 실적을 평가하는 시간이 필요하다. 전 달의 과제를 계속할지, 새로운 과제로 바꿀지 고민한다. 과제를 제대로 하지 못했다면 그 원인도 찾아보아야 한다. 만족할 만큼 실행했다면 자신을 칭찬한다.

한 달 원씽 인증의 장점은 무엇일까? 첫째, 주 단위보다 한 달 단위가 습관의 지속성을 위해서 적합하다. 습관 형성을 위해 필요한 최소한의 시간이 21일이라고 한다. 21일이 지나면 자연스럽게 한 달을 하게 되고 한 달 후에는 자신감과 의욕이 생긴다. 몸이 습관을 기억하고 자리 잡는 데 필요한 66일을 채우기 위해서 한 달 단위는 기본이다. 둘째, 작심 삼일이 아닌 작심 한 달을 하다 보면 자신이 만들려는 습관이 자신에게 맞는 것인지 불가능한 것인지를 진지하게 고민해 볼 수 있다. 한 달이라는 기간은 계속 시도하도록 기회를 주기 때문이다. 셋째, 함께 인증하다 보면 혼자서 할 때보다 힘이 난다. 서로 칭찬과 격려를 아끼지 않는다. 공감대가 형성된다. 꾸준히 하는 사람을 보면 포기하는 사람이 생기지 않는다. 중심을 잡아 주는 한 사람이 있으면 이 프로그램은 성공이다.

2022년 7월부터 다섯 명이 원씽 팀 하나를 결성했다. 지금까지 매일 하고 있다. 각자 갖고 싶은 습관들이 달랐다. 나는 건강을 위해 운동을 선택했다. 불었던 중년의 체중을 그동안 5kg 줄였다. 뻣뻣했던 나의 관절들이 부드러워졌다. 운동은 이제 나의 습관이 되었다. 새로운 질문이 필요했다. 지금 나의 '큰 단 하나'는 무엇인가? 지금 나의 꿈은 세상에 도움이 되는 책을 출간하는 작가가 되는 것이다. 작가의 꿈을 선택했으니 내 모든 시간과 역량을 글 쓰는 일에 집중해야 한다. '작은 단 하나'는 매일 한 편 이상의 글을 쓰는 것이다. 하루도 빠짐없이 쓰는 사람, 어떤 일이 생겨도 쓰는 사람이 되기 위해서 한 달 원씽 인증을 매일 글쓰기로 선택하려 한다. 하루 한 편의 글을 쓰는 일에 집중하리라.

이렇게 하루하루 하다 보면 '큰 단 하나'를 이룰 수 있음을 믿는다. 내 삶의 목적을 위한 하나의 방법으로 한 달 원씽 인증은 매우 유용한 수단이다. 하나의 꿈을 이루고 또 다른 '큰 단 하나'를 설정할 것이다. 그것을 이루는 날까지 한 달 원씽 인증은 계속된다. 함께 하는 사람이 있어 더욱 힘이 난다. 혼자서는 힘들어도 함께 하면 덜 힘들다. 사람들과 하나씩 꿈을 이뤄 가기 위해 생활을 공유하는 것 자체가 축복이다. 서로 응원하고 격려하는 사람들 덕에 오늘도 행복하다.

4.

책 읽는 문화 조성을 위해
노력하는 삶

학생들에게 책을 많이 읽으라고 말한다. 학생들 표정이 '또 그 소리'라고 말하는 것 같다. 책을 많이 읽어야 한다는 말을 가정에서도 학교에서도 많이 들었을 것이다. 책 읽으라는 내 말을 듣고 바로 '오늘 도서관에 가서 책 한 권 빌려야지.', '오늘부터는 시간을 내어 책을 읽어야겠다.'라고 생각하는 아이가 몇 명이나 있을까? 독서를 강조하는 말들은 아무 효과 없는 잔소리가 될 때가 많다. 자율적인 시간이 주어졌을 때 스스로 책을 꺼내 읽는 학생들이 많아졌으면 좋겠다. 학교마다 지역마다 독서 정도가 다르겠지만 전반적으로 학생들은 책을 읽지 않는다. 성인들도 마찬가지다. 책을 보지 않는 사람들이 훨씬 많다. 책을 읽지 않는다는 것을 아무렇지 않게 웃으면서 말한다. 책을 읽지 않는 것을 당연한 것으로 생각하고 숫제 당당하기까지 하다.

　우리 사회에서 사람들이 책과 동떨어진 생활을 하는 이유에 대해 생각해 보았다. 첫째, 책보다 다른 매체를 더 좋아한다. 스마트폰이나 컴퓨터, 텔레비전 등에서 나오는 동영상, SNS, 시청각 매체를 즐겨 본다. 알고 싶은 단어를 검색하면 바로 관련 자료가 나온다. 모든 사람에게 유용한 정보가 스마트 기기에 다 들어 있기 때문에 굳이 힘들게 책을 읽지 않아도 된다. 둘째, 문해력이 부족하여 책을 완독하지 못하는 경우가 많다. 제목과 목차, 대략적인 내용을 살펴보고 읽고 싶은 충동을 느끼기도 한다. 그래서 책을 사거나 도서관에서 빌린다. 처음 몇 장 읽다가 이해가 안 되면 더 이상 책을 읽지 않는다. 책장에 그냥 꽂아 두게 된다. 읽기를 포기한다. 셋째, 책 읽을 시간이 없다. 학생들은 학교, 학원 등을 오가며 지식 위주로 공부한다. 학원 수업을 듣고 밤늦게 집에 오면 쉬고 싶은 마음이 생긴다. 집에 와서 집중하여 책 읽을 의지가 생기지 않을 뿐만 아니라 시간도 없다. 어른들도 생업에 종사하면서 바쁘게 살아간다. 자신의 의지력을 다 써 버리고 퇴근하면 편하게 동영상 보면서 쉬려고 한다.

　여러 가지 이유가 있겠지만 어쨌든 독서는 필요하다. 독서 습관을 만들기 위해 하루 30분이라도 책을 읽으려고 시간을 따로 마련해 두면 좋으련만 다른 일은 다 해도 책 읽을 시간이 없다고 핑계만 댄다. 하루의 100분의 1에 해당하는 14.4분은 마음만 먹으면 낼 수 있는 시간이다. 그

냥 흘려버리는 시간만 합쳐도 15분이 넘을 것이다. 피자 한 판을 100조각
으로 나눈 것 중 한 조각을 생각해 보자. 너무 작은 양이 아닌가? 하지만
하루 중 아주 작은 부분을 투자해서 책 읽으려는 마음을 가지지 않는다.
이는 책을 읽고 자신에게 다가온 단 한 권의 책이 없기 때문이 아닐까?
나도 한때 책을 읽는 이유가 교양을 쌓고, 지식을 늘리는 정도라고만 생
각해 왔다. 필요할 때만 읽었다. 지금은 언제 어디서든 책을 읽는다. 다이
어리를 쓸 때도 독서 계획부터 세운다. 책이 필수가 되었다. 필사하고, 외
우기도 한다. 나는 왜 이렇게 변했을까? 단 한 권의 책으로부터 그 변화
는 시작되었다. 책이 주는 가치를 깨달았기 때문이다. 책은 어떻게 살아
야 하는지, 무엇을 위해 살아야 하는지를 알려 주는 내 인생의 지침이 되
었다.

세상 사람들도 책을 통해 얼마든지 변할 수 있다. 책을 읽으면 생각이
깊어진다. 삶을 돌아보고, 삶의 올바른 방향을 정할 수 있다. 모든 사람
이 책의 가치를 깨달았으면 좋겠다. 모든 사람에게 단 한 권의 인생 책
은 언제 어떻게 생길까? 나는 인생 책 한 권을 만들어 주기 위해 학생들
과 딸과 아들에게 다양한 책을 권해 주었다. 그러나 한 권을 읽고 난 후
별다른 변화가 없었다. 연속해서 다른 책을 연결해서 읽지도 않았다. 독
서를 중심에 두지 않았다. 큰 깨달음이 없었나 보다. 그럴수록 책을 계속
찾아 읽어야 한다. 삶을 어떻게 살아야 할 것인가에 관해 질문해야 한다.
읽다 보면 어느 순간 운명처럼 인생 책을 만나게 될 것이다.

책에서 깨달음을 얻으려는 사회적 인식이 널리 퍼져야 한다. 작은 곳에서부터 변화가 생기고 그 변화가 확대되면 우리 사회 전체의 모습도 바뀔 수 있다. 내가 할 수 있는 일은 작은 변화의 불씨를 지피는 일이다. 나는 국어 교사로서 학생들에게 해 줄 수 있는 일이 많다. 국어 수업 중에 한 학기 한 권 읽기 활동을 통해서 학생들은 1년에 두 권의 책을 읽는 셈이다. 예전에 없던 교육과정이 도입되어 학생들이 교과서에 나오는 짧은 글만이 아니라 책 한 권을 통째로 읽는 경험을 한다. 그런데 같이 시작해도 책을 읽지 못하는 아이들이 있다. 한 권의 책이 주는 무게감 때문이다. 다른 친구들이 한 문장씩 차분하게 읽어 나갈 때 한 면을 통째로 보기만 하는 아이들이 있다. 그런 아이들은 단어 하나하나, 문장 하나하나에 집중하지 못하고 한 면을 그냥 훑어본다. 한 문장씩 끊어 읽지 못한다. 다른 아이들이 한 차시 분량만큼 다 읽어도 그 아이들은 첫 장에 머물러 있다. 당연히 독후 활동도 소홀할 수밖에 없다. 글 속에 나온 단어의 뜻도 모른다. 단어를 적용하는 것도 되지 않는다. 문장의 의미를 파악하려고 시도조차 하지 않는다. 한 반에 서너 명씩은 꼭 있다.

책을 읽어 내지 못하는 아이들이 완독의 기쁨을 느끼게 하는 방법을 생각해 보았다. 수업 시간에 똑같은 책을 읽을 때는 시작이 중요하다. 개인적 묵독으로 시작하면 안 되고 낭독부터 하면 좋다. 학생들이 순번에 맞게 한 면씩 소리 내어 읽는다. 낭독 10분을 하고 난 다음에 개인적으로 조용히 읽어 나갔을 때 몰입이 잘되었다. 때로는 그날 읽을 분량 모두를 낭독으로 읽을 수도 있다. 소리 내어 읽을 때 눈과 입과 귀가 협동하게 되어 의식을 깨어 있게 한다. 학생들에게 독서의 몰입은 음독에서 시작한다고 강조하고 있다. 이렇게 천천히 한 권의 책을 끝까지 스스로 읽을 수 있도록 돕는다. 완독의 경험을 통해 혼자서도 책을 찾아 읽는 학생이 되기를 기대한다.

성인의 경우를 살펴보자. 책을 읽지 않는 학생들도 학교에서는 교과서라는 매체를 가지고 생활한다. 하지만 성인 중에는 책을 만지지도 펼쳐보지도 않고 하루하루 살아가는 사람이 많다. 스마트폰이라는 마법의 덫에 걸린 사람들이 많다. 바쁜 일상 속에 시간적 여유가 생겼을 때 스마트폰부터 찾는다. 재미있는 영상, 게임, SNS 등에 빠져서 자야 할 시간에도 누워서 스마트폰을 보는 사람이 많다. 스마트폰도 잘 활용해야 하는 시대인 것은 맞다. 하지만 밤낮없이 스마트폰을 들여다보는 사람들은 대체로 자신의 성장을 위한 영상을 보지 않는다. 먹는 방송, 오락물, 폭력물, 게임, 정치 등 자극적인 영상에 빠진 사람이 많다. 스마트폰을 보더라도 명상이나 운동, 자기 계발, 독서 등에 관심을 가지고 활용하면 좋겠다.

나는 퇴임 후에 아이들과 어른을 위한 그림책 독서 모임을 운영할 것이다. 그림책으로 쉽게 다가가서 마음을 치유하고, 자신을 성찰하다 보면 다양한 책에도 관심 가지게 될 것이라고 확신한다. 매일 필사하는 모임, 매일 조금씩 읽으면서 깊이 생각하고 대화하는 슬로 리딩 모임, 다양한 질문과 짝 대화를 하는 하브루타 독서 모임, 책 읽고 서평 쓰는 모임 등 할 수 있는 콘텐츠는 많다. 내가 하려는 일이 단기간에 커다란 파도는 만들지 못할 것이다. 가랑비가 옷을 젖게 만들 듯이 나의 작은 행동 하나로 인해 사람들의 의식 속에 독서의 중요성이 스며들기를 바란다. 사람들의 대화 속에서 책이 중심 화제가 되고 책 속의 한 구절을 가지고 토론하는 사회 분위기가 만들어지기를 기대한다.

현직에 있으면서 학생들의 독서를 지도하고, 퇴임해서는 다양한 연령층의 사람에게 독서 멘토가 될 것이다. 이런 나의 꿈도 책에서 시작되었다. 고전평론가 고미숙은 "사람들은 책을 많이 보면 지식이 늘어난다고 생각한다. 아니다. 그런 건 중요하지 않다. 정말 중요한 건 그 모든 책에서 자신을 발견하는 경이로움을 누린다는 사실"이라고 했다. 책을 통해서 나의 꿈을 발견했다. 나의 내면을 알게 되었다. 많은 사람이 책을 읽음으로써 자신을 발견하는 경이로움을 맛보았으면 좋겠다. 책이 주는 기쁨을 함께 느꼈으면 좋겠다.

5.

행동하는 중년이 아름답다

'인생 후반'이라는 단어를 2017년에 처음 접했다. 세계적인 명상가이자 뇌 교육자, 평화운동가인 이승헌의 책 『나는 120살까지 살기로 했다』에서 인생을 전반기, 후반기로 나누어 인생 후반기 계획이 필요함을 역설했다. 내 나이 오십을 향해 가던 시기였다. 이 책은 나에게 어떻게 살 것인가에 대한 고민거리를 던져 주었다. 질문이 생기자 내 삶은 질문에 대한 답을 찾는 과정으로 바뀌었다. 학교에서도 집에서도 계속 질문했다. 나의 인생 후반기는 어떠해야 하는가? 그때로부터 6년이 흐른 지금 나는 어떻게 살아야 할지에 대한 대략적인 큰 그림을 그렸다.

2020년에 지역 만기가 되어 창원을 떠나 김해시로 발령받았다. 창원과 거리가 먼 동김해 지역이었다. 1년 만에 창원으로 전보 내신을 냈다. 순위에 들지 못하여 김해에 그대로 있게 되었다. 한 해 더 김해에서 근무해야 했다. 그러나 나는 여기서 큰 운명의 힘을 느꼈다. 교직 생활의 전기가 마련된 것이다. 그다음 해에 처음 맡은 교육 연구부장이라는 업무는 나를 변화시켰다. 내향적 성격으로 남들 앞에서 말하기를 꺼려 왔기 때문에 나는 학교에서 부장 업무를 희망한 적이 없었다. 그러다 보니 매번 담임이었다. 그런데 김해에서 1년이 지난 후 교장 선생님께서 나에게 교육 연구부장 업무를 제안했다. 해 보겠다고 했다. 거절하지 않았다. 전임 부장 선생님의 도움을 받아서 무사히 한 해를 보냈다. 올해 3년째 그 업무를 맡고 있다. 선생님들의 연수와 수업 개선을 위해 노력하는 그 일이 나에게 무척이나 적성에 맞는 것 같다. 내 인생에서 아무런 상관이 없던 동김해 지역 학교에 가서 새로운 도전을 하게 된 셈이다. 나를 믿고 교육 연구부장 업무를 권한 교장 선생님께 감사하다.

교육 연구부의 일에서 가장 만족도가 높은 것은 교원 독서 동아리 운영과 저자 특강을 진행하는 것이었다. 2021년에는 교원 독서 능력 역량 강화 사업의 하나로 모든 교사가 각자 적성에 맞는 독서 동아리에 의무적으로 가입했다. 2022년과 2023년에는 교사들이 자율적으로 독서 동아리를 결성했다. 도서 구입을 지원하였다. 교사들이 책을 읽고 모여서 대화를 나누는 것은 교사들의 교양뿐만 아니라 학생 지도에 큰 도움이 된다. 나도 교사 독서 동아리 회원으로 활동했다. 유익한 모임이었다. 또 교사 그림책 동아리는 내가 3년째 운영하고 있다. 그림책을 읽고 질문 만들고 대화를 나누었다. 선생님들은 모임 할 때마다 마음이 치유되는 느낌이 든다고 감탄했다.

저자 특강을 진행하는 일도 꽤 흥미로웠다. 『가슴을 품은 여행』을 쓴 교사 작가인 최선경 선생님은 코로나로 인해 랜선 특강을 했다. 여행 경험을 나누면서 삶에서 기록의 중요성을 강조했다. 『비전을 발견하고 디자인하라』를 쓴 이창현 작가를 초대해서 특강을 들었다. 수업에 대한 철학과 실제 수업에서 쓸 수 있는 프레젠테이션 기술을 가르쳐 주었다. 올해는 나의 첫 인생 책 『하브루타 부모수업』의 저자이자 질문 배움 연구소 대표인 김혜경 선생님을 학교 도서관에 직접 초청하여 교사 연수를 하였다. 저자 특강 중에서 가장 기억에 남는다. 김혜경 선생님은 탁월한 하브루타 강연가이다. 동료 교사들에게 하브루타 강의의 진수를 보여 주고 싶어서 섭외했다. 수업에 실질적인 도움을 받기를 바라는 마음도 컸다. 누군가 나처럼 하브루타를 알기 전과 후의 모습이 달라지기를 기대했다.

이렇듯 교사들의 수업 연구를 돕고 다양한 배움에 대한 기회를 제공하고 운영 물품을 지원하는 교육 연구부의 일을 통해서 인생 후반기에 해야 할 일에 대한 큰 그림을 그리기 시작했다. 학생이든 성인이든 내가 알고 있는 이론과 방법들을 활용하여 독서 토론 모임을 이끌어 책을 즐겨 읽는 독자로 성장시켜야겠다는 결심을 하게 된 것이다. 이러한 일을 하기 위해서 많은 것을 배우면서 자격 과정을 수료했다. 올해 가장 뿌듯한 일은 버츄 퍼실리테이터 과정을 수료한 것이다. 내가 워크숍을 받은 지 4

년 만에 버츄 트레이닝을 받음으로써 퍼실리테이터가 되었다. 드디어 버츄 프로젝트 워크숍을 진행할 수 있는 자격을 갖추었다. 버츄 프로젝트는 미덕을 내 몸과 마음에 장착시키기 위해 평생 연마해야 하는 프로그램이다. 하브루타, 버츄, 그림책, 독서, 글쓰기는 나의 인생 후반기를 이끌어 갈 중요한 도구이다. 글쓰기를 위해서는 매주 수, 목요일에 실시간 온라인 수업을 듣고 있다. 하브루타는 중급 과정까지 수료했다. 버츄는 트레이닝 과정까지 마쳤다. 그림책 심리 지도사 과정, 그림책 하브루타 코칭 지도사 과정, 그림책 사랑 교사 모임 등에 참여하여 공부하고 있다.

내가 만나는 사람들에게 내가 배우고 있는 것들에 관해 이야기하면 다들 놀라는 눈치다. 왜 그렇게 계속 배우는가? 오십이라는 나이는 인생을 정리하고 편안한 노후를 준비해야 하는 때가 아니다. 인생 후반기의 시작이다. 행동해야 하는 나이다. 현역으로 있을 나이다. 『나는 120살까지 살기로 했다』의 책 속 구절이 가슴에 남는다. 인생의 후반기는 충만한 황금기가 될 수 있고 그 비밀은 노년의 삶에서 어떤 목표를 갖는가에 달려 있으며 인생 전체에서 노년이 갖는 의미를 이해하고, 노년의 삶을 어떤 방향으로 전환하느냐에 따라 노년은 위대하고 아름다운 여정이 될 수 있다고 한다.

동김해로 발령받기 전 2019년에 천주교 마산 교구가 주최했던 성경 암송 대회에서 우리 구역 팀이 장려상을 받은 적이 있다. 그때 상으로 성경 구절이 새겨진 상패를 받았다. "힘과 용기를 내어라. 무서워하지도 말고 놀라지도 마라. 네가 어디로 가든지 주 너의 하느님이 너와 함께 있어 주겠다."(「여호수아기」, 1장 9절)라는 구절이다. 4년 전 출퇴근 시간이 왕복 2시간 되는 곳으로 이동하게 되어 속상했다. 출퇴근 시간이 오래 걸리니까 그곳을 1년 만에 옮기겠다고 전보 내신을 썼지만 좌절되었다. 그다음 해에 나는 내 교직 인생에 교육 연구부장이라는 새로운 일을 맡게 되면서 적성을 발견했다. 내가 어떻게 살 것인가에 대한 질문을 품고 살아왔던 데 대한 답 같았다. 의기소침해 있던 나에게 적성에 맞는 일이 맡겨졌다. 집과 거리는 멀지만 만족스러운 교직 생활을 할 수 있었다. 하느님이 나와 함께 있어 주신 것 같았다. 힘과 용기를 내어 생활하였다. 내가 어디를 가든지 함께 있어 주겠다던 하느님은 항상 나를 지켜보고 계셨다. 내가 어떻게 살 것인가에 대한 질문을 품고 살면서 내가 처해 있는 어떤 상황에서도 나를 살리고 있었다. 어디서든 최선을 다해 성실하게 살아간다면 기회를 잡을 수 있다는 깨달음을 얻었다. 앞으로 나아갈 수 있다.

중년은 배우고 또 배우는 나이, 새로운 것을 시도할 수 있는 나이다. 이미 늦었다고 생각하고 아무것도 하지 않고 결과만을 기다리면 시간이 느리게 가는 것을 경험해 보았는가? 늦었다고 생각할 때 계속 시도하고 움직였다면 완벽한 결과가 나오지는 않더라도 남는 시간을 헛되이 보냈다는 후회는 하지 않을 것이다. 지금 여기에서 멈추지 말고 꾸준히 행동하면 달라진다. 나도, 세상도 아름다워진다.

6.

철학하는 노년의 삶을 위하여

평균 수명이 해마다 연장되고 있다. 의학이 발달하고 위생 문제가 개선되었다. 예방 접종의 발달로 영유아 사망률이 낮아져서 평균 수명이 늘어난 것도 평균 수명 연장의 이유라고 한다. 또 성인도 예전보다 오래 산다. 사회가 전반적으로 고령화되고 있다. 문제는 인간의 생로병사에서 병으로 인해 고생하는 기간이 길어질 수도 있다는 것이다. 건강하게 오래 사는 것이 모든 사람의 바람이다. 하지만 아픈 상태로 괴로운 노년을 보내는 사람들이 많다. 삶이 무료하고, 외로운 노인들도 있다. 이런 사람들에게 생명 연장이 과연 행복하기만 한 것일까? 심신이 건강하고 삶이 지루하지 않을 때 행복이 피부로 와닿는다. 아침에 눈을 떴을 때 '오늘도 즐겁고 보람 있는 하루가 시작되었다.'라고 느낀다면 얼마나 좋을까? 하루라는 시간이 고통의 시간이 아니라 축복의 시간이라고 생각할 수 있다면 그보다 좋은 삶은 없을 것이다.

"행복하게 나이를 먹는 비결은 자기에게 부여된 나이에 신경 쓰지 않는 것이다."

프랑스의 지성 파스칼 브뤼크네르가 지은 『아직 오지 않은 날들을 위하여』에 나오는 한 대목이다. 누구나 나이가 드니까 잘하지 못한다고 변명하면서 살아간다. 50대 초반인 나도, 80대가 된 나의 어머니도, 무엇을 못 하는 이유를 나이 탓으로 돌렸다. 한 살, 두 살, 1년, 2년이 한꺼번에 움직이는 것이 아니다. 하루하루가 가고 12월 31일까지 지나면 1년이 지났다고 하는 것이지 바로 1년이 지나는 일은 없다. 시간은 1초씩 흘러간다. 1초 전의 나와 1초 후의 나는 크게 달라지지 않았다. 신체는 아주 조금씩 변하고 있다. 한 해가 지나 물리적 나이가 한 살 많아졌다고 해서 신체가 갑자기 한 해 더 늙었다고 생각해서는 안 된다. 내가 직면해 있는 시간을 연속선에서 보고 내가 할 수 있는 일을 시작하면 된다. 시간은 큰 덩어리로 끊어져 있지 않다. 그런데도 사람들은 자신의 나이에 크게 신경을 쓴다.

행복하게 오래 사는 방법은 무엇일까? 해답을 100세가 넘은 현역 철학자 김형석 교수의 일상에서 찾아보았다. 김형석 교수는 오르막길을 지팡이 하나 짚고 누구의 도움 없이 올라갔다. 오르막길이 힘들지 않느냐는 기자의 질문에 힘들지만 습관이 되어 괜찮다고 말했다. 103세의 김형석 교수는 누구에게도 의지하지 않고 혼자 다닐 수 있다. 수많은 강연을 계속하고 있다. 김형석 교수의 지치지 않는 열정을 배워야 한다. "많은 사람이 인간답고 행복하게 살 수 있도록 도와야 한다."라는 깨달음을 가지고 평생을 살아온 김형석 교수는 책을 손에서 놓지 않았다. 책을 읽고 성찰하고 표현하는 삶! 이것이야말로 노년기의 어른이 할 수 있는 가장 행복한 일이라는 생각이 들었다. 김형석 교수는 인생에서 60~75세가 가장 좋은 황금기라고 말했다. 그 시절을 대비하여 두뇌 활동을 해야 하고 그 방법으로 독서를 말했다. 독서를 통한 성장을 지속하면 늙지 않는다고 한다.

지금까지 우리 사회는 독서를 유아, 아동, 청소년, 청년, 장년, 중년에게만 권했다. 나는 독서를 중요하게 생각하는 사람으로서 부모님께도 독서를 강조해 왔다. 어머니가 허리 수술로 입원해 계실 때도 〈좋은생각〉 책을 사 드리고, 수필집, 그림책도 보여 드렸다. 입원해 계실 때는 곧잘 읽으셨다. 그런데 퇴원하고 집에 있으면서 책을 거의 읽지 않는 것 같다. 올해 팔순이 된 어머께 책을 사 드리면 "이 나이에 무슨 책이냐?"라며 멋쩍어한다. 리모컨으로 텔레비전 채널을 검색하다가 마음에 드는 프로그램 속으로 빠져들었다. 재미있고, 시청각적 자극이 강한 텔레비전을 더 좋아한다. 책이 아니라면 그림이라도 그리고, 만들기라도 하면 좋으련만 두뇌에는 영양을 주지 않는다. 귀찮고 힘들다고 하면서 손을 놓아 버렸다. 창조적인 일을 하지 않는다. 이렇게 텔레비전 프로그램에 심취해 하루하루를 보내는 노년이 많다.

연로한 부모님과 함께할 시간이 줄어든다고 생각하면 마음이 조급해진다. 돌아가는 시곗바늘을 멈추게 하고 싶다. 아무리 발버둥 쳐도 세월은 가차 없이 흘러간다. 몸과 마음이 더 건강하게 지내기를 바라는 마음에서 책 읽기와 글씨 쓰기 등을 권한다. 조금이라도 더 행복한 노년을 위해서 독서가 꼭 필요하다고 강조하지만 지나쳐 버린다.

노인들이 책을 읽는 것은 시력 저하로 인하여 무리라고 말하는 사람들이 많다. 하지만 큰 글자의 도서도 있다. 쉽게 풀이된 철학 동화책도 있다. 읽기 편한 그림책도 있다. 복잡한 내용의 책만 있는 것이 아니다. 또 책을 양적으로 많이 읽어야 하는 것도 아니다. 한 구절이라도 읽고 깊이 탐구하고 성찰하는 시간을 가지는 것이 중요하다. 함께 철학적인 대화를 할 수 있는 친구가 있으면 좋다. 생각을 나누는 시간을 가지면 삶이 무료하지 않을 것이다. 노인을 위한 독서 프로그램이 필요하다. 책을 낭독하는 모임도 유익하다. 소리 내어 책을 읽음으로써 오감을 자극할 수 있다. 또 손의 힘을 키우기 위해 필사하는 것도 책을 활용하는 좋은 방법이다. 노년기가 책을 통한 지적인 활동을 할 수 있는 최적의 시간이라는 사회적 분위기가 조성되면 좋겠다. 모여서 함께 명상할 수도 있다. 뇌 체조를 할 수 있는 공간도 제공하고 싶다.

노인들은 하루하루 편안하게 보내는 게 전부 아니냐고 말하기도 한다. 그러나 현역에서 일하고 있는 103세의 철학자 김형석 교수를 보면 생각이 달라진다. 매일 책 읽고 공부를 계속한다. 심신이 건강하다. 기계나 사람에 의존하지 않고 다닌다. 생각 자체가 젊다. 사회를 위한 공헌감을 가지고 있다. 모든 노인이 김형석 교수처럼 살라는 이야기는 아니다. 더 이상 자신의 두뇌를 쪼그라들게 내버려두어서는 안 된다는 말을 하고 싶다. 노년의 삶을 우리 모든 세대의 삶과 더불어 전면에 드러내야 한다. 여생이라는 개념으로 치부해서는 안 된다. 아주 중요한 삶의 현재이다. 사회 전체가 관심을 가지고 함께 지켜 나가야 하는 삶이다. 노년의 삶을 자연스럽게 받아들이되 관심의 끈을 놓지 말아야 한다.

"인생의 내리막길은 오르막길처럼 가야 한다."라고 파스칼 브뤼크네르가 말했다. 노인들은 객관적으로 볼 때 삶에서 남은 날이 살아온 날보다 적다. 정점을 지나 꺾어져 내려가는 길이라 해도 긴장을 풀고 곧장 내려가서는 안 된다고 한다. 나이가 들어 저물어 가는 황혼의 삶을 오르막길의 처음처럼 천천히 힘을 주어 올라가야 한다. 새로 시작한다는 느낌으로 활기차게 걸어가야 한다. 지나쳐 버리지 말고 조금씩 천천히 살펴보면서 걷자. 나무도, 바위도 둘러보면서 온전히 내 속도대로 가자. 배우고, 발견하고 시도해야 한다. 남은 삶을 그저 내려가서 쉬기 위한 과정으로 생각하지 말았으면 좋겠다.

퇴임 후에 나는 꾸준히 책을 읽고, 글을 쓸 것이다. 명상과 체조, 운동도 꾸준히 내 삶 속에 녹아들어 있을 것이다. 그리고 독서 모임을 이끌고, 토론 수업을 할 것이다. 노년을 시작하는 사람들에게도 이런 프로그램을 열어 두려고 한다. 어린이들만이 아니라 세대를 초월한 책 문화 공간을 만드는 것이 내 목표다. 노인이 책을 읽는 모습이 보편화된 사회를 만들고 싶다. 책 속 한 구절을 곰곰이 되풀이하여 생각하는 것만으로도 철학적 삶은 가능하다. 깊이 있는 사색을 통해 삶을 관조하고 마음을 다스리는 노년기를 기대한다. 사회를 긍정적으로 변화시키는 데 작은 도움 하나 보탤 수 있기를 바라며 오늘도 배우고 또 배운다.

7.

깨어 있는 삶이면 충분하다

중고등학교 시절 연습장을 사면 속표지에 항상 적어 두는 글귀가 있었다.

"인내는 쓰다. 그러나 그 열매는 달다."

목표를 향해 나아가던 시절이었다. 끝까지 최선을 다해야 한다는 태도로 살았다. 대학 합격, 교원 임용고시 합격 이런 목표들을 달성했다. 비록 시간이 걸렸을지라도 성과를 내었다. 그런데 열매의 달콤함에 빠져 더 큰 꿈을 설정하지 않았다. 매너리즘에 빠지게 되었다. 노력보다 세상 탓을 하며 살았다. 발전은커녕 자괴감이 들 정도로 좌절의 상황 속에서 허우적댔다. 벗어나고 싶었다. 잘하고 싶었다. 계속 방법을 찾았다. 질문이 생겼다. 우리의 인생은 달콤한 열매를 향해 가는 것일까? 열매는 인내의 끝에 오는 결과인가? 나는 어떤 삶을 살기를 바라는가? 나는 나를 똑바로 보고 있는가? 있는 그대로의 나를 부정하지 않고 사랑하고 있는가? 나의 신념대로 살고 있는가? 나는 내가 살아가는 동안 올바른 신념으로 나를 사랑하고 인정하면서 충만한 삶을 살아갈 수 있을 것인가? 계속 질문했다.

반복된 일상을 벗어나 새로운 일에 도전하려고 했다. 미래를 알 수 없어 불안했다. 실패할까 두려웠다. 상황이 나빠질까 걱정했다. 갈등이 커질까 고민했다. 성과가 미미할까 초조했다. 비난을 받을까 눈치를 봤다. 두려움의 에너지 속에서 살던 시절에는 하루하루 힘들었다. 힘든 상황이 생길 때 때로는 오로지 내 탓인 양 나 자신부터 미워하고 책망했다. 내 뜻대로 살지 못하고 다른 사람들의 의견에 따라 휘둘렸다. 벗어나려고 해도 방법을 몰랐던 시절, 나는 점점 작아져 갔다.

그러나 상황을 객관적으로 보려 했다. 그동안 품어 왔던 질문의 답을 찾기 위해 계속 노력했다. 깨어 있으려 했다. 나 자신을 객관적으로 살펴보았다. '지금 나는 무엇이 두려운가?' 계속 생각하고 책을 읽으면서 내가 처한 상황을 직시하고 두려움에서 벗어날 수 있었다. 사랑의 에너지가 가득한 사람이 되었다. 내가 변했다. 어떤 일을 하기 전에 눈을 감고 센터링을 한다. '나는 사랑과 존중의 에너지가 가득 차 있는 사람이다.'라고 자기 암시를 했다. 달라진 내 모습을 보면 행복하다. 이런 과정에서 나는 조금씩 나만의 해답을 찾아갔다.

어떻게 하면 자연스럽게 두려움을 던져 버리고 과감하게 살아갈 수 있는가?

첫째, 외부적인 상황보다 자신의 내면을 들여다보아야 한다. 누구 탓, 상황 탓이라고 하면 주도적으로 살 수 없다. 그것에 이끌려 가는 노예의 삶이 된다. '이 상황에서 나는 어떤 마음이 생겼지?', '이 상황에서 내가 한 선택이 맞는 건가?', '내가 어떻게 해야 했지?', '이런 결과는 왜 생겼지?', '내가 지금 할 수 있는 것은 무엇일까?' 이런 식의 질문을 스스로 던져야 한다. 자책하라는 말이 아니다. 자신이 바꿀 수 없는 것과 할 수 있는 것을 구분하기 위한 첫 단계가 차분한 마음으로 자신의 상황을 둘러보는 것이다.

둘째, 사람은 각자의 소명을 가지고 태어나는 고귀한 존재라고 생각하고 자신이 하는 일에 의미와 가치를 새겨야 한다. 우연히 일어나는 일은 없었다. 아주 짧은 순간의 만남이라 해도 미래에 특별한 인연으로 나타날 수 있다. 힘든 일이 닥쳐도 그 속에서 배움을 찾는다면 이겨 낼 수 있다. 우리에게 주어진 하루하루가 배울 수 있는 시간이다. 배운다는 것은 성장한다는 것이다. 더 많이 배우고 싶다는 욕구가 있는 만큼 고귀한 존재가 된다. 모든 것이 배움의 순간이라고 인식하게 되면 두려움을 벗어버릴 수 있다.

셋째, 몸에 집중해야 한다. 몸 상태를 알아야 한다. 머리카락부터 발바닥까지 내 몸 구석구석을 인식해야 한다. 어디 불편한 곳은 없는지 살펴보아야 한다. 고등학교와 대학 시절에 편두통에 시달렸다. 원인을 알 수 없었다. 그 당시 지독한 편두통 때문에 미간을 찌푸렸다. 의욕이 없어졌다. 친구가 건넨 말 한마디가 나를 편두통에서 벗어나게 해 주었다. 커피가 편두통에 좋지 않고 일시적으로 카페인 효과가 나타나 두통을 잠재우는 것 같아도 편두통을 일으키는 원인이 된다고 친구가 알려 주었다. 나는 커피를 마시고 나면 이틀 동안 잠을 깊이 잘 수 없었다. 수면 부족은 편두통을 불러왔다. 친구가 알려 준 대로 커피를 마시지 않으니 나는 잠을 잘 잤고, 편두통이 생기지 않았다. 편두통이 생기는 원인이 여러 가지일 수 있으나 나의 경우는 커피가 원인이었다. 이후로 나는 커피를 마시지 않는다.

이렇게 몸에 관심을 가지고 살펴보아야 한다. 머리는 맑은지, 눈은 촉촉한지, 뒷목이 뻣뻣하지 않은지, 어깨가 뻐근하지 않은지, 종아리 근육통은 없는지 등 머리부터 발끝까지 원초적으로 느껴 보기를 바란다. 근력 운동이 필요한지, 호흡 명상이 필요한지, 움직임 명상이 필요한지 스트레칭이 필요한지, 약물이 필요한지를 스스로 알아차릴 수 있도록 자신의 몸에 관심 가져야 한다. 정상 상태를 가질 수 있도록 관심을 가지고 개선해 나가야 한다. 시험이나 인터뷰 등 긴장되는 상황에 들어갈 때도 고개를 젖히고 두 팔을 하늘을 향해 벌린다. 하늘의 에너지를 다 받아들일 듯한 자세만 취해도 자신감이 솟아난다고 한다. 몸의 상태를 알아차려야 한다. 심호흡이나 몸의 자세 등을 잘 활용하면 두려움보다는 활기를 얻을 수 있을 것이다.

넷째, 잠시 쉬어야 한다. 어려움에 직면하면 그것을 해결하지 못하는 나 자신이 무능해 보였다. 자책했다. 다른 사람에게 도움을 요청하기에 바빴다. 도움을 요청하는 일도 무척 용기 있는 일이다. 그러나 잠시 쉬었다가 문제를 새롭게 생각해 보면 의외로 빨리 해결되기도 한다. "문제에 대해 적극적으로 탐색하던 것을 멈출 때 결정적인 영감이 떠오를 수 있는 것"을 심리학에서 브루잉 효과라고 한다. 산책한다든지 다른 책을 읽는다든지, 음악을 듣는다든지 문제와 직접 관계가 없는 일을 하다 보면 어느 순간 '아하!' 하는 깨달음이 올 수도 있다. 직감에 맡기면 된다. 문제를 의식적으로 생각하지 않아도 무의식은 계속 해결책을 찾고 있다. 쉬면서 두려움의 근원을 보자. 두려움은 사라질 것이다.

다섯째, 원하는 것이 이미 이루어졌다고 가정하는 새로운 질문을 한다. 예를 들어 내가 작가가 되고 싶으면 '나는 왜 작가가 되었을까?'처럼 이미 이루어졌다고 생각하고 질문을 던지면 그것에 맞는 답을 찾아갈 수 있다. 그런데 '나는 왜 책을 출간하지 못하는가?'와 같은 질문을 하면 출간하지 못할 이유, 즉 핑곗거리를 찾게 된다. '왜 나는 이렇게 꿈(목표, 소망)을 이루었는가?'라고 질문을 하게 되면 꿈을 이루는 방법을 자신의 무의식에서 찾게 된다고 한다. 그래서 나는 매일 모닝 페이지를 작성하면서 긍정적인 확신에 찬 질문을 한다. 날마다 그 방법을 찾고 꿈을 향해 한 발짝씩 걸어가게 되었다.

일이 잘 풀리지 않아 주저앉아 울고 싶을 때도 있다. 왜 나만 이렇게 안 풀리느냐고 하늘을 원망하고, 주변 사람을 탓할 수도 있다. 하지만 내 인생은 내 것이다. 이렇게 생각한다면 부정적인 생각의 틀에서 벗어날 수 있다. 나에게 일어나는 일들은 무의미한 일이 아니다. 나에게 뭔가를 알려 주려고 일어난다. 이런 생각의 전환이 일어나야 달라질 수 있다. 배울 수 있고 성장할 수 있다. 처음 포부대로 교직 생활이 이루어지지 않았을 때 많은 연수를 받았고 책을 읽었으며 배움의 현장에 들어갔다. 포기하지 않고 나와 세상을 탐색했더니 새로운 기회가 주어졌다. 상황 속에 빠지지 말고 한 걸음 물러나 바라볼 때 기회를 찾을 수 있다. 그것이 기회임을 알아차리는 안목이 있는 사람에게 그것은 행운이 되고 축복이 될 수 있다는 것을 잊지 않을 것이다. 언제나 깨어 있는 의식으로 배우고자 하는 열정이 있는 삶이면 충분하다.

8.

인생 후반기,
어떻게 살 것인가?

비슷한 일상을 사는 듯해도 마음가짐은 다를 수 있다. 나이가 들어 인생을 마무리한다고 생각하기보다 새로운 인생 후반기를 시작한다고 생각하면 다시 의욕을 가질 수 있다. 과거의 일로 인해 괴로워하고 후회하기도 했다. 안타까운 일을 만들지 않기 위해 이제부터 노력하면 된다. 살아갈 날들은 좀 다른 선택을 할 수 있다. 그 시작으로 나이 오십은 아주 적당하다. 선택의 기로에서 좌충우돌했던 20대와 30대, 사회적 기반을 잡느라 고생한 40대가 지나면서 인생을 돌아보았다. 이대로 살아도 되는 건지, 무엇을 위해 살아야 하는 건지, 어떻게 변해야 하는 건지를 생각해보는 시간을 가졌다. 드디어 나에게도 인생 후반전, 50대가 시작되었고, 지금 성장하는 50대 초반을 보내고 있다.

2023년 여름 방학 때 한국 버츄 프로젝트 협회에서 주최하는 버츄 트레이닝 강의를 들으면서 이상 품기 카드가 마음에 깊이 들어와 박혔다.

"이상을 품으면 삶에서 과연 무엇이 의미 있는지, 무엇이 바른길인지를 늘 생각하게 됩니다. 이상을 지닌 사람은 자신의 신념을 따르고 삶의 의미를 음미하며 살아갑니다. 과감하게 큰 꿈을 꾸고 변화를 추구하며, 그것이 가능하다는 믿음을 갖고 행동합니다."

– '이상 품기' 미덕 카드, 한국 버츄 프로젝트 협회

이상 없이 사는 삶은 자신의 존재 가치를 깨닫지 못한 것이다. 세상의 일에 눈과 귀를 빼앗겨 버려 자신의 내면으로 들어가지 못한 것이다. 자신에게 높은 정신의 세계가 있음을 알지 못하고 생활하는 사람도 많다. 이상을 품는 것은 하고 싶은 꿈 목록을 작성하는 것과는 다르다. 살아가면서 차근차근 이루고 싶은 것들이 많을 것이다. 그것 전부를 아우르는 것이 이상을 품는 과정이라고 생각한다. 나는 어떤 이상을 가지고 살아가는가?

"진실하게 살면서 세상에 도움이 되는 일을 한다."

지금 무엇을 하고 있든, 어떤 생각이 올라오든 나의 행동과 생각을 알아차리고 나 자신에게 부끄럽지 않은 삶을 사는 것이 진실하게 사는 것이다. 세상은 개개인이 모인 단순한 총합이 아니다. 알 수 없는 질서와

에너지로 둘러싸여 있다. 그런 세상 속에 내가 있다. 내가 이미 세상의 한 부분이므로 나 자신이 하나의 세상이라고 말할 수도 있다. 파도가 바다에 속한 것이고, 파도와 바다가 쪼개지지 않듯 모든 사람이 세상과 하나다. 타인에게 하는 것, 나에게 하는 것이 다르지 않다. 타인을 존중하는 것은 나를 존중하는 것이다. 나에 대한 긍정으로부터 타인 긍정에 이를 수 있다. 타인을 위한 친절한 말 한마디 건네고 싶다. 도움이 되는 행동 한 가지라도 실천하고 싶다.

내가 잘할 수 있는 것에서 앞으로 해야 할 일의 방향을 생각하기로 했다. 나는 교육자로서 27년째 살고 있다. 학교에서 초반의 시행착오를 이겨 내고 나름대로 교육 방법을 터득했다. 학생들과도 원만하게 소통하는 교사가 되었다. 하브루타를 배우고 실천해 왔다. 미덕도 적용해 왔다. 중학생뿐만 아니라 초등학교 학생 소그룹 대상으로 하브루타 수업을 한 지도 4년째다. 가르치는 일이 좋다. 내가 아는 것, 내가 실천하는 것을 함께 나누고 싶다. 그래서 나는 교육자로서 삶을 지속하고 싶다. 그것이 세상에 도움이 되는 일 중 하나일 것이다. 나는 책을 좋아한다. 책을 읽고 달라졌다. 독서 모임의 가치를 온몸으로 느꼈다. 책 읽기를 어려워하는 사람들에게 책 읽기가 쉽게 다가갈 수 있도록 이끌어 주는 사람이 되는 것 또한 세상을 위해 내가 할 수 있는 작은 도움이 아닐까 생각한다.

진실하게 살면서 세상에 도움을 주는 삶을 살겠다는 이상을 품었다.

교육과 독서로 방향을 정했다. 이제는 구체적인 목표를 정할 차례였다. 나의 이상을 실현하기 위한 발판으로 건강, 일, 가족, 배움, 글쓰기, 정신성으로 항목을 나누었다. 그 여섯 가지는 다음과 같다.

첫째, 몸과 마음의 조화로운 상태를 추구한다.

둘째, 일을 할 때 최선을 다하고 탁월함을 추구한다.

셋째, 가족들과 화목하게 지내며 마음을 터놓고 사랑한다.

넷째, 모든 상황, 모든 만남, 모든 시간 속에서 배움을 지향한다.

다섯째, 매일 글을 쓰는 작가로서 삶을 기록하고 세상을 밝힌다.

여섯째, 삶의 목적에 따라 살며 올바른 가치를 추구한다.

첫째, 몸과 마음의 조화로운 상태를 추구하기 위해서 하루 6시간 수면, 스트레칭, 운동, 맨발 걷기, 뇌 체조, 채소 과일식, 미소를 짓고 환하게 웃기, 긍정 확언 읽기 등을 실천한다. 둘째, 나에게 주어진 일에 최선을 다하고 탁월함을 추구하기 위해서 새벽 기상으로 시간을 확보하고, 책을 읽고 연수를 듣고 적용하고 피드백을 받는다. 셋째, 가족들과 화목하게 지내며 마음을 터놓고 사랑하기 위해서 매일 문자로 사랑의 말을 나눈다. 함께 산책한다. 함께 차를 마시며 가족 독서 대화를 한다. 넷째, 모든 상황, 모든 만남, 모든 시간 속에서 배움을 지향하기 위해서 나에게 어떤 의미가 있는 것인지를 되뇌어 본다. 질문을 품고 생활한다. 긍정적으로 생각한다. 다섯째, 매일 글을 쓰는 작가로서 삶을 기록한다. 세상을 밝히

기 위해서 모닝 페이지를 쓴다. 블로그 글을 발행한다. 초고를 쓴다. 독
서 노트를 기록한다. 여섯째, 삶의 목적에 따라 살며 올바른 가치를 추구
하기 위해서 매일 명상하고 기도한다, 감사 일기를 쓴다.

이상을 품고 목표를 설정한다. 구체적인 계획을 세우고 실행한다. 내
가 만들어 가는 삶이다. 주어진 대로 살아가지 않는다. '내 삶의 목적은
무엇인가? 나는 왜 세상에 있는가?' 이런 질문을 계속한다. 커다란 우주
에서 점보다 미세한 존재가 인간이라 할 수 있다. 그러나 인간은 자신만
의 우주가 있다. 자신의 우주를 어떤 모습으로 가꿀 것인가를 항상 의식
해야 한다. 인간의 의식은 무한히 확장될 수 있다. 눈앞에 있는 이익만을
좇는 현실적인 사람이기 이전에 인간은 고귀한 정신세계를 가진 위대한
존재다. 어떠한 상황에 처해도 자신의 무한한 가능성을 믿어야 한다. 인
생의 후반기에 접어든 나는 새로 태어났다. 깨어 있는 의식으로 내 삶을
채워 나가려 한다. 차가운 새벽 공기에 온몸이 깨어나듯 인생 후반기를
시작한 나는 의욕이 넘친다. '지나고 나서 그때 그것을 했더라면 좋았을
텐데.'라고 후회하지 않을 것이다. 후회하지 않을 인생을 위하여 하나하
나 좋은 습관을 형성할 것이다. 매일 실천하는 루틴 하나가 충만한 삶으
로 나아가는 첫걸음이다.

취침 후 6시간이 지나고 살며시 내가 지금 자고 있다는 사실을 깨닫는
다. 알람이 울릴 때까지 이리저리 뒤척인다. 알람이 울린다. 일어나자마

자 이부자리를 정리한다. 명상과 스트레칭을 한다. 몸이 깨어난다. 모닝 페이지를 작성한다. 감사 일기를 쓴다. 기도한다. 생수 한 잔과 유산균을 먹는다. 혈압을 잰다. 다이어리에 오늘 할 일을 적는다. 책을 읽는다. 글을 쓴다. 아침 시간에 스몰 스텝으로 하는 루틴들이다. 다 하고 출근 준비를 할 때는 마음이 뿌듯하다. 콧노래가 절로 나온다. 나의 새벽 시간이 이렇게 흥겹듯 나의 삶도 리듬을 타고 흘러간다. 아침의 상쾌한 기운을 몸속 가득히 넣고 생활한다. 미소를 띠고 웃는 얼굴로 하루를 맞이할 수 있으면 그것으로 만족한다. 인생 후반기가 즐겁게 흘러간다.

마치는글

"우리는 이곳에 한계를 경험하기 위해 있을 뿐 아니라, 한계를 뛰어넘음으로써 의식 속에서 성장하기 위해 이곳에 있다."

내 인생에 영감을 준 또 하나의 책 『삶으로 다시 떠오르기』의 한 구절입니다. 한때 나는 많은 것이 결핍되어 있다고 생각했습니다. 스스로 한계 짓고 웅크리고 있었습니다. 내 삶에 불만을 품고 자책한 세월도 많았습니다. 너무 괴로워서 남에게 책임을 떠넘기기도 했습니다. 주저앉아 아무 생각 없이 주어진 대로 살 수도 있었습니다. 하지만 성장하기 위해 나의 한계를 뛰어넘으려 노력했습니다. '탁월해지려면 어떻게 해야 할까? 평온한 마음을 가질 방법은 뭘까?'라고 마음속에서 계속 질문했습니다. 세상일에 우연이 없다는 것을 깨닫게 되면서 내가 하는 모든 행동, 내가 처한 모든 상황에 의미를 새기기 시작했습니다. 내가 보는 책, 만나는 사람, 습득한 지식 어느 것도 중요하지 않은 게 없었습니다. 좋은 것은 좋은 대로 나쁜 것은 나쁜 대로 교훈이 있었기에 나는 변할 수 있었습니다. 어떻게 살아야 할지에 대한 나만의 기준이 생겼습니다.

모든 상황이 배움의 순간임을 인식합니다. 하는 일이나 주어진 상황이 마음에 들지 않을 수 있습니다. 좀 더 잘하고 싶지만 잘 안 될 때 우리는 흔히 자책합니다. '이런 바보 같으니, 나는 왜 못하지? 내가 왜 그랬지?'라고 생각하기 쉽습니다. 때로는 남 탓을 합니다. "너 때문에 망쳤잖아. 네가 나를 화나게 해."라고 말하며 책임을 전가하기도 합니다. 이것은 다른 사람 때문에 자신의 온 마음과 상황이 휘둘린다는 말입니다. 안 좋은 결과가 생겼을 때 지나치게 자신을 책망해서도 안 되지만 매번 타인의 책임이라고 돌려서도 안 됩니다. 왜냐하면 남 탓이고 환경 탓이라고 한다면 그것은 바꾸기가 힘들기 때문입니다. 이제는 타인을 바꾸려 애쓰기보다 있는 그대로 받아들이게 되었습니다. 지나친 자책보다는 내가 할 수 있는 일이 뭔지 차근차근 생각해 보고 앞으로는 과거와 같이 행동하지 않겠다고 결심했습니다. 나아가 모든 상황을 배움과 연결하고 의미를 찾습니다. 그것이 내가 탁월해지고, 평온해지는 길이었습니다.

우연히 일어나는 일은 없다는 생각을 가지고 최선을 다합니다. 미래와 분리되거나 전체와 관련이 없는 일은 없다고 생각합니다. 한순간 스쳐 지나가는 인연인 줄 알았는데 몇 년 후 연결되어 현재 내 삶에 깊숙이 들어온 사람이 있습니다. 최초로 그 일이 일어났을 때는 우연히 생긴 일이라고 생각했습니다. 그러나 그때 만난 것이 지금을 만들기 위한 하나의 과정이었습니다. 시간도, 만남도 모두 연결되어 있다는 느낌을 지울 수 없습니다. 그래서 나는 매 순간에 최선을 다하기로 합니다. 사랑과 존중의 마음을 담아 사람을 만나려고 합니다. 존귀한 하나의 세상을 만나는 것이니까요.

모든 상황에서 질문합니다. 살다 보면 좌절하기도 하고 실수하기도 합니다. 상처받기도 합니다. 그것이 굳어져서 인생 실패라는 큰 수렁에 빠지지 않으려면 언제나 질문을 품어야 합니다. 교직에서, 결혼 생활에서 힘들 때 질문했습니다. '나는 지금 무엇을 할 수 있는가?', '앞으로 어떻게 하면 될까?', '지금 나에게 두려움의 에너지가 있는가? 사랑의 에너지가 있는가?' 등 나의 내면에 질문했습니다. 목표하는 바가 있을 때도 질문했습니다. 원하는 것이 이미 이루어졌다고 여기고 긍정적인 질문을 만들어 나 자신에게 물었습니다. 이런 질문은 목표를 이루기 위해 무엇을 할 것인지 나의 뇌가 스스로 방법을 찾게 만들었습니다. 긍정적 가치를 느끼게 하는 질문은 우리에게 힘을 줍니다. "우리의 삶은 우리가 심는 생각 씨앗의 반영"이라고 합니다. 또 좋은 일들에만 초점을 맞추도록 뇌를 훈련하면 삶은 그 방향으로 움직인다고 『인생의 태도』에서 웨인 다이어가 말했습니다. 자신이 진정 무엇을 원하는지부터 물어보아야 합니다. 꿈을 이룬 모습을 상상하는 것만으로도 행복해집니다.

인생 후반기를 시작했습니다. 학생을 가르치는 일도 아이를 키우는 일도 자연스럽게 물 흐르듯 하고 있습니다. 아침이 되면 새롭게 시작하는 하루에 가슴이 설렙니다. 감정의 소용돌이에 휘말리지 않기 위해 내 생각을 알아차리려고 노력합니다. 더 이상 나 자신을 무능하다고 생각하지 않습니다. 자책하지 않습니다. 남 탓도 하지 않습니다. 남들이 나를 비난할까 두려워하지 않습니다. 한계 짓지 않고 하늘을 향해 높이 자라는 자이언트 세콰이아처럼 계속 성장하고 있습니다.

행복하게 인생 후반기를 시작할 수 있음에 감사합니다. 질문을 품고 살아온 나에게 선물처럼 다가온 책 한 권 덕분입니다. 책을 읽고 지나치지 않았습니다. 스쳐 가는 우연이라고 생각하지 않았습니다. 나에게 주는 메시지가 있다고 생각했습니다. 실천했습니다. 그것이 성장의 발판이 되어 한 걸음씩 올라갈 수 있었습니다. 책이 계속 연결되고 삶이 달라졌습니다. 세렌디피티의 가능성이 제게 생겼습니다. 주어진 모든 상황을 통해 배움을 찾을 수 있는 나는 은총 속에 있습니다. 내 삶은 풍성해졌습니다. 남을 위해 도울 수 있을 만큼 풍요로움이 넘치고 있습니다.

"그 풍요를 밖으로 흘러나가게 하라. 낯선 사람에게 미소 지을 때, 그곳에 이미 에너지의 미세한 흘러나감이 있다. 당신이 주는 사람이 된 것이다."

『삶으로 다시 떠오르기』 책 속 한 구절처럼 이제 나는 주는 사람이 되려고 합니다. 내가 삶을 통해 얻은 소중한 교훈을 나누며 살아가려 합니다. 매일 책을 읽고 글을 씁니다. 미덕을 연마합니다. 그림책을 사람들과 함께 나눕니다. 하브루타를 알립니다. 내 삶을 풍요롭게 만든 소중한 도구들을 전파하는 사람이 되고 싶습니다. 세상 사람들이 가슴 설레는 행복한 인생을 스스로 선택할 수 있도록 도움을 주고 싶습니다. 나에게 진심으로 이야기합니다. 남은 삶을 진실하게 살면서 세상에 도움 되는 일을 하겠다고. 우리에게 남은 삶은 스스로 한 선택을 통해 찬란히 빛날 것입니다. 나의 책이 사람들에게 좋은 선택이 되기를 기대하면서 글을 마칩니다. 모든 것에 감사합니다.